FAMÍLIA DE MENTIROSOS

Também de E. Lockhart:

O histórico infame de Frankie Landau-Banks

Mentirosos

Fraude legítima

E. Lockhart

FAMÍLIA DE MENTIROSOS

Tradução
FLÁVIA SOUTO MAIOR

Copyright do texto © 2022 by E. Lockhart
Todos os direitos reservados, inclusive o de reprodução total ou parcial em qualquer meio. Edição publicada mediante acordo com a Random House Children's Books, uma divisão da Penguin Random House LLC.

O selo Seguinte pertence à Editora Schwarcz S.A.

Grafia atualizada segundo o Acordo Ortográfico da Língua Portuguesa de 1990, que entrou em vigor no Brasil em 2009.

TÍTULO ORIGINAL Family of Liars
CAPA Cassio Leitão, inspirada no design de Angela Carlino
IMAGENS DE CAPA Getty Images e Shutterstock
PREPARAÇÃO Júlia Ribeiro
REVISÃO Valquíria Della Pozza e Thiago Passos

Dados Internacionais de Catalogação na Publicação (CIP)
(Câmara Brasileira do Livro, SP, Brasil)

Lockhart, E.
   Família de mentirosos / E. Lockhart ; tradução Flávia Souto Maior. — 1ª ed. — São Paulo: Seguinte, 2022.

   Título original: Family of Liars.
   ISBN 978-85-5534-207-3

   1. Ficção norte-americana I. Título.

22-107761   CDD-813

Índice para catálogo sistemático:
1. Ficção : Literatura norte-americana   813

Eliete Marques da Silva – Bibliotecária – CRB-8/9380

[2022]
Todos os direitos desta edição reservados à
EDITORA SCHWARCZ S.A.
Rua Bandeira Paulista, 702, cj. 32
04532-002 — São Paulo — SP
Telefone: (11) 3707-3500
www.seguinte.com.br
contato@seguinte.com.br

Para Hazel

Família Sinclair

Dean Sinclair
Pevensie
e Filadélfia

Harris Sinclair e Tipper Taft Sinclair
Clairmont
e Boston

- Yardley Sinclair
- Thomas Sinclair (Tomkin)
- Caroline Lennox Taft Sinclair (Carrie)
- Penelope Mirren Taft Sinclair (Penny)
- Elizabeth Jane Taft Sinclair (Bess)
- Rosemary Leigh Taft Sinclair

Cadence

- Johnny
- Will
- Mirren
- Bonnie
- Liberty
- Taft

Cães em 1987:
Wharton
Albert
McCartney
Reepicheep

sumário

Caros leitores	15
PARTE UM: Uma história para Johnny	17
PARTE DOIS: Quatro irmãs	23
PARTE TRÊS: As pérolas negras	43
PARTE QUATRO: Os meninos	75
PARTE CINCO: Sr. Fox	191
PARTE SEIS: Um longo passeio de barco	227
PARTE SETE: A fogueira	293
PARTE OITO: Depois	313
Agradecimentos	331

Caros leitores,

Este livro contém spoilers de *Mentirosos*.
    Amo vocês e escrevi essa história para vocês — com ambição e café preto.

bjs
E.

PARTE UM

Uma história para Johnny

1.

MEU FILHO JOHNNY está morto.
Jonathan Sinclair Dennis era o nome dele. Morreu aos quinze anos.
Houve um incêndio e eu o amava e fui injusta com ele e sinto saudades. Ele nunca vai ficar mais alto, nunca vai encontrar alguém especial, nunca mais vai treinar para a próxima corrida, nunca vai para a Itália, como queria, nunca vai andar naquelas montanhas-russas que viram a gente de cabeça para baixo. Nunca, nunca, nunca. Nunca mais vai fazer nada.
Ainda assim, ele sempre visita minha cozinha na ilha Beechwood.
Eu o vejo de madrugada, quando não consigo dormir e desço para tomar um copo de uísque. Ele tem a mesma aparência que tinha aos quinze anos. O cabelo loiro espetado, cheio de tufos. Tem uma queimadura de sol no nariz. Suas unhas estão roídas e ele costuma estar de bermuda e moletom com capuz. Às vezes, quando a casa fica fria, usa o corta-vento xadrez azul.
Deixo que ele beba uísque, afinal já está morto mesmo. Que mal pode fazer? Mas muitas vezes ele prefere um chocolate quente. O fantasma de Johnny gosta de sentar ao balcão, batendo os pés descalços nos armários de baixo. Ele pega as peças velhas de Scrabble e preguiçosamente forma frases sobre a bancada enquanto conversamos. *Nunca coma nada maior do*

que a sua bunda. Não aceite não como resposta. Seja mais gentil do que o necessário. Coisas assim.

Volta e meia ele me pede para contar histórias sobre nossa família.

— Me conta sobre quando você era adolescente — ele pede esta noite. — Você, a tia Penny e a tia Bess.

Não gosto de falar daquela época.

— O que você quer saber?

— Qualquer coisa. O que você fazia. As confusões em que se metia. Aqui na ilha.

— O mesmo que agora. A gente saía de barco. Nadava. Jogava tênis, tomava sorvete e fazia churrasco à noite.

— Vocês se davam bem naquela época? — Ele está se referindo a mim e minhas irmãs, Penny e Bess.

— Até certo ponto.

— Já se meteram em alguma confusão?

— Não — respondo. E depois: — Já.

— O que aconteceu?

Balanço a cabeça, me recusando a dizer.

— Me conta — ele insiste. — Qual a pior coisa que vocês fizeram? Vai, fala logo.

— Não! — Dou risada.

— Sim! Por favorzinho? A pior das piores coisas que vocês fizeram naquela época. Conta todos os detalhes mórbidos para o coitado do seu filho morto.

— Johnny.

— Ah, não é tão ruim assim. Você não faz ideia das coisas que vi na televisão. Bem piores do que qualquer coisa que você possa ter feito nos anos 1980.

Johnny me assombra, eu acho, porque não consegue descansar sem respostas. Pergunta sobre nossa família, a família Sinclair, porque está tentando compreender esta ilha, as pessoas que a habitam e por que agimos como agimos. Nossa história.

Ele quer saber por que morreu.

Eu devo essa história a ele.

— Está bem — digo. — Vou contar.

MEU NOME É Caroline Lennox Taft Sinclair, mas as pessoas me chamam de Carrie. Nasci em 1970. Esta é a história do verão de quando eu tinha dezessete anos.

Foi o ano em que os meninos vieram ficar na ilha Beechwood. E o ano em que vi um fantasma pela primeira vez.

Eu nunca tinha contado isso a ninguém, mas acho que é a história que Johnny precisa ouvir.

Já se meteram em alguma confusão?, ele pergunta. *Me conta. Qual a pior coisa que vocês fizeram? Vai, fala logo... A pior das piores coisas que vocês fizeram naquela época.*

Contar essa história vai ser doloroso. Na verdade, não sei se vou conseguir contá-la com sinceridade, mas vou tentar.

Menti durante a minha vida inteira, sabe?

Não é algo raro em nossa família.

PARTE DOIS
Quatro irmãs

2.

MINHA INFÂNCIA É um borrão de manhãs de inverno em Boston, minhas irmãs e eu agasalhadas com botas e gorros de lã que pinicavam. Nos dias de aula, usávamos uniformes com grossos cardigãs azul-marinho e saias pregueadas. Passávamos as tardes em nosso sobrado geminado de tijolinhos, fazendo lição de casa na frente da lareira. Se eu fechar os olhos, consigo lembrar o gosto doce do bolo de baunilha e sentir meus dedos grudentos. A vida era contos de fadas antes de irmos para a cama, pijamas de flanela e golden retrievers.

Éramos quatro meninas. Nos verões, íamos para a ilha Beechwood. Eu me lembro de nadar nas ondas do mar agitado com Penny e Bess enquanto nossa mãe e a bebê Rosemary ficavam sentadas na praia. Pegávamos águas-vivas e caranguejos e os colocávamos em um balde azul. Vento e luz do sol, discussões bobas, brincadeiras de sereia e coleções de pedras.

Tipper, nossa mãe, dava festas incríveis. Ela fazia isso porque era solitária. Em Beechwood, pelo menos. Recebíamos hóspedes, e, durante alguns anos, o irmão do meu pai, Dean, e seus filhos ficavam na casa conosco. Mas minha mãe se destacava pelos jantares beneficentes e longos almoços com amigos queridos. Amava gente e era boa em demonstrar isso. Na ilha, sem quase ninguém por perto, ela criava seu próprio lazer, dando festas mesmo sem convidados.

Quando nós quatro éramos pequenas, meus pais nos levavam a Edgartown em todo feriado de Quatro de Julho. Edgartown é um vilarejo à beira-mar na ilha de Martha's Vineyard, o retrato do subúrbio americano. Comíamos mariscos fritos com molho tártaro que vinham em embalagens de papel e depois comprávamos limonadas em uma banca em frente à Old Whaling Church. Abríamos cadeiras dobráveis e comíamos enquanto esperávamos o desfile. Comerciantes locais decoravam carros alegóricos. Colecionadores de carros antigos buzinavam com orgulho. Os bombeiros participavam do desfile em seus caminhões mais antigos. Uma banda de veteranos tocava marchas de Sousa e minha mãe sempre cantava: "Be kind to your fine-feathered friends/ For a duck could be somebody's mother".

Nunca ficávamos para os fogos de artifício. Voltávamos para Beechwood e saíamos do cais da família direto para a festa de verdade.

Colocavam luzinhas na varanda da casa Clairmont, e a grande mesa de piquenique no gramado era decorada em azul e branco. Comíamos espiga de milho, hambúrguer, melancia. Havia um bolo no formato da bandeira dos Estados Unidos, com mirtilos e framboesas por cima. Minha mãe que fazia a decoração. O mesmo bolo, todos os anos.

Depois do jantar, ela nos dava estrelinhas. Nós desfilávamos pelas passagens de madeira da ilha — que levavam de uma casa a outra — e cantávamos "America the Beautiful", "This Land is Your Land" e "Be Kind to Your Fine-Feathered Friends" a plenos pulmões.

No escuro, íamos para a praia maior. O caseiro daquela época, Demetrios, preparava os fogos. A família sentava sobre toalhas de algodão, os adultos segurando copos com gelo.

Enfim. É difícil acreditar que um dia já fui tão cegamente patriota, e que meus pais, com um nível de educação tão alto, também. Ainda assim, as lembranças permanecem.

NUNCA ME OCORREU que houvesse algo errado em como eu me encaixava na família até certa tarde, quando eu tinha catorze anos. Era agosto de 1984.
    Estávamos na ilha desde junho, morando na Clairmont, a casa. Era uma homenagem à escola em que Harris, nosso pai, estudou quando mais novo. O tio Dean e meus primos moravam na Pevensie, cujo nome era uma homenagem à família de As Crônicas de Nárnia. Uma babá passava o verão no chalé Goose. Na casa dos funcionários ficavam a empregada, o caseiro e funcionários temporários, mas só a empregada dormia sempre lá. Os outros tinham casa na cidade.
    Eu tinha passado a manhã nadando com minhas irmãs e minha prima Yardley. Comemos sanduíches de atum e aipo que ficavam em um isopor perto de minha mãe. Sonolenta por conta do almoço e do exercício, deitei e coloquei uma das mãos sobre Rosemary. Ela estava tirando uma soneca ao meu lado sobre a toalha, com os braços de criança de oito anos cobertos de picadas de mosquito e as pernas cheias de areia. Rosemary era loira, como todos nós, seu cabelo ondulado estava embaraçado. Suas bochechas eram macias e tinham cor de pêssego, pernas e braços finos, sem músculos definidos. Sardas; uma tendência ao estrabismo; uma gargalhada boboca. Nossa Rosemary. Ela era toda geleia de morango, joelhos ralados e uma mãozinha junto à minha.

Cochilei brevemente enquanto meus pais conversavam. Estavam sentados em cadeiras dobráveis sob um guarda-sol branco, um pouco distantes. Acordei quando Rosemary virou de lado e fiquei deitada de olhos fechados, sentindo a respiração dela sob o meu braço.

— Não vale a pena — minha mãe estava dizendo. — Não vale mesmo.

— Ela não precisaria passar por isso, nós podemos consertar — meu pai respondeu.

— Beleza é importante, mas não é tudo. Você age como se fosse.

— Não estamos falando de beleza. Estamos falando de ajudar uma pessoa que parece fraca. Ela parece uma *boba*.

— Por que está sendo tão cruel? Não precisa falar uma coisa dessas.

— Sou prático.

— Você se importa com o que as pessoas pensam. Não deveríamos nos importar.

— É uma cirurgia comum. O médico é muito experiente.

Deu para ouvir minha mãe acendendo um cigarro. Todos fumavam naquela época.

— Você não está pensando no tempo no hospital — Tipper argumentou. — Uma dieta líquida, o inchaço. A dor que ela vai sentir.

De quem eles estavam falando?

Que cirurgia? Dieta líquida?

— O jeito que ela mastiga não é normal — disse Harris. — Isso é um fato. "A melhor saída é seguir em frente".

— Não venha citar Robert Frost numa hora dessas.

— Temos que pensar no resultado. E não em como ela vai chegar lá. E não vai fazer mal se ela ficar com uma aparência...

Ele parou por um segundo e Tipper o interrompeu:

— Você pensa na dor como se fosse um exercício físico ou algo do tipo. Como se fosse só um esforço. Uma luta.

— Quem se esforça ganha alguma coisa com isso.

Uma tragada no cigarro. O cheiro das cinzas se mistura com o sal no ar.

— Nem toda dor vale a pena — Tipper disse. — Certas dores são só dores. — Houve uma pausa. — Será que é melhor passarmos protetor solar na Rosemary? Ela está ficando queimada.

— Não acorde ela.

Outra pausa. E então:

— Carrie é bonita do jeito que é — Tipper afirmou. — E eles teriam que serrar o osso, Harris. Serrar o osso.

Fiquei paralisada.

Eles estavam falando de mim.

Antes de ir para a ilha, eu tinha ido ao ortodontista e a um cirurgião bucal. Não havia me importado. Mal tinha prestado atenção. Metade dos alunos na escola usava aparelhos nos dentes.

— Ela não deveria ter nenhuma desvantagem — disse Harris. — Com o rosto assim, existe uma desvantagem. Ela merece ter a aparência dos Sinclair: forte por fora, porque é forte por dentro. E se tivermos que fazer isso por ela, teremos que fazer isso por ela.

Eu me dei conta de que eles iam quebrar minha mandíbula.

3.

QUANDO O ASSUNTO finalmente foi discutido, eu disse aos meus pais que não queria. Expliquei que conseguia mastigar normalmente (embora o cirurgião bucal discordasse). Disse que estava feliz comigo mesma. Que eles deveriam me deixar em paz.

Harris insistiu. Muito. Mencionou a capacitação dos cirurgiões e explicou por que eles tinham razão.

Tipper me disse que eu era encantadora, bonita, delicada. Disse que me adorava. Ela era uma pessoa gentil, obstinada e criativa, generosa e que gostava de se divertir. Sempre dizia às filhas que eram bonitas. Mas ainda achava que eu deveria considerar a cirurgia. Por que não deixávamos o assunto assentar? Por que não decidíamos depois? Não havia pressa.

Eu disse não mais uma vez, mas, por dentro, comecei a me sentir errada. Meu rosto era errado. Minha mandíbula era fraca. Eu parecia uma boba. Com base em um acaso biológico, outras pessoas fariam suposições sobre minha personalidade. E eu passara a reparar nelas fazendo essas suposições, com bastante regularidade. Havia uma leve condescendência em suas vozes. Será que entendi a piada?

Comecei a mastigar devagar, tomando cuidado para que minha boca ficasse bem fechada. Duvidava de meus próprios dentes, se eles trituravam a comida como os das outras pessoas. O encaixe começou a parecer estranho.

Eu já sabia que os meninos não me achavam bonita. Mesmo eu sendo popular — ia a festas e até fui eleita representante discente do primeiro ano —, sempre era uma das últimas a ser convidada para os bailes. Naquela época, eram os meninos que convidavam as meninas.

Nos bailes, meus acompanhantes nunca seguravam minha mão. Não me beijavam ou se encostavam em mim na pista de dança escura. Não ficavam se perguntando se poderiam me ver de novo e ir ao cinema, como faziam com minhas amigas.

Observei minha irmã Penny, que pouco se abalava pelo queixo quadrado, enfiar comida na boca enquanto falava. Ela gargalhava com a boca bem aberta, colocava a língua para fora e deixava todos verem seus molares branquíssimos.

Observei Bess, cuja boca era mais grossa e mais delicada, e cuja mandíbula tinha curvas fortes e femininas, reclamar sobre ter que passar seis meses usando aparelho fixo nos dentes, e depois ainda o aparelho de contenção. Ela abria o estojo plástico azul com um resmungo quando Tipper a lembrava de recolocá-lo após as refeições.

E Rosemary. Seu rosto quadrado era igual ao de Penny, mas com sardas e meio boboca.

Todas as minhas irmãs tinham ossos lindos.

4.

NO VERÃO DE meus dezesseis anos, passávamos os dias em Beechwood, como sempre. Caiaques, espigas de milho, barcos a vela e mergulhos com snorkel (embora não víssemos muita coisa além de um ou outro caranguejo). Fizemos a tradicional festa de Quatro de Julho com estrelinhas e música. Nossa Noite da Fogueira anual, nossa Caça aos Limões, nossa Festa do Sorvete.

Só que, naquele verão, Rosemary se afogou.

Tinha dez anos. A mais nova de nós quatro.

Aconteceu no fim de agosto. Rosemary estava nadando na praia, perto do chalé Goose. Chamamos de praia pequena. Ela usava um maiô verde com bolsinhos de sarja. Bolsinhos ridículos. Não dava para guardar nada neles. Era o preferido dela.

Eu não estava lá. Ninguém da família estava. Ela ficou com a babá que estava conosco aquele ano, uma polonesa de vinte anos. Agata.

Rosemary sempre queria ficar mais tempo na água. Bem depois que já tínhamos lavado os pés com a mangueira perto da porta do quartinho dos fundos da Clairmont, Rosemary ainda estaria nadando, se deixassem. Não era incomum que ela ficasse com Agata em uma das duas praias.

Mas, naquele dia, o céu ficou nublado.

Naquele dia, Agata entrou para pegar casacos para as duas.

Naquele dia, Rosemary, que sempre nadou bem, deve ter sido derrubada por uma onda e levada pela correnteza.

Quando Agata saiu, Rosemary estava bem longe, lutando para não se afogar. Já passava das perigosas rochas pretas que se estendiam pela enseada.

Agata não era salva-vidas.

Não conhecia os procedimentos de reanimação cardiorrespiratória.

Não conseguiu nem nadar rápido o suficiente para alcançar Rosemary a tempo.

5.

DEPOIS DISSO, VOLTAMOS ao colégio interno, Penny e eu. E Bess também começou a estudar lá.

Abandonamos nossos pais, apenas duas semanas após a morte de Rosemary, para estudarmos no belo campus da North Forest Academy. Quando nos deixou lá, nossa mãe nos abraçou com força e beijou nossas bochechas. Disse que nos amava. E foi embora.

Cabia a mim cuidar de Bess. Eu estava no terceiro ano. Ela, no primeiro. Ajudei a decorar o quarto dela no dormitório, apresentei-a às pessoas, comprei barras de chocolate para ela na cantina. Deixei bilhetinhos bobos e alegres em seu escaninho.

Com Penny, havia menos coisas a fazer. Ela já tinha amigos e, na segunda semana, já estava namorando de novo. Mesmo assim, eu estava lá. Passava no quarto dela, encontrava-a no refeitório, me sentava em sua cama e ouvia tudo sobre seu novo romance.

Eu apoiava minhas irmãs, mas lidávamos sozinhas com os nossos sentimentos sobre Rosemary. Aqui na família Sinclair *não demonstramos emoções. Damos o nosso melhor. Olhamos para o futuro.* Esses são os lemas de Harris, e, consequentemente, de Tipper.

A nós, meninas, nunca nos ensinaram a sofrer, a sentir raiva ou mesmo a compartilhar nossos pensamentos. Em vez disso, dominamos o silêncio; gestos pequenos de gentileza; velejar; fazer sanduíches. Conversamos com avidez sobre literatura e fazemos todos os convidados se sentirem bem-vindos. Nunca conversamos sobre questões de saúde. Demonstramos nosso amor não com sinceridade e afeto, mas com lealdade.

Acrescentem algo à família. Era um dos muitos lemas que nosso pai repetia à mesa do jantar. O que ele queria dizer era *Nos representem bem. Sejam boas nisso, não por vocês, mas porque a reputação da família Sinclair exige respeito. A forma como as pessoas veem vocês é a forma como veem todos nós.*

Ele dizia isso tantas vezes que já tinha virado piada entre nós. Na North Forest, dizíamos isso umas às outras. Eu passava por Penny, agarrada a algum cara, aos beijos no corredor, e dizia, sem interrompê-los: "Acrescente algo à família".

Bess me via entrando no dormitório escondida com uma caixa de biscoitos amanteigados — a mesma coisa.

Penny via Bess com a camisa suja de molho de tomate — a mesma coisa.

Fazendo chá. "Acrescente algo à família."

Ou indo fazer cocô. "Acrescente algo à família."

A gente ria, mas Harris falava sério. Ele acreditava nisso, e, mesmo fazendo piada, nós também acreditávamos.

Assim, não nos abatemos quando Rosemary morreu. Continuamos tirando notas altas. Esforçávamo-nos nos estudos e nos esportes. Cuidávamos da aparência e de nossas roupas, sempre nos certificando de que todo o esforço não aparecesse.

No dia em que Rosemary completaria onze anos, cinco de outubro, aconteceu o Festival de Outono na escola. A quadra estava repleta de barracas e jogos bobos. As pessoas estavam de rosto pintado. Havia uma máquina de algodão-doce. Barracas de arte. Um canteiro de abóboras de mentira. Algumas bandas de alunos.

Fiquei encostada na parede do meu dormitório e tomei um copo quente de sidra de maçã. Meus amigos do softball estavam reunidos em uma barraca jogando saquinhos de tecido em um dos professores de matemática. Minha colega de quarto e o namorado dela estavam debruçados em uma letra de música, ensaiando a apresentação da banda. Um garoto de quem eu gostava estava nitidamente me evitando.

Nos outros cinco de outubro, quando eu ainda estava em casa, minha mãe fazia bolo de chocolate com cobertura de baunilha. Servia-o após o jantar, decorado como Rosemary queria. Um ano, foi coberto com pequenos leões e guepardos de plástico. No outro, com violetas de glacê. Depois, com um desenho do Snoopy. Dávamos uma festa também, no fim de semana. Todas as amiguinhas de Rosemary apareciam, usando vestidos de festa e sapatos boneca, vestidas de um jeito que ninguém mais se veste.

Agora Rosemary estava morta e parecia que minhas irmãs tinham esquecido completamente dela.

Fiquei encostada na parede de tijolos num canto do festival com o copo de sidra na mão. Lágrimas escorriam pelo meu rosto.

Tentei me convencer de que ela não saberia se lembrássemos ou não de seu aniversário.

Ela não ia querer um bolo. Não importava. Ela não estava mais aqui.

Mas importava.

Dava para ver Bess com um grupo de meninos e meninas do primeiro ano. Eles desenhavam rostos em balões laranja. Ela sorria como se fosse a vencedora de um concurso de beleza.

E Penny, com o cabelo loiro coberto por um gorro de tricô, puxando o namorado pela mão enquanto corria na direção de sua melhor amiga, Erin Riegert. Penny pegou um punhado do algodão-doce azul e enfiou na boca.

Depois olhou para mim. E parou. Veio em minha direção.

— Pare — ela disse. — Não fique pensando nisso.

Mas eu queria pensar naquilo.

— Vamos ver o cara fazendo algodão-doce — Penny disse. — É bem legal o jeito que ele faz.

— Ela ia fazer onze anos — falei. — Ia comer bolo de chocolate decorado. Mas não sei qual seria a decoração.

— Carrie. Você não pode entrar nesse buraco. É, tipo… muito deprimente, só vai te fazer mal. Vamos fazer alguma coisa divertida, você vai começar a se sentir melhor.

— Ela me falou que teve uma ideia para um bolo do Simple Minds. — Simple Minds era uma banda. — Mas acho que Tipper a faria mudar de ideia. É difícil demais. E fica parecendo um pouco, sei lá, fuleiro.

Bess se juntou a nós.

— Você está bem? — ela me perguntou.

— Não muito.

— Sou a favor de comer algodão-doce — Penny disse. — Ela precisa fazer alguma coisa normal.

Bess olhou para os amigos e para os alunos mais velhos que ela ainda não conhecia.

— Agora não é a melhor hora — ela disse, como se eu tivesse pedido alguma coisa. Como se tivesse pedido para ela ir até lá. — O pessoal está me esperando — ela acrescentou.

Minhas irmãs amavam Rosemary. Sei que amavam. E devem ter sofrido com a morte dela. Mas eu não sabia como conversar com elas sobre isso. Quando tentava, como naquele momento, mudavam de assunto.

Elas não tinham ido ver como eu estava me sentindo.

Tinham ido me dizer para parar de me sentir daquele jeito.

FUI EMBORA DO festival.

Subi até o alto do prédio do dormitório e segui pela passarela que levava ao telhado.

Peguei uma caneta na bolsa e escrevi na cerca de madeira desgastada:

> ROSEMARY LEIGH TAFT SINCLAIR
> Ela amava
> o Snoopy e bolo de chocolate,
> batata frita e gatos grandes,
> e a banda Simple Minds.
> Ela amava
> seu maiô verde e nadar no mar agitado.
> Ela amava
> suas irmãs
> mesmo elas não estando à sua altura.
> Ela faria onze anos hoje.
> E eu a amava.
> Feliz aniversário, Rosemary, agora e sempre.

QUANDO VOLTAMOS PARA casa para o Dia de Ação de Graças, Tipper abriu um sorriso. Ela nos ajudou a desfazer as malas. Assou belas tortas e convidou parentes para a tradicional refeição. Harris estava jocoso e intenso, querendo jogar xadrez e discutir livros e filmes.

O mais próximo que nossos pais chegaram de mencionar Rosemary foi quando disseram que a casa parecia agradável e barulhenta agora que estávamos ali. Tinha sido um outono silencioso.

Sei que meus pais fizeram o que acharam que seria melhor — para nós e para eles. Doía lembrar de nossa perda, então por que tocar no assunto?

6.

DURANTE AS FÉRIAS de inverno daquele mesmo ano, Harris falou de novo sobre a cirurgia de mandíbula, dessa vez mais enfático. Ele insistia que era necessário do ponto de vista médico. Adiar a decisão, como tínhamos feito desde os meus catorze anos, era uma perda de tempo. Deveríamos resolver as coisas quando precisavam ser resolvidas.

Tentei dizer não, mas ele me lembrou que *não aceitar "não" como resposta* é uma de suas filosofias de vida.

Fui obrigada a obedecer.

Agora que sou adulta, acho que ensinamos aos garotos a *não aceitar "não" como resposta* quando, na verdade, deveríamos ensinar que *"não" quer dizer "não"*. Também entendo que meu pai queria que eu me parecesse com ele, mais do que queria que eu fosse bonita. Mas, na época, uma parte de mim se sentiu aliviada. Harris estava no comando, e haviam me ensinado que ele sempre tinha razão.

Saí da escola em fevereiro para um recesso que deveria durar duas semanas. Os médicos cortaram minha mandíbula e puseram um implante por dentro. Levantaram o osso e o puxaram, reanexando aquela parte do meu esqueleto. Imobilizaram minha arcada dentária com fios metálicos para que tudo cicatrizasse na posição correta.

Me deram codeína, um analgésico opioide. As instruções diziam para tomá-lo a cada quatro horas no início, e depois conforme fosse necessário. Os comprimidos me davam uma sensação estranha — não de entorpecimento, mas de que a dor era em outra pessoa.

Minha mandíbula. A perda de Rosemary.

Nada disso podia me machucar se eu tomasse aquele remédio de quatro em quatro horas.

A dieta líquida não era tão ruim. Tipper levava sorvete de iogurte para mim. Não tínhamos mais babá, mas nossa empregada, Luda, era extremamente gentil. Ela era de Belarus, magra como uma vareta, com cabelo descolorido e um delineado nos olhos que minha mãe achava vulgar. Luda preparava para mim cremes leves, quase líquidos, de chocolate e caramelo.

— Para você ingerir proteína — ela dizia. — É muito nutritivo.

Os cachorros da família começaram a dormir no meu quarto durante o dia. McCartney e Albert, ambos golden retrievers, e Wharton, uma setter irlandesa. Wharton parecia nobre e era boba. Era a que eu mais amava.

A infecção chegou de repente, certa noite. Senti sua chegada sob a confusão mental de meu sono medicado. Uma palpitação insistente, uma bola vermelha e latejante do lado direito do meu queixo.

Acordei e tomei mais um comprimido de codeína.

Preparei uma bolsa de gelo. Pressionei-a no rosto.

Isso aconteceu cinco dias antes de eu pedir aos meus pais que me levassem ao médico. Harris acreditava que reclamar não era conduta de uma pessoa determinada. "Não acrescenta nada a quem lhe faz companhia", ele sempre dizia. "'Nunca reclame, nunca se explique'. Benjamin Disraeli disse isso. Primeiro-ministro da Inglaterra."

Quando mencionei a dor a Luda e Tipper, foi num tom casual.

— Ah, esse lado está me incomodando um pouco. Talvez fosse melhor dar uma olhada. — Não contei nada a Harris.

Quando o médico me atendeu, a infecção era grave.

Harris me disse que fui tola por ter ignorado um problema óbvio.

— Resolva as coisas quando precisam ser resolvidas — ele disse. — Não espere. Leve esta lição para a vida.

A infecção atacou meu corpo por mais oito semanas. Antibióticos, outros antibióticos, um segundo médico, um terceiro, uma segunda cirurgia, analgésicos e mais analgésicos. Gelo. Toalhas. Pudim de caramelo.

Depois terminou. Minha mandíbula estava curada. Os fios foram removidos. Colocaram aparelhos normais nos meus dentes. O inchaço desapareceu.

Eu estranhava meu rosto no espelho. Estava mais pálida do que nunca. Mais magra do que o normal. Mas o que eu mais estranhava era o meu queixo. Agora ele estava projetado para a frente, uma linha bem marcada que ia da mandíbula às orelhas. Meus dentes se encostavam em pontos que eu não conhecia, sensíveis demais para nozes ou pepino, fracos demais para mastigar uma costeleta de porco, mas alinhados.

Eu me virava de perfil para o espelho e tocava o rosto, imaginando que futuro aquele pedaço de osso artificial me traria. Será que algum menino bonito ia querer me tocar? Será que ia me escutar? Querer me entender? Eu ansiava por ser vista como alguém singular e importante. Desejava aquilo da mesma forma desesperada que alguém que nunca beijou deseja...

vaga, mas apaixonada,

emaranhada em fantasias de beijos que vi em filmes, misturada a histórias de minha mãe sobre bailes, flores e os vários pedidos de casamento do meu pai.

Eu ansiava por amor,

e tinha um interesse urgente em sexo,

mas também queria ser vista,

ouvida

e reconhecida

de verdade, por outra pessoa.

Era assim que eu estava quando conheci Pfeff. Acho que ele enxergou isso em mim.

RETORNEI À ESCOLA em maio e terminei o semestre da melhor forma possível. Voltei para o softball, onde sempre tinha sido uma boa rebatedora e acrescentava algo à família. Vencemos o campeonato da nossa liga aquela temporada. Voltei para meu grupo de amigos. Esforcei-me muito em pré-cálculo e química, fazendo hora extra na biblioteca para colocar os estudos em dia.

Mas eu não estava bem. Me pegava pensando obsessivamente em histórias que lia nos jornais — histórias sobre homens morrendo de aids, essa nova crise na saúde. E enchentes em Brownsville, Texas. Famílias que tiveram as casas inundadas. Fotografias no jornal: um homem na cama, muito magro. Manifestantes nas ruas de paralelepípedos de Nova York. Uma família em um bote inflável, com dois cachorros. Uma mulher com água até a cintura no meio da cozinha.

Eu ficava pensando naquelas imagens...

pessoas morrendo, uma cidade se afogando...

em vez de pensar em Rosemary, morrendo, se afogando.

Elas permitiam que eu sofresse sem olhar para minha própria vida. Se não pensasse nelas, nunca teria deixado de pensar nela.

A codeína ajudava a entorpecer esses pensamentos obsessivos. Vários médicos haviam prescrito o medicamento, então havia um suprimento quase infinito de pequenos frascos marrons em minha gaveta. A enfermeira da escola me dava mais, com permissão dos meus pais, quando eu dizia que meus dentes estavam doendo.

À noite, eu tomava os comprimidos para dormir. E às vezes a noite chegava mais cedo.

Tipo, antes do jantar.

Tipo, antes do almoço.

PARTE TRÊS
As pérolas negras

7.

NOSSA ILHA FICA a uma boa distância da costa de Massachusetts. A água é de um azul intenso, escuro. Às vezes, enormes tubarões-brancos aparecem perto da costa. Rosas japonesas florescem aqui. A ilha está repleta delas. E, embora o litoral seja rochoso, temos duas belas enseadas com trechos de areia branca.

A princípio, a terra pertencia a povos indígenas. Foi tirada deles por colonizadores europeus. Ninguém sabe quando, mas deve ter acontecido.

Em 1926, meu bisavô comprou a ilha e construiu uma única casa na margem sul. Ela ficou de herança para o filho, e, após sua morte, em 1972, para meu pai e seu irmão Dean. Que tinham planos.

Os irmãos Sinclair demoliram a casa que o avô tinha construído. Nivelaram o terreno onde foi necessário. Transportaram areia das praias da ilha. Consultaram arquitetos e construíram três casas — uma para cada irmão e mais uma de hóspedes. Todas eram no estilo tradicional de Cape Cod: telhados inclinados, telhas de madeira, venezianas nas janelas, varandas grandes.

Parte do dinheiro dos projetos veio do fundo fiduciário de minha mãe. O dinheiro da família de Tipper vinha (em parte, havia algumas gerações) de uma fazenda de cana-de-açúcar perto de Charleston, Carolina do Sul. A fazenda explorava mão de obra de pessoas escravizadas. Dinheiro sujo.

Outra parte veio da família do meu pai. Os Sinclair eram donos de uma consagrada editora de Boston. E mais uma parte veio do meu pai. No início de sua carreira, Harris comprou uma pequena empresa que publicava diversas revistas literárias e jornalísticas.

É dinheiro sujo também. Apenas de formas diferentes. Ali, a história inclui trabalhadores explorados, quebras de contrato e trabalho infantil no exterior — junto com integridade jornalística e crença na liberdade de imprensa.

Quando os irmãos Sinclair terminaram de fazer as melhorias, havia dois cais, um ancoradouro e uma casa para os empregados. A ilha foi coberta de passagens de madeira e canteiros de lilases e lavanda.

Passei todos os verões aqui desde os cinco anos de idade.

ESTAMOS EM JUNHO, 1987. O verão em que os meninos chegam. O verão de Pfeff.

Vamos de carro de Boston a Cape Cod. Gerrard, o caseiro de Beechwood, nos encontra na cidade de Woods Hole. Ele levou o grande barco a motor. Gerrard tem cerca de sessenta anos, é baixo e sorridente. Fala muito pouco, exceto com minha mãe. Ela tem muitas perguntas sobre rododendros e lilases, vários reparos necessários, a instalação de uma secadora nova. Em poucos dias, Luda virá em um carro alugado com mais coisas da casa de Boston.

Com o barco carregado e Gerrard no leme, viajamos por duas horas até a ilha. Penny, Bess e eu nos sentamos juntas, os cabelos esvoaçando.

É o mesmo percurso de todos os anos, só que sem Rosemary com seu colete salva-vidas laranja.

Sem ela.

A CASA CLAIRMONT parece estar igual — três andares e uma pequena torre no alto. As telhas de madeira estão cinza devido ao sal no ar. Uma varanda larga se estende de dois lados. Tem uma rede em uma ponta da varanda e várias poltronas confortáveis na outra. No gramado, há uma mesa de piquenique extragrande, feita sob medida. Jantamos lá quase todas as noites. Na extremidade do gramado fica um bordo. Em um galho baixo, nosso balanço de pneu pendurado por uma única corda grossa.

Ao chegar do cais, Penny joga as malas no gramado e corre para o balanço. Se joga nele e começa a girar loucamente.

— Carrie, vem aqui. Você precisa dar um "oi" para o balanço! — Penny chama.

Certo. Estou melancólica, pensando em Rosemary — mas vou até lá mesmo assim. Corro e subo, colocando os pés ao lado das pernas de Penny. O vento em meu ouvido, a vertigem — por um instante, me esqueço de tudo, menos disso.

— É verão! — grita Penny.

Quando Bess chega do cais, larga as malas e se junta a nós. Somos grandes demais, quase não cabemos, mas ficamos totalmente zonzas juntas, como fazíamos quando éramos crianças.

Dentro da Clairmont, os tapetes estão desgastados, mas o piso de madeira está encerado. A mesa redonda da cozinha ostenta manchas e arranhões inevitáveis em uma família grande. A sala de estar tem uma série de pinturas a óleo e um minibar repleto de garrafas, mas a saleta é mais confortável. Está cheia de livros e mantas, camas de flanela xadrez para cachorro e pilhas de jornais. Meu pai tem um escritório com cartuns emoldurados da New Yorker e móveis estofados em couro; minha mãe tem um estúdio de artesanato cheio de tecidos e potes com botões, canetas para praticar caligrafia e caixas com belos itens de papelaria.

O QUARTO DOS meus pais fica no terceiro andar, longe do barulho que nós, meninas, fazemos. Quando eu entro, cerca de meia hora após nossa chegada, Tipper está desfazendo a mala, guardando camisetas em uma gaveta. Seu vestido de linho bege está amarrotado da viagem.

Wharton (nossa setter irlandesa) se espreguiça na beira da cama. Me deito ao lado dela.

— Abra espaço, sua cachorrinha boba.

— Ah, não fale assim — Tipper me repreende. — Ela vai ficar chateada.

— Ser boba é parte do charme dela. — Acaricio as orelhas macias de Wharton. — Ela está comendo a meia de Harris.

Minha mãe se aproxima e tira a meia da boca de Wharton.

— Isso não é comida — ela diz à cachorra.

Wharton faz cara de coitadinha e depois começa a lamber a colcha.

Tipper passa da cômoda à penteadeira, entrando e saindo do closet, indo até as malas e voltando. Quando eu estava doente, costumávamos passar um tempo juntas, só nós duas, mas desde o fim das aulas só vi minha mãe quando minhas irmãs estavam por perto.

Ela troca de vestido e penteia o cabelo sentada à penteadeira.

— Venha aqui. — Abre uma gaveta larga e rasa, revestida de feltro preto, usada para guardar joias. — Deixo algumas coisas aqui o ano todo — ela diz, tocando as peças com os dedos. — É como ganhar presentes toda vez que abro essa gaveta. Esqueço o que eu tenho, e então fico: "Uau! Olha que belezuras eu tenho aqui!".

Esse tipo de brincadeira é a cara de Tipper. Ela procura formas de espremer até a última gota de prazer das situações, proporcionando alegria e surpresa sempre que possível.

— Esse anel era da minha avó — diz, mostrando um diamante quadrado. E continua, apontando para outras peças, uma antiga pedra de jade e safiras mais novas. Dispõe os tesouros com cuidado na mesa para que eu experimente. Cada uma delas é uma peça da história das mulheres de nossa família, com origens em sua linhagem e na de Harris.

Uma delas é seu anel de noivado, uma esmeralda cercada de diamantes. Meus pais se conheceram no Radcliffe Institute, em Harvard, onde Harris pediu Tipper em casamento quatro vezes antes de ela aceitar. "Eu a venci pelo cansaço", ele sempre diz. "Ela aceitou só para eu ficar quieto."

Minha mãe ri quando Harris conta aquela história. "Da quarta vez você lembrou de comprar a aliança", ela diz.

Agora, tira da gaveta um colar duplo de pérolas brilhantes e escuras, de um cinza intenso, com galáxias girando na parte de dentro.

— Seu pai comprou no nosso segundo aniversário de casamento, quando eu estava grávida de você. — Ela me deixa segurar o colar. As pérolas são escorregadias e mais pesadas do que eu esperava. Tipper pega de volta e o coloca no pescoço, o brilho se destacando no azul do vestido. — Foi um presente importante — ela diz. — As coisas não estavam fáceis naquela época.

— Por quê?

— Não me lembro muito bem. — Ela estica o braço e toca em meu rosto. — Mas eu gostaria que você ficasse com ele um dia.

— Está bem.

— As pérolas negras — diz, passando os dedos por elas no pescoço — são da Carrie.

Sob o forro da gaveta, vejo de relance uma fotografia com bordas brancas e uma cor alaranjada desbotada. Só dá para ver o canto inferior direito.

— Que foto é essa? — pergunto, estendendo o braço para pegá-la.

Ela interrompe meu movimento.

— Não é nada.

— É a Rosemary?

Uma expressão toma conta de seu rosto. De luto.

— Não.

Coloco as mãos para trás.

— Eu queria ver se era a Rosemary.

Minha mãe olha para mim e, por um instante, acho que ela vai chorar — irromper em lágrimas pela filha perdida. Ou talvez me diga que não tem nada de errado em sentir falta de Rosemary. Pensar nela o tempo todo, como eu faço.

Mas ela se fecha.

— Sabe de uma coisa? — ela diz. — Acho que você deveria usar as pérolas hoje à noite.

Tira o colar e o coloca em meu pescoço.

8.

DEIXE-ME CONTAR um pouco mais sobre Penny e Bess. As pessoas sempre comentam que somos como princesas de um conto de fadas (ocidental). Três loiras altas e esbeltas. Cópias de nossa mãe. Chamamos a atenção das pessoas. Elas gostam de nossos olhos sérios e risadas alegres. Talvez estejamos esperando para sermos resgatadas, as pessoas pensam. Somos como algodão branco e pés cheios de areia, família rica e lilases, cada uma de nós.

Mas é fácil nos distinguir.

Bess (Elizabeth Jane Taft Sinclair) tem catorze anos, está sempre correndo para alcançar Penny e a mim. É a irmã esforçada, a que gosta de agradar, a mártir. Ela cozinha com nossa mãe, batendo sorvete e assando tortas. Separa os batons por tom, alinhando os tubos sobre uma bela bandeja em sua cômoda. Empilha as camisas e suéteres por cor.

Bess tem espinhas na testa. Não consegue ignorá-las — passando cremes, tônicos, álcool, corretivo. Quer acabar com aquelas espinhas, derrotá-las. Nesse ponto, ela é como nosso pai. Absorveu o valor que ele dá para o trabalho e o orgulho que tem disso, mas também sua indignação quando o esforço não é claramente recompensado. Bess é como uma estampa floral, um pote de lápis apontados, uma agenda semanal preenchida com uma bela caligrafia. Nem sempre é agradável — nem de longe. Mas é sempre boa.

Penny (Penelope Mirren Taft Sinclair) tem uma capacidade incrível de fazer as pessoas gostarem dela, por mais egoísta que seja. Todos querem tocar nela. Ela é a beleza da família, a que se destaca nas fotografias. Quando vovó M estava viva, fazia comentários sobre isso — o magnetismo da presença física de Penny. "Que linda", ela dizia sempre, puxando Penny num canto e lhe dando balas de caramelo.

Ela me rotulou de "boa menina" e Bess de "pequena ajudante".

Se meu cabelo tem cor de manteiga e o de Bess, de sol de primavera, o de Penny é cor de creme. Ela tem dezesseis anos e é elegante como um galgo. Ela se diverte quando quer. Quase nunca se esforça. Ama coisas bonitas e, as pessoas que despreza, despreza com um ódio inflexível.

Penny gosta de ordem, mas de uma maneira diferente de Bess. Ela quer que as coisas aconteçam com facilidade, sem conflito. "Seja normal", ela me diz. E o que quer dizer é: não fique zangada, não cause problemas, apenas dance conforme a música. Sinais de inquietação e tumulto perturbam Penny. Ela fica distante e quieta, e aquela distância e quietude a protegem de seus sentimentos. O que quero dizer é que ela prefere uma superfície lisa.

Eu, por minha vez, sou atleta e viciada em narcóticos.

Líder e enlutada.

Por fora, tenho olhos acinzentados e cabelo loiro-manteiga, agora com uma mandíbula bem definida e aparelho nos dentes. Pele pálida, bochechas rosadas. Um pouco mais alta que minhas irmãs, mais alta que muitos meninos da minha idade. Tenho o andar confiante e bons ombros de uma excelente jogadora de softball. Fico na frente de multidões com um sorriso. Resolvo os problemas de minhas irmãs. Essas são as qualidades que qualquer um consegue ver.

Mas meu interior é feito de água do mar, madeira empenada e pregos enferrujados.

9.

NA MANHÃ SEGUINTE à nossa chegada, eu me levanto às seis da manhã. Visto um suéter por cima da camisola, pois as manhãs em Beechwood são frias. Ao descer para tomar café, paro na porta do antigo quarto de Rosemary.

Está vazio. As camas do beliche estão arrumadas, cobertas com colchas antigas da coleção de minha mãe. Antes, Rosemary deixava uns trinta bichos de pelúcia na cama de cima, a maioria leões. Mas eles não estão mais aqui. Nem seu leão preferido, branco e molenga, chamado Xampu.

Os livros de Rosemary também não estão no quarto: antigos livros ilustrados e de histórias, coleções de contos de fadas. Também se foram suas Barbies, o negócio de desenhar espirais, a Bola Mágica. As prateleiras embutidas do quarto exibiam alguns objetos bonitos de que não me lembro — um vaso verde e branco, alguns livros de botânica. Quando abro o armário, está vazio, exceto por alguns cobertores dobrados de maneira impecável.

Tipper deve ter se esforçado bastante para esconder tudo o que lembrava Rosemary, não querendo causar dor a ninguém que pudesse entrar aqui por acaso.

Subo na cama de cima, onde minha irmã costumava dormir. Devia ter brincado mais de "família de leões" com ela.

Devia ter feito tranças embutidas em seu cabelo, embora Bess fizesse isso.

Devia ter feito mais biscoitos com ela, embora fizesse de vez em quando.

Ela era o bebê que queria subir e descer os degraus da varanda mil vezes, com a perna direita sempre na frente, a esquerda em seguida. A criança de quatro anos com saia de bailarina, correndo pela rua com uma varinha mágica. A menina de sete anos com snorkel e pés de pato, batendo o pé, frustrada porque ninguém queria levá-la para a praia. A garota de dez anos com uma pilha surrada de livros de Diana Wynne Jones, pedindo para repetir a torta de morango com ruibarbo, assando biscoitos com gotas de caramelo, exigindo que eu lesse contos de fadas para ela, por mais que já tivesse idade para ler sozinha.

— Quando a mamãe esvaziou esse quarto? — Penny está parada na porta, o cabelo claro e brilhoso despenteado depois da noite de sono, usando o short verde de ginástica da North Forest, uma camisa velha de camurça e suas adoradas pantufas com cabeças de carneiro na ponta.

— Não sei. Talvez Luda tenha esvaziado no outono.

— Preciso de café — diz Penny. Mas sobe no beliche de Rosemary comigo.

Sei que ela não quer conversar sobre nossa irmã. Sobre nossos sentimentos. Ela nunca quer. Vai se irritar se eu pressionar, então fico quieta.

Penny levanta os pés, ainda com as pantufas de carneiro, e os encosta no teto.

Levanto os pés também, de meias azuis.

Balançamos os dedos juntas no teto.

Tenho uma ideia.

— Quer vasculhar o sótão? — pergunto. — Só para procurar alguns dos livros antigos? E talvez jogos? Podemos querer ficar com eles. — Não menciono as outras coisas de Rosemary, suas roupas, leões de pelúcia e afins.

— Eu não recusaria uma partida de Detetive.

— E também aqueles livros da Diana Wynne Jones — digo.

— São bem legais. Eu releria algumas daquelas belezinhas, com certeza.

SUBIMOS PARA O andar de meus pais. No fim do corredor há uma passagem para uma escadaria estreita de madeira, que leva ao nosso sótão — a pequena torre. É um cômodo hexagonal com duas janelas e piso de madeira, mas tende a ser abafado e quente, então Tipper usa como depósito.

O espaço tem cheiro de madeira e pó. Há alguns tapetes enrolados. Baús e caixas de papelão cuidadosamente identificados com a caligrafia de nossa mãe. Como eu esperava, há um aglomerado de caixas aparentemente novas perto de uma parede, bem fechadas com fita.

Penny e eu passamos a meia hora seguinte olhando o conteúdo das caixas. Dou oi para o Xampu e para os outros leões de pelúcia, para os shorts e camisetas de Rosemary. Ah, que saudade dela. Mas quero que Penny continue me fazendo companhia, então logo fecho as caixas e me concentro nos jogos. Encontramos Detetive, Scrabble e a Bola Mágica. Vamos querer aquela régua espirográfica? Não.

Penny chacoalha a Bola Mágica enquanto vasculho um pouco mais.

— Vou me apaixonar por alguém? — ela pergunta.
Melhor não dizer agora, a bola responde.
— Pelo menos vou ficar com alguém? Neste verão? Ninguém?
Resposta indistinta. Tente outra vez.
— Aff. Vai rolar beijo? — ela pergunta, exasperada.
Sinais indicam que sim.
— Melhorou.

Os meninos fazem fila pela atenção dela desde que entrou na North Forest, mas Penny diz que nunca se apaixonou por nenhum deles.

"Tem uns bem gatinhos", ela me disse uma vez. "Mas são idiotas demais para namorar."

Parece injusto que Penny tenha recebido tanto magnetismo e beleza, como se tivesse sido presenteada por fadas ao nascer, e ainda assim os valorize tão pouco. Ela já havia perdido a conta de quantas pessoas tinha beijado, é uma das primeiras a ser convidada para todos os bailes, nunca está sozinha, a menos que queira. É valorizada pelas belas maçãs do rosto, pelo azul dos olhos, pelo pescoço alongado. E nunca conheceu outra forma de existir no mundo.

— Carrie vai se apaixonar por alguém? — ela pergunta à Bola Mágica.
Pelo que vejo, sim.
— Ahh, Carrie, você vai se apaixonar.
— Ela não disse quando — lembrei a Penny. — Posso me apaixonar quando estiver com trinta anos.
— Carrie vai se apaixonar *neste verão*? — Penny pergunta à bola.
Com certeza.

— Não tem ninguém por quem me apaixonar — digo à bola. — E também não tem ninguém para Penny beijar.

Ela suspira.

— É verdade.

Não sabíamos da vinda dos meninos até então. Não sabíamos como iriam mexer conosco, nos aborrecer, mudar nossa concepção de nós mesmas e subverter nossa vida como deuses embriagados brincando com o destino de mortais.

Mas ambas estávamos dispostas a ser subvertidas.

Penny continua fazendo perguntas ridículas para a bola.

— Algum dia vou conseguir decorar a tabela periódica? Vou me casar com Simon Le Bon? — Ele é o vocalista de uma banda de que ela gosta. — Bess é a pessoa mais chata da face da Terra, ou existe alguém mais chato que ela? Wharton vai perder o medo de gaivotas?

Pegamos Detetive, Scrabble e um jogo de gamão para nós, além de alguns livros desgastados de Wynne Jones. Por último, abrimos uma caixa de livros de contos de fadas de Rosemary. Muitos são velhos, pertenciam ao meu pai quando era mais novo, e, antes disso, à mãe dele. São grandes, com ilustrações misteriosas. Letras rebuscadas iniciam cada capítulo. São os livros que eu lia para Rosemary antes de dormir.

— A mamãe lia esses livros para mim e para Bess — Penny diz, tocando o exemplar no alto da pilha. — Mas não lembro de estarem com Rosemary.

— Estavam.

— Espero que ela não tenha se assustado. Alguns são bem sanguinolentos.

— Ela não tinha medo de histórias.

Levo os livros para o meu quarto. Então Penny e eu descemos; Tipper preparou bolinhos de cenoura com passas, coco e nozes. Tomamos café com leite e comemos bolinhos quentes na varanda, e o sol começa a aquecer o ar.

Ganho de Penny no Scrabble.

10.

— CARRIE — BESS GRITA da areia quando chego à praia maior. — Precisamos de você.

Minhas irmãs dizem isso o tempo todo. Dizem isso porque sou a mais velha. Nesse caso, precisam que eu arme o guarda-sol, uma grande engenhoca branca com um mecanismo complicado — mas começou com "Precisamos de você" para amarrar os sapatos. Que virou "Precisamos de você" para brincar de sereia com a gente, e depois "Precisamos de você" para recortar bonecas de papel, e "Precisamos de você" para dizer para a babá que pintamos a mesa de jantar sem querer.

Nos últimos tempos, evoluiu para "Precisamos de você" para nos ensinar a depilar as pernas, para ajudar Bess num trabalho da escola, para fazer Penny ser aceita na equipe de tênis depois de faltar a muitos treinos. Para ajudar Penny a fazer as malas porque ela deixou para o último minuto, para convencer Tipper a permitir que Bess use o vestido decotado que ela queria, para redirecionar a fofoca que está se espalhando pela escola agora que Penny largou Lachlan duas semanas antes do fim do semestre. "Precisamos de você" significa que minhas irmãs me amam, contam comigo, me admiram.

Depois que armei o guarda-sol, nós três passamos a tarde estiradas embaixo dele. Nossos pais ficam por períodos mais curtos, e Gerrard dá um mergulho durante seu intervalo, mas minhas irmãs e eu montamos acampamento. Duas toalhas de algodão estampadas estão estendidas de ponta a ponta. O guarda-sol fornece sombra. Temos morangos, amoras, sanduíches de presunto com queijo brie na baguete e biscoitinhos amanteigados. Um isopor com bebidas. Temos uma pilha de revistas e um aparelho de som portátil, que só ligamos quando nossa mãe não está por perto. Ela detesta música na praia.

Ouvimos fitas cassete: Terence Trent D'Arby, Pet Shop Boys, R.E.M., Duran. Deitamos de barriga para cima e dançamos, balançando braços e pernas.

Quando nadamos, nadamos juntas. Não tocamos no assunto, mas jamais nadamos sozinhas.

— Tipper tem uma fotografia secreta na gaveta de joias — digo às minhas irmãs quando nos deitamos sobre as toalhas, pingando e ofegando.

Não pretendia deixar escapar o que estava pensando, mas simplesmente saiu.

Bess arregala os olhos.

— De quê?

— Não sei — respondo. — Só vi uma pontinha. Ela escondeu na parte de baixo para eu não ver.

— Deve ser de Rosemary — Penny diz.

— Ela me deixaria ver se fosse Rosemary. Eu perguntei se era ela.

— Talvez não. Se achasse que você ficaria triste.

— Talvez seja o tio Chris — afirma Bess.

O irmão da minha mãe, Christopher Taft, fugiu para a América do Sul com uma mulher bem mais velha. É tudo o que sei sobre ele. Eu e minhas irmãs não o conhecemos e, até onde eu sei, Tipper não tem notícias dele. Os pais dela "desistiram de Chris" — é o que nossa finada avó M costumava dizer.

— Ah, sim, Christopher — Penny afirma. — Será que devemos dar uma olhada?

— Ahh, sim — Bess concorda.

— Não podemos mexer nas coisas dela. — De repente temo que elas corram até lá e peguem a fotografia, deixando um rastro de areia e bagunçando toda a gaveta de joias de nossa mãe.

— Ela não deveria ficar escondendo coisas de nós — Bess diz, fazendo biquinho. — Merecemos ver todas as fotografias dela.

— Ah, qual é? — Penny diz para mim. — Você não teria contado se não estivesse curiosa.

— Podemos entrar no quarto escondidas quando ela estiver ocupada no jardim — Bess acrescenta. — Você pode ficar de vigia enquanto Penny e eu roubamos a foto.

— Não — digo com firmeza. Não quero que elas perturbem nossos pais. — E se for ela e Harris pelados?

— Ai, eca. Não. — Penny coloca a língua para fora.

— Cruzes — diz Bess. — Mas não deve ser.

— Depois não dá para desver — digo a elas.

— Certo, tudo bem, esquece — Penny afirma. — Foi você que tocou no assunto.

11.

À NOITE, TIPPER colhe flores no jardim da cozinha e arruma a mesa de piquenique com uma toalha comprida no centro. Em seu avental branco e limpo, ela assa salmão. Há fatias redondas de limão em nossos copos. Depois que comemos, como Luda ainda não chegou, minhas irmãs e eu ajudamos com a louça.

Mais tarde, Penny rouba uma garrafa de vinho da adega. Eu pego um saca-rolhas e nós vamos sentar na varanda da Pevensie, a casa do tio Dean.

A Pevensie não é tão grande quanto a Clairmont. Fica de frente para a recém-construída quadra de tênis e para as passagens de madeira que levam de um lugar a outro. Ao longe, dá para ver o cais da família. O pequeno barco a motor (Guzzler) está atracado lá, assim como o veleiro. O barco a motor grande costuma ficar no cais dos fundos, usado pelos empregados.

Servimos o vinho em copos descartáveis e conversamos, basicamente sobre a escola, mesmo estando, enfim, livres dela. Erin Riegert, amiga de Penny, chega amanhã para ficar por tempo indeterminado. As duas eram inseparáveis na North Forest.

— Espero que ela não me odeie quando chegar aqui — Penny diz, pensativa.

— Por que Erin odiaria você? — pergunto.

— Ela nunca faria isso — Bess completa.

— Ela mora em um apartamento. Só ela e a mãe. Tem uma bolsa de estudos, eu acho.

— Você não sabe se ela tem bolsa de estudos?
— Ela tem bolsa. Está bem? Ela tem.
— Eu queria ter chamado uma amiga — Bess diz.
— Podia ter chamado — Penny afirma.
— A mamãe não deixou. Disse que seria gente demais e esse era o seu ano.

Aquilo era a cara de Tipper. Ela nunca tinha tentado dividir as coisas igualmente entre as filhas, apenas decidia que era a vez de uma, ou que uma delas seria a rainha aquele dia.

— Você pode ir com a gente nos caiaques — Penny diz a Bess — e à praia e tudo isso. Podemos fazer sorvete na máquina. Mas se eu e Erin estivermos jogando tênis, ou se quisermos ficar sozinhas no meu quarto, ou se formos para Edgartown, você tem que deixar a gente em paz e ir fazer suas coisas.

— Você é má — Bess diz, colocando mais vinho no copo.

— Não — diz Penny. Ela é assim mesmo: nega até o fim ter magoado alguém. — Só citei um monte de coisas que você pode fazer com a gente. Você pode ficar com a Carrie no resto do tempo.

— A Carrie tem a Yardley — Bess reclama. E é verdade. Nossa prima Yardley é um ano mais velha que eu, e ficamos sempre juntas quando ela vem.

Está tarde, então voltamos para a Clairmont, mas quando nos aproximamos de casa, nossos pais estão sentados na varanda. Um som atravessa a porta de tela da sala de jantar. Música clássica, um quarteto de cordas.

— Ah, droga. O vinho — digo. A garrafa está vazia, na minha mão. Bess está com os copos descartáveis.

— Se eles virem, vamos ficar de castigo o verão todo — Penny diz.

— Eu sei — Bess acrescenta, mesmo sem saber de nada.
— Podemos jogar do outro lado?
Ela está se referindo ao outro lado da passagem de madeira em que estamos. Abaixo tem um gramado e roseiras.
— Não — Penny responde. — Alguém vai achar e saber que fomos nós.
— Podemos esconder embaixo da madeira — Bess diz.
— Shhh — digo. — Tenho uma ideia.
Eu as conduzo de volta, para o nordeste da ilha.
— Aonde estamos indo? — Bess pergunta.
— Você vai ver.
É divertido vê-la com os olhos arregalados e me seguindo. A sensação me envolve como um casaco quentinho. Fui eu que fiz aquela menina má do time de futebol deixar Bess em paz no vestiário. Fui eu que pensei em dizer aos nossos pais que Penny ia visitar Erin quando ela quis sair com Lachlan. Fui eu que consegui colocar Penny de volta na equipe de tênis. Nesse sentido, sou como nosso pai. Ele sempre dá um jeito de seguir em frente. Ele resolve as coisas.

Fomos para o chalé Goose. É uma casa pequena em comparação às outras, com quatro lindos quartos sob tetos inclinados e uma cozinha pequena. Ninguém está hospedado lá no momento.

Abro a porta — as portas sempre ficam destrancadas na ilha — e jogo a garrafa de vinho na lata de lixo reciclável. Pego os copos descartáveis com Bess, lavo o vinho no fundo e também coloco no lixo.

— Problema resolvido.

Ficamos paradas na sala vazia, tocando objetos conhecidos e nos refamiliarizando com o espaço. A janela dá para o mar. O aparelho de televisão está empoeirado.

— Hey hey hey hey. — Um som é trazido pelo vento. Parece uma voz, bem suave. As palavras são cantadas. Apenas um sussurro.

— O que foi isso? — Penny pergunta.

— Hey hey hey hey. — Acontece de novo.

— Parece um gato — Bess diz.

— Não tem gatos aqui na ilha — retruco. — Como ele teria chegado aqui?

— Pode ser do Gerrard — Bess sugere.

— Ele não mora aqui — digo. — Gerrard volta para casa quase toda noite.

— Não é um gato — Penny afirma. — Parece... Parece a Rosemary.

— Hey hey hey hey. — O som é melodioso, como a abertura de uma música do Simple Minds que era popular alguns verões atrás.

— Ela amava essa música — Bess diz. — Ai, meu Deus. Ela sempre cantava essa música.

Penny começa a cantar:

— *La, la la la la. La la la la.* — É uma parte da música.

— Deixa de bobagem — digo a Penny com rispidez. — Você vai assustar Bess.

— Já estou assustada — Bess responde. — Não parece a Rosemary?

Sinto um arrepio no corpo todo.

Mas não acredito em fantasmas. E estamos meio bêbadas. Não tem motivo algum para nos exaltarmos.

— Buuuuuu! — Penny diz. — Na casa de hóspedes, ninguém pode te ouvir gritar.

— Penny! — Bess exclama.

— Penny, para — peço. — Deve ser uma gaivota em época de acasalamento. Ou uma foca ou algo do tipo. Precisamos lavar a boca. Deve ter pasta de dente no banheiro de cima.

Minhas irmãs me acompanham até o segundo andar. Acendemos a luz clara do banheiro e o exaustor começa a funcionar, abafando os sons do mar e todos os outros.

A pasta de dente está dura e pegajosa por ter ficado no armário o ano todo. Colocamos um pouco no dedo passamos nos dentes e na língua, acabando com o bafo de vinho.

Agora que não está mais assustada, Bess está eufórica, e o vinho lhe subiu à cabeça.

— A gente não presta — diz ela. — E já estamos todas no ensino médio. Eu vou sair com vocês. Erin vai chegar. Vai ser tão divertido, não vai? Vai ser o melhor verão de todos.

Fico com raiva de repente.

— Para. — Seguro os ombros de Bess com força. — Não diga uma coisa dessas.

— O quê?

— Que vai ser o melhor verão.

— Eu só...

— *Não* é o melhor verão.

— Eu só quis dizer que nós vamos... Que vai ser divertido, só isso. Vamos ficar acordadas até tarde, entrar escondidas na casa de hóspedes.

— Rosemary morreu — eu digo, aproximando o rosto do dela. — Como você pode dizer que vai ser o *melhor verão*? Ela morreu.

— Desculpa. Eu só...

— Você não pode simplesmente apagá-la assim. E ficar tão feliz. Que tipo de pessoa é você?

— Não foi por mal — Bess sussurra. — Falei por falar.

— Deixa a menina se animar com a porcaria do verão — Penny diz, apática e passando batom diante do espelho do banheiro. — Deixa ela ter um pouco de felicidade. Minha nossa, Carrie.

— É — Bess exclama, mudando de humor agora que Penny está do seu lado. — Me deixa ficar animada.

— Você é sempre tão dramática — Penny afirma. — Não tem problema nenhum ela ser feliz. Ser feliz é melhor do que ser, sei lá... uma poça de tristeza ou coisa parecida. Não é verdade? — Ela dirige a pergunta a Bess.

Bess faz que sim e acrescenta:

— Você não deveria dizer como eu devo me sentir, Carrie. Você sempre me diz como devo me sentir.

— Tudo bem. — Recuo na hora. Essas são as irmãs que me restam. — Já entendi.

Quando saímos na varanda do chalé Goose, tento escutar o som, o "hey hey hey hey". Não consigo evitar.

Mas não ouço nada.

Vamos para a cozinha da Clairmont, onde atacamos o freezer. Encontramos um pote de sorvete de chocolate e um de menta com gotas de chocolate.

Sentamos à mesa da cozinha juntas, mergulhando as colheres direto nos potes.

12.

TOMO UM COMPRIMIDO de codeína para dormir melhor. O som do mar batendo na praia parece alto e desconhecido quando deito na cama.

Ao adormecer, sonho que Rosemary está engatinhando pela longa escadaria da praia pequena. Seu cabelo está molhado e ela está com o maiô verde, aquele dos bolsos. O mesmo que usava quando se afogou.

A princípio, no sonho, fico com medo dela. É um fantasma saindo do mar, voltando ao lugar onde ninguém a amava o suficiente para mantê-la em segurança.

Mas nós a amávamos.

Sempre a amamos.

Eu sempre a amarei.

— Eu te amo, Rosemary — digo a ela.

E, em meu sonho, quando Rosemary chega ao alto da escadaria, está sorrindo. Feliz em me ver.

— Hey hey hey hey — ela canta.

Deita na passagem, e seu maiô molhado marca a madeira seca. Estica os braços acima da cabeça.

— *La, la la la la. La la la la.*

Quando acordo, o sol está entrando pelas frestas da cortina. Acordei cedo de novo, apesar dos comprimidos.

E Rosemary está ajoelhada em meu tapete, com uma camisola florida e as pantufas de carneiro de Penny.

13.

O TABULEIRO DE SCRABBLE está diante dela — o mesmo que Penny e eu deixamos na varanda ontem de manhã. Ela cantarola para si mesma enquanto forma palavras com as peças. *Panqueca*, cruzando com *canguru*, cruzando com *xampu*, cruzando com *abóbora*.

Fico olhando.

Ela é exatamente como a antiga Rosemary. Está bronzeada e tem sardas no nariz. Seu cabelo loiro-escuro tem mechas mais claras. Há um saco grande de batata frita ao seu lado, e ela come sem pensar.

Sei que está morta.

Não acredito em fantasmas.

Mas também não acho que estou alucinando.

— Bom dia — Rosemary diz sem levantar os olhos.

— Bom dia, florzinha. — Eu a encaro, admirada. — Como chegou até aqui?

— Senti saudades de você — Rosemary responde. — Então voltei por um tempinho. — Ela sorri para mim e pega o saco de batata. — Vou comer batatinha no café da manhã.

Batatinha no café da manhã — é uma coisa que eu e ela fizemos uma vez. É quase impossível comer besteiras de manhã nesta casa, já que minha mãe e Luda sempre acordam bem cedo, fritam bacon e fazem suco de laranja. Elas ligam o rádio na cozinha e fazem um alvoroço, quase como se fossem duas amigas. Bem, é só Luda que leva o lixo para as lixeiras que ficam perto da casa dos empregados; só Luda que limpa a gordura do fogão. E é só Tipper que decide o que será preparado. Mas elas parecem gostar de ficar juntas na cozinha.

Enfim, certa vez, quando Rosemary tinha sete anos, ela acordou às cinco da manhã e, por algum motivo, foi me chamar. Descemos juntas na ponta dos pés e preparamos chá com muito leite e açúcar. Pegamos dois tipos de batata frita na despensa: ondulada com sabor de molho *ranch* e tradicional, só com sal. Levamos as batatas e as canecas de chá até o cais da família. Pegamos o fim do nascer do sol. Rosemary queria que cantássemos a música que ela chamava de "Billie Jean is not my lover", então cantamos. Ela gostava daquela música. Não fazia ideia do que a letra dizia.

Depois desse dia, ela sempre me perguntava se podíamos comer batatinha no café da manhã. Às vezes, eu dizia: "Me acorde cedo e nós comemos". Mas ela nunca acordava cedo o bastante. Tipper e Luda estavam sempre na cozinha. Outras vezes, eu dizia: "Ah, não, florzinha. Quero dormir mais um pouco. Coma um ovo e acrescente algo à família. Está bem?".

Agora, eu me arrependo de todas as vezes que disse não a ela. Mas não é assim que as pessoas se sentem quando alguém morre? É um clichê. Desejar que fosse diferente. Se arrepender.

— Você foi uma boa irmã — Rosemary diz, como se lesse meus pensamentos. — Eu não voltaria por Penny ou por Bess. Nem mesmo pela mamãe ou pelo papai.

Sento e esfrego os olhos.

— Você ama a mamãe e o papai.

— Está bem, eu voltaria pela mamãe também. Porque ela é a mãe. Eu subi lá ontem à noite e a vi.

— Viu? Como foi?

— Hum.

— "Hum" o quê?

Ela brinca com uma mecha de cabelo.

— Ela virou as costas.

— O quê?

— Ela... Achei que ela quisesse me ver. Mas não quis.

Rosemary engatinha sobre o tabuleiro de Scrabble, desfazendo todas as palavras que tinha acabado de formar.

— Você vai subir no meu colo? — pergunto.

— Vou.

Ela é grande demais, mas sobe no meu colo mesmo assim. Eu a abraço. O cabelo emaranhado de Rosemary tem cheiro de condicionador e água do mar. Ela parece sólida, nem um pouco fantasmagórica. Está respirando.

Ficamos assim por um tempo.

— A mamãe me viu e foi embora — Rosemary diz depois de um tempo. — Ela virou depressa, com uma expressão de choque, e saiu do quarto para o corredor. Fui atrás dela, porque achei que fosse me abraçar, chorar ou talvez ficar feliz, mas quando ela chegou no patamar da escadaria, antes de descer, virou de novo e disse: "Por favor, não me siga. Não me visite e não me siga. Tenho que me manter firme. Pelo resto da família".

— Ah, florzinha.

— Ela estava com medo de mim.

— Ela te ama. Ela só... Ela te ama — eu digo.

— Acho que sim. — Rosemary sai do meu colo, pega o saco de batata frita e senta na beira da cama. — Pode ler uma história para mim?

— Sério? — pergunto. — Você volta dos mortos e, depois de um abraço rápido de reencontro, quer ouvir uma história?

— Isso mesmo.

A sensação de que o ano passado nunca aconteceu é tão grande que toco meu queixo para ter certeza de que fiz a cirurgia.

— Você está diferente. Está ótima. É meio estranho, mas já já eu me acostumo — Rosemary diz, juntando as frases e revirando os olhos.

— Obrigada.

— Doeu? — ela pergunta. — Porque morrer doeu muito, mas só por um segundo, depois ficou tudo bem. O medo de morrer é que foi terrível. E eu estava pensando, quando vi seu rosto antes de você acordar, seu novo rosto, que você deve ter sentido muito mais dor que eu, não foi?

— Sim, doeu. — Fico feliz demais por ela não ter sofrido.

— Tipo... o que fizeram com o seu rosto dói bem mais que a morte.

Eu ri.

— Certo, agora leia. — Rosemary pega um livro de contos de fadas e me entrega. — Você sabe qual eu quero.

14.

A HISTÓRIA QUE ela quer é "Cinderela". Sempre foi sua preferida, por mais que Tipper e eu tentássemos fazer com que escolhesse outra. Porque é uma história de casamento, sabe? — o tipo de história em que a melhor recompensa para uma garota boazinha é um belo príncipe. Até Tipper achava antiquado. Mas Rosemary adorava.

"Por que 'Cinderela'?", perguntei certa vez.

"Por causa das roupas bonitas e das festas, e também gosto da parte da abóbora", ela respondeu. "A abóbora é a melhor."

Então li "Cinderela" em voz alta, maravilhada por poder fazer isso, tentando estender aquele momento estranho e agradável.

Quando a história termina, Rosemary levanta.

— Até logo, Carrie. Estou cansada.

Ela sai do meu quarto como se fosse um dia como outro qualquer.

Fico ali sentada com o livro na mão.

As peças de Scrabble espalhadas pelo tapete. O saco de batata frita vazio.

NOSSA FAMÍLIA SEMPRE amou contos de fadas. Tem algo de feio e verdadeiro neles. Machucam, são estranhos, mas não conseguimos parar de lê-los, várias vezes.

Quero contar o preferido de Rosemary. Minha versão dele.

Quero contá-lo porque a história me parece uma forma de contar a história da minha família e daquele verão, quando eu tinha dezessete anos. Ainda não sei como explicar o que aconteceu de nenhuma outra forma.

Cinderela

TRÊS IRMÃS MORAM *juntas em uma casa.*

Duas são bonitas, mas seus corações, perversos.

A terceira irmã, irmã postiça — Cinderela —, não é apenas bonita, mas virtuosa e boa.

Sua vida, porém, é difícil. Ela passa o dia ajoelhada esfregando o chão. Suas mãos e seu rosto ficam sujos de cinzas. As unhas, pretas de fuligem.

Um dia, o príncipe anuncia um festival, com bailes e festas durante vários dias. Haverá música e quitutes deliciosos.

Todos querem ir, é claro.

Cinderela também quer, mas quer mais é que suas irmãs a aceitem. Será que poderia ir ao festival com elas? Por favor?

A resposta é não. As irmãs, vaidosas e consumidas pela própria vida, cegas ao sofrimento alheio,

embriagadas pelo álcool quente do desejo de aprovação dos pais,

desesperadas por amor e validação...

enxergam Cinderela como uma concorrente.

A madrasta responde que Cinderela não pode ir ao festival porque não tem um vestido. Todos vão sem ela.

Então Cinderela vai ao túmulo de sua finada mãe. Sobre o túmulo, há um pássaro em uma castanheira. O pássaro joga um vestido dourado para Cinderela.

Nós sabemos o que acontece em seguida. Depois de dançar com o príncipe, Cinderela sai correndo. Foge dele porque se sente constrangida por ser a irmã desprezada, suja de cinzas.

Ela deixa cair um sapatinho.

O príncipe o pega. Ele a procura.

Quando o rapaz vai até a casa da família de Cinderela procurando pela mulher cujo pé cabe no sapato, as irmãs postiças competem por seu afeto. Mutilam os próprios pés, tentando agradar à mãe (que quer que elas se casem com um bom partido) e esperando encontrar o amor.

Uma corta o dedão fora.

A outra corta o calcanhar.

Elas colocam os pés deformados no sapato, mas o sangue escorre todas as vezes. O príncipe percebe que o sapato não é do tamanho delas.

Quando ele pergunta se a terceira filha poderia experimentar o sapato, o próprio pai responde que ela é apenas uma "Cinderela deformada".

Mas ela experimenta o calçado e seu pé desliza facilmente dentro do sapatinho coberto de sangue. Ela não é nada deformada.

O príncipe a reconhece e decide se casar com ela.

ESSA É A minha história.
    Ou seja, eu sou a Cinderela.
    Sou a irmã boa,
    a estranha,
    a enlutada.
    Assim como eu, Cinderela passa da disformidade à beleza e ascensão social.
    Sua nova aparência é minha nova aparência.
    Mas também sou a irmã postiça.
    Sou vaidosa e consumida pela minha própria vida,
    embriagada pelo álcool quente do desejo de aprovação dos pais,
    desesperada por amor e validação,
    automutilada,
    vendo minhas irmãs como concorrentes.
    Ensanguentada.

PARTE QUATRO
Os meninos

15.

ALGUNS DIAS APÓS a primeira aparição de Rosemary, meu tio Dean chega com os filhos, Yardley e Tomkin (nome verdadeiro: Thomas). Dean também traz a amiga de Penny, Erin Riegert. Gerrard transporta todos no barco grande, que tem uma cabine embaixo.

Dean é divertido. Mora na Filadélfia. É advogado, embora não pareça trabalhar muito.

Quando ele se divorciou da esposa, oito anos atrás, deixou que ela ficasse com os filhos durante o ano. Dean fica com eles nos verões e os traz para a ilha. É o pai brincalhão, tentando compensar o tempo perdido. Quando ele está aqui, Luda lava sua roupa, esvazia sua lava-louça e limpa as banheiras, mas Dean sempre foi o adulto que fazia a maior parte das coisas com as crianças. Ele nos leva para velejar de bom grado, ou para tomar sorvete em Edgartown, quando Tipper está ocupada com assuntos domésticos e Harris está ao telefone tratando de negócios. Dean parece estar totalmente de férias quando vem para cá. Ele brinca com Tomkin na água. Aproveita a vida, toma cerveja, distribui tapinhas nas costas.

Ele e meu pai são donos de Beechwood, mas hoje Harris recebe o tio Dean como se ele fosse um convidado. O barco chega ao meio-dia. Nós descemos para o cais.

— Por onde vocês andaram? — Harris pergunta com alegria quando Dean desembarca. — Tivemos que começar o verão sem vocês.

— Tive uns problemas no trabalho — Dean responde. — Tem almoço? Eu comeria um Cadillac.

— Sanduíches e batata frita — minha mãe diz. — Deve estar pronto na Clairmont em uma hora.

— Aquele de carne fatiada com raiz-forte que eu adoro?

— No pão de fermentação natural. Com salada de atum. Sua geladeira está cheia, se não conseguir esperar. — Pevensie tinha sido arejada, limpa e reabastecida.

— Tomkin precisa fazer xixi — Dean diz. — Bess, pode levar seu primo ao banheiro?

— Eu posso ir ao banheiro sozinho — responde Tomkin.

Ele é magro e sardento, com cabelo castanho e nariz arrebitado. Suas penas de menino de onze anos estão cobertas de arranhões e picadas de mosquito. Aqui, na ilha, ele passa o tempo olhando as poças de maré e escalando rochas. No ano anterior, ele e Rosemary construíram várias casas de fada ao redor de um toco de árvore nos fundos da Pevensie. Algumas eram feitas de pedra, outras tinham estrutura de gravetos e telhado de folhas, lares perfeitos para as bonecas menores de Rosemary, mas a maioria ficava vazia para fadas de verdade. Eram decoradas com conchas, pedaços de musgo, cinorródios e rosas japonesas. Tomkin é bem legal. Ele acompanha as meninas. Esse ano, quase não parece ter crescido.

Bess vai junto, carregando as malas dele.

Penny já não está mais no cais. Capturou Erin e as duas saíram correndo para a casa gritando, arrastando as malas de Erin. A amiga poderia muito bem dormir no antigo quarto de Rosemary, mas Penny quer ficar com ela. E, de qualquer modo, no quarto de Penny há duas camas.

Minha mãe me cutuca com o cotovelo.

— Yardley.

Estou retraída. Não vejo nenhuma dessas pessoas desde o Natal, antes de minha cirurgia. Conversei com Yardley pelo telefone algumas vezes. Ela me mandou um cartão quando fiz o procedimento. Sei que sua mãe deve tê-la mandado escrever, mas estava bem escrito. A caligrafia grossa e dançante preenchia toda a parte interna do cartão, de ambos os lados, e invadia a parte de trás.

> Que %&$* fazer dieta líquida. Só agora me liguei do quanto gosto de mastigar. Sou, tipo, obcecada com isso, na verdade. Chiclete!
> Bala de alcaçuz! Só das vermelhas. Outras coisas mastigáveis, como caramelo! Ou coisas crocantes, como nozes!
> Tá. Eu não ligo nem um pouco para nozes. Mas masco muito chiclete.
> Desculpe, não quis te deixar com inveja de tudo o que eu mastigo. A intenção deste cartão era te animar!
> Ah, vou te contar uma coisa divertida. Estou namorando outro menino! Me livrei do Reed, de quem comentei no Natal, porque ele NÃO estava sendo solidário com minha angústia em relação ao vestibular. Queria ir à minha casa ficar me agarrando quando eu estava literalmente *preenchendo a ficha de inscrição de Harvard*, para o dia seguinte.
> Então eu disse: tchau, Reed.
> Namorado novo = George.

O George quer ficar me agarrando o tempo todo também, mas agora já enviei as fichas de inscrição, então não tem problema. Ele pratica canoagem, que eu nem sabia que era um esporte, mas pelo visto é.

Certo, acabou o espaço, espero sua resposta.

Com amor,
Yardley

Ela não entrou em Harvard. Vai estudar na Connecticut College e quer cursar medicina.

Dean está decepcionado. Ele e Harris estudaram em Harvard. Mas, em geral, Yardley "acrescenta algo à família". Tem corpo e rosto esguios, e está em boa forma física, com pernas fortes e robustas. Seu rosto é sardento e o nariz, arrebitado, como o de Tomkin; o cabelo castanho bem cheio irradia saúde e esportividade americana. Sua voz é firme e notável, a linha da mandíbula, acentuada do queixo à orelha.

Yardley é comprometida e, quando quer, bem esforçada, mas às vezes é extremamente boba. Não é criativa — ela mesma diz isso —, então sempre fica admirada com as festas e extravagâncias de verão de minha mãe, e até mesmo com os desenhos que faço de vez em quando e com as pulseirinhas de amizade que eu teço.

— Carrie! — Yardley grita, descendo do barco com uma sacola de tecido cheia de Pop-Tarts e latas com bolas de tênis.
— Vem aqui, gata. Caramba, você está linda.

Eu a abraço.

— Bem-vinda a mais um verão.

— Este vai ser diferente.

— Nem tanto.
— Ah, vai, sim. Venha conhecer os meninos.
Olho para ela com desconfiança.
— Que meninos?
— Eu trouxe um presente para você.
— O quê?
— Brincadeira. Mais ou menos. — Yardley me arrasta para dentro do barco e descemos para a cabine, onde dois adolescentes estão debruçados sobre um terceiro, que nitidamente acabou de vomitar em um balde verde. — São péssimos marinheiros, mas são gatinhos — ela diz.
— Eu sou um bom marinheiro — retruca um deles.
Tem ombros largos, pele clara, cabelo preto e volumoso e maçãs do rosto pronunciadas. Seu nariz parece ter sido quebrado várias vezes. Está usando uma camiseta do festival de música Live Aid e bermuda de anarruga.
— O mar estava muito agitado — o menino que vomitou comenta. Ele tem uma beleza menos convencional, narigudo e alto, com cabelo ruivo bem curtinho. Um visual totalmente Nova York. Usa jaqueta de couro, apesar do calor.
O terceiro se aproxima e fala no ouvido de Yardley:
— Esse vômito foi o momento mais terrível da minha vida — ele finge sussurrar.
É praticamente todo bege: pele bronzeada, cabelo castanho-claro, altura mediana. Compensa o excesso de bege com uma bermuda xadrez vermelha e uma camisa polo rosa com a gola levantada.
Deve ser George. O canoísta. A menos que Yardley já esteja com outro. Ela tem uma aparência normal — bonita, mas não linda, e não há nada de especial em suas roupas —,

mas está sempre namorando. Não sei o que tanto chama a atenção dos garotos. Talvez sua autoconfiança. Yardley não se preocupa — ou pelo menos não parece se preocupar — com todas as coisas que me deixam inquieta. Ela sabe o seu lugar no mundo; alheia, feliz e acima de tudo capaz de simplesmente amar e ser amada. Seja como for, eu a adoro.

— Esta é minha prima Carrie. Ela tem dezessete anos, é melhor que todos vocês com um taco de beisebol na mão, sabe onde todos os corpos estão enterrados nesta ilha, e vocês estão muito felizes em conhecê-la. Certo?

George-bege aperta minha mão.

O menino de ombros largos e nariz quebrado faz uma reverência cômica.

O ruivo de jaqueta de couro levanta os olhos do balde.

— Me desculpe por ser tão nojento.

— Obrigada pelo presente, Yardley — digo. Ousado dizer isso, mas estou falando sério.

— De nada. — Yardley vai até o balde de vômito e o recolhe. — Major, terminou de vomitar?

— Terminei.

— Tem certeza?

Ele semicerra os olhos.

— Vamos para terra firme agora, né?

— Sim, vamos.

— Então tenho certeza.

Yardley sai da cabine e vai até a popa do barco, onde joga o conteúdo do balde e o lava no mar. Nós vamos atrás dela, os meninos carregando mochilas. As sacolas de roupas já foram levadas pelos empregados.

— Quer uma pastilha de hortelã, Major? — Yardley pergunta. — Acho que vai querer antes de conhecer meus tios.

Major faz que sim.

Ela pega uma embalagem de papel no bolso de trás do short e tira uma pastilha.

— Certo, seus ridículos, saiam do barco e venham conhecer todo mundo. Elogiem minha tia Tipper, está bem? E apertem a mão de meu tio Harris.

E assim, de forma tumultuada, meus pais conheceram George Bryce-Amory, o namorado bege porém rosa-e-xadrez-e-canoísta, de Yardley. George é todo sorriso exibindo os dentes, braços fortes e proclamações cordiais ("Que lugarzinho bonito vocês têm aqui") intercalados com apartes autodepreciativos.

— Ah, eu sou um péssimo cozinheiro — ele diz à minha mãe quando ela se oferece para abastecer a cozinha do Goose para ele e seus amigos. — É chocante, assustador, até. Eu sei fazer café queimado e, deixe eu ver, um mingau de aveia meio cru, e só.

Tipper logo o convida para tomar café na Clairmont todas as manhãs e diz que ele pode pegar um pedaço de torta que sobrou.

— O café é servido sempre às seis — ela explica. — E por volta das oito tem ovos e bolinhos. — Ela promete comprar cereal para o chalé e pergunta a marca preferida de cada um dos meninos. George gosta de Lucky Charms.

— É repulsivo, eu sei. Deveria comer aveia, mas gosto tanto desse — ele afirma.

Jeremy Majorino, conhecido como Major, é o vomitador que enjoa com o mar, cabelo ruivo e jaqueta de couro. É cria (sabemos depois) de uma escola particular com pretensões artísticas no Brooklyn, e ficou amigo de George após anos de acampamento de verão.

— Quando George decide que é seu amigo, você não tem escolha — Major diz, apertando a mão de Harris meio sem jeito. — É o cara mais leal que eu conheço.

Enquanto tudo isso está acontecendo, o menino de ombros largos e nariz quebrado fica parado atrás dos amigos, com as mãos no bolso, olhando fixamente para o mar. Sua camiseta desgastada balança com o vento. Nossos três cachorros vão até ele, que se abaixa para acariciar suas cabecinhas peludas. Eu o ouço dizendo, baixinho:

— Ah, oi, bonitão. Ah, sim, você também. E você. Eca, você melou minha mão. Melou minha mão com seu focinho! Vou limpar no seu pelo, seu cachorro melequento. Você merece. Sim, você merece. Já somos amigos? Acho que sim.

Ele percebe que estou olhando e levanta. Sorri. Suas sobrancelhas são grossas sobre os olhos castanho-escuros. O cabelo quase preto não é cortado há séculos.

Seu nome é Lawrence Pfefferman, ele diz aos meus pais.

— Podem me chamar de Lor, é mais fácil. Ou Pfeff — ele diz.

— Cuidado — Yardley sussurra em meu ouvido.

— Por quê? — pergunto.

— Apenas tome cuidado, só isso — ela diz. — Pfeff é complicado.

Pronuncia-se "Feff". Aos meus pais, George explica que ele e Pfeff são amigos de escola, na Filadélfia.

— Você gosta de barcos, Lor? — meu pai pergunta, olhando para Major com ar de brincadeira.

— Sim, senhor.

— Muito bem, então. Vamos velejar hoje à noite, para ver

o pôr do sol. Todo mundo menos aquele cara. — Mais um cutucão em Major porque ele vomitou. — Você topa, George? Velejar um pouco?

George pareceu hesitante em deixar Major sozinho em sua primeira noite na ilha, mas não precisa dizer nada, porque Tipper interrompe:

— Harris, temos a Caça aos Limões hoje à noite.

— Ah, mas o clima está...

— Não — Tipper diz com firmeza. — Estou preparando a Caça aos Limões há dias. Não vai dar para vocês irem hoje à noite.

Ela leva as festas muito a sério. Meu pai sorri.

— Amanhã, então — ele diz a George e Pfeff. — Vamos pegar um bom pôr do sol. Vou levar vocês para o chalé Goose.

Ele pega a mochila de alguém e segue pela passagem que leva à casa de hóspedes. Yardley e os meninos vão junto.

Pfeff é o último a acompanhá-los e, no caminho, estica o braço para tocar as rosas. Ele salta para bater no galho de uma árvore que forma um arco sobre o caminho.

16.

MINHA MÃE VIRA para o tio Dean.

— Oi.

— Linda como sempre, Tipper. Que bom ver você. — Ele sorri.

— Onde você estava com a cabeça? — Seu modo de agir

é pomposo, como se fosse a esposa de uma série de TV em preto e branco. Ela inclina a cabeça.

— O quê? Eles são bons meninos — Dean afirma, acendendo um cigarro. Ele é um homem grande, um pouco mais alto que meu pai, levemente atarracado. — Yardley está saindo com George há cinco meses. Já levei o rapaz para jantar. Jogamos golfe algumas vezes.

— Você não me *pediu* — minha mãe diz. — Nem me avisou que eles vinham.

Dean olha para o mar e balança a cabeça.

— Não tenho que contar nada para você, Tipper. E muito menos *pedir*.

Em teoria, ele tem razão. Dean também é dono da ilha. Mas como Harris é o irmão mais velho, e Dean é divorciado, e provavelmente por um milhão de outros motivos, ele fica em segundo plano. Minha mãe é a anfitriã, e Dean deixa que ela coordene os empregados que cuidam da casa dele e encha sua geladeira. A despensa está repleta de seus biscoitos preferidos e de garrafas de cerveja cara, graças a ela.

Tipper sorri.

— E se eu já tivesse convidados no chalé Goose?

Ele dá de ombros.

— São quatro quartos. Os rapazes poderiam dividir, ou alguém poderia dormir no sofá-cama.

— Nem todo hóspede gostaria de dividir o espaço com três adolescentes.

Dean olha para ela.

— Você tem algum hóspede no Goose, Tipper? E, se tivesse, teria me pedido antes de convidar? Ou teria me avisado?

Ela desvia o olhar.

— Yardley tem dezoito anos — Dean diz. — Ela quer ficar com o namorado antes de ir para a faculdade e provavelmente nunca mais vê-lo de novo. Então ele veio passar um tempo aqui e trouxe uns amigos. Não é nada de mais.

— Três meninos chegando de surpresa — diz Tipper. — Acha que comprei frango suficiente para o apetite que eles têm? Para hoje à noite?

Dean tenta amenizar a situação.

— Eles comem cachorro-quente. Não vão se importar.

— Eu me importo. Não quero oferecer cachorro-quente para eles.

— São amigos de Yardley — eu me meto na conversa. — Ela disse que são de boas famílias e tudo o mais.

Tipper se vira para mim.

— Você não tem ideia do que é administrar esta propriedade com hóspedes que chegam de surpresa.

—Você não pode mandá-los embora — eu digo. — Seria falta de educação não deixá-los aqui por pelo menos uma semana.

Ela franze a testa. Sei que detesta ser grosseira.

— Eles vão alegrar o lugar — acrescento. Não preciso mencionar Rosemary, mas ela sabe do que estou falando. A ausência de Rosemary, é o que precisamos dissipar. — Pode ser divertido — continuo. — Você sabe... para mim e Penny. Podemos andar de caiaque e, como Harris disse, de veleiro. Podemos fazer um torneio de tênis ou algo assim. — Estou vendendo a ela um pacote de atividades saudáveis.

Minha mãe cruza os braços.

— Por favor, Tipper? — peço, apoiando a cabeça no ombro dela. — Melhor pessoa, mãe mais legal do mundo. Deixa eu me distrair um pouco. Preciiiiiiiiiiiso disso.

Ela suspira, mas percebo que a convenci.

— Eu estou sobrecarregada de verdade — ela diz a Dean.

— Agradeceria se você assumisse a churrasqueira. Hoje à noite. E outras vezes. Assim que se acomodar.

Dean sorri.

— Adoro pilotar a churrasqueira.

Quando Dean sai, minha mãe se vira para mim.

— Faça com que eles se divirtam, está bem?

— Os meninos?

— É claro, os meninos. Já que vão ficar, serei uma boa anfitriã. Leve todo mundo para a praia, mostre os caiaques. E verifique se eles sabem mexer no videocassete, na máquina de lavar roupa, essas coisas, para que fiquem confortáveis. Não acredito que Dean teve a coragem de fazer isso. — Ela balança a cabeça. — Três meninos, sem avisar. As camas do chalé nem estão arrumadas. Pode fazer isso para mim?

Major, George e Pfeff. Posso sentir a presença deles daqui, como uma pulsação ou batimento cardíaco, lá na casa de hóspedes. Testosterona, privilégios, cerveja gelada e risadas.

Digo a ela que sim.

17.

QUANDO CHEGO À Goose, encontro um verdadeiro caos. No pátio depois da passagem de madeira, George e Major estão jogando pingue-pongue, após terem arrastado uma mesa antiga que estava havia anos no galpão do jardim. Ambos estão sem camisa. George é musculoso e tem um bronzeado uniforme, combinando com o cabelo castanho; Major é pálido e ágil. As cuecas aparecem na linha da cintura. A de George é xadrez azul e verde, contrastando com o xadrez vermelho da bermuda. A de Major é azul.

— Oi! — George segura a bola para interromper o jogo.

— Carrie, certo?

— É.

As malas estão empilhadas na varanda. As roupas estão escapando para fora. Raquetes de tênis, pacotes de salgadinhos. Uma máquina de escrever está aberta, com uma folha de papel dentro.

Pfeff está sentado na varanda, encostado na parede da casa, segurando uma coca-cola em uma das mãos e o telefone azul da cozinha na outra. O fio em espiral se estica pela janela.

— Desculpe... desculpe... Eu já pedi desculpas — ele repete. — Eu sei, mas estou ligando agora... Sim, a namorada do George, Yardley. Ela convidou a gente. — Ele olha para George e Major. — Quando a Yardley convidou a gente?

— Ela me convidou faz tempo — George responde. — Você e o outro mala sem alça foram convidados na terça à noite.

— Terça à noite — Pfeff diz ao telefone. — Não, eu não tenho o telefone do pai dela. Ele está em uma outra casa. Estamos em uma casa de hóspedes... Massachusetts, eu acho. — Ele olha para cima novamente. — Estamos em Massachusetts, certo?

— Certo — respondo.

— Ahã — Pfeff diz ao telefone. — Ela confirmou... Major, quanto tempo vamos ficar aqui?

Major dá de ombros.

— Talvez para sempre. Este lugar é incrível.

— Talvez para sempre — Pfeff diz.

— É a mãe dele — George me explica, enquanto joga a bola de pingue-pongue para cima e pega novamente.

— Eu sei que sou um péssimo filho — Pfeff diz. — E sei que você merece um ótimo filho, então que pena que não teve essa sorte, mas também sei que você me ama mesmo assim... É claro que eu te amo. Então estamos bem? ... Além disso, já sou maior de idade. Isso significa que não preciso voltar para casa. Certo.

— Eu vim mostrar como funciona a máquina de lavar e as outras coisas — digo.

— Yardley já mostrou — Major diz.

— Já estamos por dentro de tudo — George explica.

E talvez seja porque os dois estão sem camisa, mas não consigo parar de olhar para eles. Ou talvez seja a forma como já subverteram todo o ambiente normal do chalé Goose. Ou talvez seja só porque está muito calor lá fora — mas eu mesma me surpreendo e digo:

— Então vamos nadar. Ninguém pode dizer que esteve em Beechwood antes de entrar na água.

— Com certeza! — George exclama. E Pfeff desliga o telefone.

As toalhas de praia estão em um armário perto da porta. Os meninos procuram os trajes de banho, Pfeff vasculha a mala, jogando camisetas e jeans pela varanda, e depois vai se trocar no quartinho dos fundos, gritando:

— Não entrem, estou pelado!

Major responde que ninguém está interessado em ver o pinto dele, e Pfeff pergunta, ainda no quartinho:

— Como assim? É um pinto perfeitamente normal. Um

ótimo pinto, na verdade. Ah, nossa, Carrie vai pensar coisas terríveis de mim. Major, você nunca viu meu pinto. Carrie, ele nunca viu. É sério.

George manda ele calar a boca e Major diz que ele *faz protestos demasiados*. Os dois se trocam rapidamente nos quartos do andar de cima. George telefona para Yardley, que está na Pevensie, e juntos descemos a longa escadaria de madeira até a praia pequena.

DUAS DA TARDE é o horário perfeito para nadar em Beechwood. O sol aqueceu a água o dia todo. A enseada está protegida do vento. A praia é rochosa. A areia da praia maior é melhor, mas a praia pequena passa uma sensação mágica de privacidade.

Os três meninos vão correndo e berrando para a água, mergulham sob ondas leves assim que a água chega à altura dos joelhos. Fico parada por um momento e os observo. Os músculos de suas costas são torneados. Os ombros estão brilhando, molhados. Eles tiram os cabelos dos olhos e molham uns aos outros. George nada *crawl* com seriedade até as rochas pontiagudas que contornam a enseada, então para e flutua, olhando para cima. Pfeff grita e nada até onde George está.

— Você vem? — Major me pergunta. — A gente não morde.

Tiro a roupa por cima do biquíni e entro na água. A codeína que tomei mais cedo bloqueia todos os pensamentos sobre o que aconteceu com Rosemary naquela mesma água. Em vez de pensar naquilo, ouço o eco das ondas, sinto o calor do sol e o frescor da água do mar tocando minha pele.

Estou acordada. Estou me expandindo.

Os nervos da ponta dos meus dedos desejam tocar alguém, a pulsação em minhas veias acelera.

Eles estão aqui em nossa ilha, esses meninos. Transformando-a. Profanando-a, talvez.

Pode durar uma semana.

Podem ficar para sempre.

18.

ANTES DO JANTAR, visto um dos meus vários vestidos brancos de algodão. Me sinto velha demais para usar amarelo e, na Caça aos Limões, todos temos que usar amarelo ou branco. Penteio o cabelo e passo um pouco de blush.

Depois de várias noites, as pérolas negras continuam no mesmo lugar em minha cômoda. E me ocorre que não era para eu ter ficado com elas. Tipper vai ficar zangada por eu não ter devolvido antes. Ela costuma ser severa com coisas assim, pequenas falhas de etiqueta que para ela significam que alguém não dá valor a alguma coisa. "Educação é gentileza", Tipper sempre diz. Acha que ser educado é demonstrar seu valor para outras pessoas; mostrar que tem consideração pelo tempo delas, por suas posses, pelo seu esforço criativo.

Sei que ela está lá embaixo, de avental, trabalhando na cozinha com Luda, então escrevo um bilhete curto.

Querida melhor mãe do mundo, emprestadora de pérolas,

Obrigada pela oportunidade de usar este colar, e por dizer que um dia ele será meu.
Com amor,
Carrie

A PORTA DO quarto de meus pais está aberta. O quarto está vazio, exceto por Wharton. Ela está dormindo em cima de um cobertor branco na beira da cama e nem se mexe quando eu entro.

As roupas de Harris estão jogadas em uma poltrona. Sua mesa de cabeceira está bagunçada com alguns óculos, livros (The Fatal Shore, Lonesome Dove, um livro sobre a CIA), spray nasal, lenços e um potinho laranja de plástico com remédios controlados para dormir. O nome é Triazolam.

A mesa de Tipper tem só um pote bonito de vidro com creme perfumado para as mãos e uma bandejinha que sei que usa para colocar os brincos.

Fico olhando para o lado de Harris da cama.

Ele usa spray nasal.

Ele precisa de remédio para dormir.

Ele esquece de jogar os lenços fora.

O Harris Sinclair que conheço está sempre alerta, sempre decidido. Seu saque no tênis é brutal, suas opiniões também. Mas sua mesa de cabeceira parece vulnerável. Demonstra desconforto e fadiga.

Olhando ao meu redor para ter certeza de que estou sozinha, abro o pote de Triazolam. Coloco um pouco no bolso do vestido, deixando a maior parte no pote. Volto a fechá-lo.

Então vou até a penteadeira de Tipper. Coloco o colar de pérolas negras na gaveta de joias, deixando o bilhete embaixo, como uma surpresa.

Ela vai gostar.

Estou prestes a fechar a gaveta quando sinto a fotografia. Embora tivesse dito o contrário, parte de mim sempre pretendeu ver o que era. E eu não queria minhas irmãs por perto.

Levanto o forro de veludo preto e puxo a foto. Foi amassada. E depois desamassada. Há dobras no meio da imagem.

Parece ter sido tirada no fim da década de 1960 ou início da década de 1970. De um lado está minha mãe. Como na época da faculdade, ou quando se casou: faixa na cabeça e o cabelo armado atrás. Está sentada em um banco ao ar livre. O vestido tem gola boneca. Ao fundo, imagino que seja o Radcliffe Institute, em Harvard. Tijolinhos e árvores grandes, um pedaço de gramado. Ela está rindo, olhando para um homem — que não está lá.

O rosto dele foi raspado, talvez com um estilete.

Dá para ver que ele é branco, peso mediano. Poderia ser meu tio Chris, que nunca conheci. Ou outra pessoa. O homem usa uma camiseta branca e calça jeans de cintura alta, como eram as calças de antigamente. Os pés não estão na foto, e ele está apontando para a câmera, como se desse instruções ao fotógrafo, que bateu a foto no momento errado.

Será que minha mãe raspou a foto, amassou... e depois mudou de ideia?

Enfiei a fotografia embaixo do veludo preto da gaveta de joias de volta, tomando cuidado para que ficasse exatamente no mesmo lugar de antes.

19.

A CAÇA AOS limões é uma tradição noturna. Às vezes, é feita no início do verão, às vezes, perto do final, e, em alguns anos, não acontece. Tipper tem um vestido próprio para a ocasião, de algodão amarelo-limão com pregas. Ela o usa com um cardigã branco de algodão. Lembro de minha mãe usando aquele vestido quando eu tinha três anos. Penny e eu usávamos salopetes com limões estampados, compradas especialmente para aquela noite.

Quando desço, luzinhas contornam toda a varanda e tochas iluminam as pontas do gramado. Bess está rodando nosso primo mais novo, Tomkin, no balanço de pneu pendurado na grande árvore do pátio da frente. Tomkin está com uma camisa branca de botões e uma bermuda branca, já bem suja. Bess está descalça, usando um vestido amarelo-claro com mangas bufantes e decote coração.

Tio Dean está na churrasqueira, conforme prometido, de bermuda branca e uma camisa xadrez amarela horrível que acho que usa para jogar golfe. Ele está à vontade, assando uma enorme quantidade de peitos de frango marinados no limão.

A épica mesa de piquenique está coberta com as toalhas estampadas com limões de minha mãe. Em uma outra mesa, as primeiras comidas do bufê estão organizadas. Há pilhas de guardanapos verdes, buquês de flores brancas e amarelas, bandejas e tigelas com "belisquetes" — coisas para comer na hora do coquetel. Tigelas com azeitonas salgadas, misturadas com raspas de limão, mousse de salmão e bolachas com gergelim, castanhas-de-caju e tomates-cereja amarelos.

O corpo atlético de Yardley está envolto em um vestido amarelo florido bem justo, com as alças do sutiã azul aparecendo. Seu cabelo está penteado para trás e preso com uma faixa. Ela ajuda Luda (de roupas e avental branco) a arrumar os últimos detalhes da mesa de bebidas. Há três tipos de limonada — normal, com morango e uma mistura de limão-siciliano com taiti — e água com gás, água tônica e opções alcoólicas para misturar. *A nona sinfonia* de Beethoven toca no aparelho de som. É uma das preferidas de minha mãe.

Penny e Erin chegam da praia maior com os sapatos nas mãos. Erin está com as roupas de Penny — uma camiseta amarela e macacão branco. Penny está com um vestidinho branco. Erin é baixa e robusta, com cabelo castanho-avermelhado e ondulado, preso em um rabo de cavalo alto. Seu rosto parece o de um anjo — tem formato de coração, com belos lábios vermelhos e sobrancelhas escuras — e, na escola, ela costuma usar blusas pretas de gola alta e saias longas e estreitas com coturnos. Ao lado da lânguida Penny, Erin sempre parece irradiar energia.

Vou até elas enquanto Penny se joga no gramado, sem se preocupar com o vestido, para limpar a areia dos pés.

— Nem vi você no cais — digo a Erin.

— Eu estava tonta com toda aquela masculinidade no barco — ela diz. — Não sabia que Yardley ia trazer uma comitiva.

— Nem eu.

— Aquele Pfeff não é de se jogar fora — Penny diz, ainda sentada.

— Major deve ficar melhor quando não está vomitando — Erin diz. — Ele é o mais bacana, eu já disse.

— Não sei como você pode pensar desse jeito em um cara que botou os bofes para fora bem na sua frente — Penny comenta. — A mamãe aceitou bem a visita deles? — ela me pergunta. Com os pés limpos, calça as sandálias com solado de corda.

— Está irritada. Mas os meninos a encantaram. E eu fiz um pouco de pressão para Tipper deixar eles ficarem.

— Onde eles vão dormir? — Erin pergunta.

— Tem espaço no Goose — Penny diz. — Eles estão no Goose, não estão?

— Ahã.

— Ah, minha nossa, esse lugar — Erin diz. — Eu estava contando para a Penny: não sabia o que esperar.

Não quero que ela se sinta estranha aqui.

— É só uma...

— É só uma *ilha inteira* — Erin interrompe. — Com uma casa extra para hóspedes. Quem tem uma casa extra? Seus excêntricos.

— Você pode pegar o que quiser na cozinha quando estiver com fome — digo a ela. — Bem, se encontrar uma torta inteira, ou algo assim, é melhor não comer, mas maçã, batata frita, biscoitos, essas coisas. Bebidas e café. Pode ficar à vontade. E o jantar costuma ser às sete, a menos que seja uma noite especial, como hoje. Hum, o que mais? Pode usar o xampu, o condicionador e essas coisas. Protetor solar. E já conheceu a Luda? — Aponto para ela. — Se precisar de alguma coisa, pode pedir para ela.

Erin sorri.

— Obrigada. A Penny não me disse nada disso.

— Ah, por favor — Penny diz. — Uma hora eu ia chegar a essa parte.

— Ela também não te avisou para trazer roupas brancas. Avisou? — pergunto.

— Não. — Erin olha para o grupo no gramado. — Não estou vestida para a ocasião.

— Não tem problema — digo a ela. — A comitiva também não vai estar.

OS MENINOS CHEGAM tarde, chamando atenção quando descem a passagem correndo e sobem o gramado juntos para cumprimentar minha mãe. George está todo de branco. A cor não favorece seu rosto e cabelo bege, mas ele está extremamente bem-vestido: camisa polo, jaqueta e calça, como um jogador de tênis da década de 1920. Os outros dois estão de camiseta branca e calça cáqui, Major de All Star preto (um toque de Nova York) e Pfeff de chinelo (totalmente desencanado).

Tipper sorri e dá risadas, vendo se todos estão com copos na mão. Ela está feliz por ter convidados, percebo, independentemente do que disse ao tio Dean. A família sempre participou da Caça aos Limões, faz muitos verões. Nós não damos mais a devida importância ao bolo de limão de Tipper, à sua mousse de limão aerada em potes de geleia. Esses meninos e Erin são um público novo.

Comemos no gramado e não à mesa de piquenique. Toalhas brancas e amarelas, velhas, sem combinar, e algumas colchas de retalhos são estendidas para as pessoas sentarem enquanto o jantar é servido.

George senta junto de Yardley na rede da varanda. Penny, Erin e eu sentamos com Pfeff e Major, enquanto Bess e Tomkin pegam tacos e arcos de croqué. Eles dois não estão interessados em frango, salada ou pão de fermentação natural. Estão guardando espaço para a sobremesa.

Nós ficamos vendo eles jogarem. Nossos equipamentos de croqué são antigos, eram da mãe de Harris. Não os utilizamos muito. É mais uma simulação que um jogo de verdade. Bess e Tomkin têm um ótimo desempenho, acertando as bolas coloridas, correndo e rindo, sendo pitorescos.

Major fala sobre um filme, *Curtindo a vida adoidado*, que ninguém tinha visto. Está explicando a história, tim-tim por tim-tim, mas Pfeff o interrompe.

— Não conta o filme todo.

— Por que não?

— Ninguém querer saber a história toda do filme, Major. Perde a graça.

— Eu quero saber — digo a ele. — Estamos carentes de filmes. Estudamos em um colégio interno, e agora viemos para cá... Nunca vejo nada.

— Temos videocassete — Penny explica. — Mas não tem nada para assistir. — Ela deita sobre a toalha de piquenique. Os olhares de todos os meninos vão parar em suas pernas, quando a saia dela fica acima do joelho.

— Acho que temos uns doze filmes, somando as três casas — digo.

— São onze — Penny me corrige, ainda deitada. — E são os filmes mais aleatórios que alguém poderia ter.

— A maioria é infantil — acrescento. — De quando éramos pequenas.

— Temos *Se minha cama voasse* — Penny diz. — Já vi aquela coisa um milhão de vezes.

— E alguns clássicos que nosso pai achou que seriam bons para nós — acrescento.

— Não são nem clássicos de verdade — Penny afirma. — Só uns filmes de velho, tipo *Ben-Hur*. Ela balança a cabeça. — Aff, aquele filme é ridículo.

Durante toda a conversa, olho para Pfeff. Ele nem é tão bonito. Seus lábios são finos. O espaço entre o nariz e a parte de cima da boca talvez seja pequeno demais para alguém bonito de verdade. Mas ele é voraz — comendo com apetite e entusiasmo, dizendo ter adorado o frango, o pão. Levantando para repetir o prato.

— Vou me mudar para cá e trocar a minha mãe pela sua — ele me diz. — Já me cansei da minha mãe. Vou adotar sua família. Pronto, vocês vão ter que me aceitar. Vou comer assim todos os dias até ir para a faculdade.

— Não seja vil — Penny diz.

Vil é a palavra preferida dela no momento. Ela a repete mesmo quando vil não é nem de longe o que pretendia dizer.

Pfeff continua olhando para mim, mas responde a ela.

— O caminho para conquistar meu coração passa pelo estômago, só para deixar claro.

— Só vamos ter comida do refeitório em Amherst — Major afirma. — É melhor aproveitar para comer bem agora. — Major e Pfeff vão para a Amherst College, uma faculdade no oeste de Massachusetts.

— É o que estou fazendo — diz Pfeff.

* * *

TIPPER ME PEDIU para anunciar as regras da Caça aos Limões. Apesar de seus dotes de anfitriã, ela não gosta de falar para grandes públicos, e eu tenho feito esses anúncios nos últimos dois anos. Não me importo de falar em público. Sei que tenho uma voz forte, que contradiz o que as pessoas pensam quando olham para o meu queixo. Ou o que pensavam.

Quando ela me dá o sinal, antes da sobremesa, subo os degraus da Clairmont e toco um sino.

— A quase anual Caça aos Limões da família Sinclair começará em breve — proclamo enquanto todos se reúnem ao pé da pequena escadaria. — Com muitos agradecimentos à minha mãe, a admirável Tipper Sinclair, declaro que há cem limões-sicilianos e um único limão-taiti escondidos na ilha Beechwood. Nenhum em locais perigosos. Nenhum em telhados ou arbustos. E nenhum nas áreas internas, embora possam não estar visíveis a olho nu. Cada um de vocês, adultos e crianças, deve pegar uma cesta.

Aponto para uma série de cestas que Luda trouxe para fora. São de vime, algumas escuras, outras claras. Têm formas diferentes, mas todas estão amarradas com uma fita amarela.

— Recolham limões — continuo. — Andem por perto, andem longe. Por favor, não entrem na água sozinhos. — Vejo Tipper se contorcer, mas sinto que devo dizer aquilo. A possibilidade de Tomkin, Bess ou qualquer um nadando sozinho naquelas praias me dá arrepios. — Não percam tempo com os arredores da casa dos empregados, mas qualquer outro espaço pode abrigar uma fruta cítrica. — Por mais que eu diga aquilo todos os anos, há uma onda de risadas. — No fim da caçada, vocês vão ouvir esse sino tocar de novo. Nesse momento, os limões serão contados por Tipper. — Eu me curvo na direção de minha mãe. — E dois prêmios serão concedidos. Um para quem coletar o maior número de limões-sicilianos, e outro para quem encontrar o limão-taiti.

— Valendo! — Tipper anuncia, acenando para o grupo.

— Boa sorte!

As cestas são recolhidas. Lanternas são ligadas.

A música que sai da casa fica mais alta conforme as pessoas vão deixando o gramado.

Cem limões-sicilianos (e um único limão-taiti) aguardam.

20.

OS MENINOS SAEM juntos. Penny faz par com Erin e elas seguem para o ancoradouro. Tio Dean vai com Tomkin e os dois saem correndo. Bess, que leva a caça muito a sério, desaparece nos fundos da Clairmont, contornando a casa.

Eu começo com Yardley. Concordamos em caminhar na direção da quadra de tênis e da área arborizada que fica ao redor. Passamos por Tomkin, que está procurando em alguns arbustos longe da passagem.

— Eu pedi para o papai sair do meu pé — ele diz a Yardley com orgulho. — Não preciso da ajuda dele para encontrar os limões. Tenho onze anos!

— Tem mesmo, cabeção — Yardley diz. Ela tira o limão-taiti do bolso e joga para ele. — Aqui está.

Tomkin pega a fruta no ar.

— Sério?

— Fica quieto — Yardley diz, e continuamos andando.

— Onde você encontrou o limão-taiti? — pergunto. — E quando? Acabamos de sair da Clairmont.

— Estava na grama, disfarçado, bem perto dos degraus — ela diz. — As pessoas dessa família não enxergam nem o que está diante do nariz.

Andamos um pouco em silêncio.

— Encontrei uma foto da minha mãe — falo por impulso, finalmente botando para fora o que estava entalado na garganta a noite toda mas não tinha para quem contar. — Da época em que ela se casou, eu acho, junto com um cara que não conheço.

— Hã?

— O rosto dele estava raspado. Até o papel ficar branco. Não deu para saber quem era.

Yardley para de andar.

— Parece um filme de terror.

— Não, é como se alguém odiasse o homem da foto, odiasse tanto que raspou a cara dele.

— Continua parecendo um filme de terror.

— Mas por que Tipper guardaria a foto?

Yardley retoma a caminhada.

— Onde você encontrou isso?

— Na gaveta de joias dela.

— Ah, meu Deus — ela diz. — Como se ela estivesse guardando um tesouro? Com a cara raspada?

— Ahã.

— Mas é uma foto antiga?

— De antes de eu nascer. Acho.

— Hum. — Andamos em silêncio por um instante. — Sinceramente, Carrie, acho melhor deixar pra lá. Desde que meus pais se separaram, tem um monte de coisas que eu ignoro totalmente. Documentos de advogados, provas de que meu pai tem namoradas, e até que sai com prostitutas. Mensagens raivosas da minha mãe por telefone, assuntos de dinheiro e compromissos e... Quer saber? Eu só ignoro. Não preciso me meter, sou mais feliz na ignorância. Que aqueles adultos idiotas lidem com seu lixo emocional e as coisas ilegais que fazem, homens esquisitos que aparecem e tal. Se você começa a vasculhar a vida dos adultos, as coisas ficam feias tão rápido que você desiste até de tomar café da manhã. Acho que meu papel é estudar, virar médica e ajudar as pessoas. Ser legal com meus amigos. Não engravidar, não dirigir bêbada. Vou só, tipo, continuar apaixonada pelo George e aproveitar o verão.

Tento afastar a imagem daquela fotografia, enterrando-a na lama densa e fria de minha mente, uma lama repleta de coisas sobre as quais não penso mas que carrego comigo.

— Vocês estão apaixonados?

— Acho que sim. Não tenho certeza.

— Acho que eu saberia se amasse alguém. Não tenho dúvidas em relação às pessoas que amo. — Minhas irmãs. Mesmo quando são mesquinhas ou irritantes, eu as amo e isso é fato. Segurei Bess no colo quando ela era bebê. Penny e eu sempre estivemos juntas, desde que me entendo por gente.

— Achei que saberia também — diz Yardley. — Mas e se fosse uma pessoa nova? Só estou namorando George há cinco meses. Sinto que o amo, mas poderia muito bem me desapaixonar se ele começasse a agir como um cretino.

— Ele parece estar muito, muito a fim de você.

— É. Mas pode ser a ilha particular. A gente tem que considerar isso, né? — diz Yardley. — Quando você oferece esses extras divertidos, nunca dá para saber se a pessoa te ama pelo que você é.

— Cética.

— É, bem, não penso assim o tempo todo. Só agora. No escuro. Quando não me escolheu para ser parceira dele na Caça aos Limões.

Chegamos à quadra de tênis. Yardley acende a luz. Olhamos com atenção enquanto corremos rapidamente sobre o saibro. Dois limões, ambos meus. Então mergulhamos a quadra na escuridão de novo. E depois saímos da passagem de madeira e vamos para a área arborizada atrás da quadra, até a trilha da costa.

Um limão para Yardley.

Damos a volta na Pevensie, olhando na grama, nas ripas da cerca, na treliça das vinhas, sob os degraus e embaixo das almofadas do balanço da varanda.

Um limão para mim.

Quando saio da varanda da Pevensie, não encontro mais Yardley.

Dou a volta na casa mais uma vez, e quando volto para a parte da frente, ela e George estão se beijando. Yardley está pressionando ele na parede, com a mão dentro de sua camisa.

Fico ali parada um instante. A mão de George está encaixada na bunda dela como se já tivesse feito aquilo mil vezes. Yardley deixa de ser a garota engraçada e prática que eu conheço e se transforma em uma mulher experiente, alguém com coragem para encostar o namorado na parede e passar a mão em sua barriga e seu peito, como se soubesse do que ele gosta.

Ela se vira.

— Carrie, continue sem mim. Vou procurar limões com George. Está bem?

— Procurar limões. É uma boa forma de dizer — George comenta, em voz baixa, rindo.

— Essa é minha casa — Yardley diz. — Quer ver meu quarto?

Viro e corro para as passagens de madeira escuras da ilha.

21.

ESTOU SEGUINDO A trilha da costa que dá a volta em toda a ilha, na direção da praia maior, quando dou de cara com Pfeff.

— Olá — grito.

— Ah, nossa. Você me assustou.

— Como está a caça?

Ele me mostra a cesta com dois limões.

— Terrível. Me perdi de George e depois de Major e... sei lá. Não tem limão em lugar nenhum. Talvez eu precise de óculos. Eu preciso ir ao oftalmologista. Você quer me dar alguma dica?

— Não fui eu que escondi. — A pele dele brilha sob o luar.

De repente, tomo consciência das alças de meu vestido, da sensação do meu cabelo caindo nas costas, do aparelho nos dentes, do hidratante nos lábios.

— Não? Você fez aquele discurso e pareceu tão impressionante e oficial que achei que conhecesse todos os esconderijos secretos.

— Que nada.

Estamos parados em um ponto em que a trilha atravessa uma saliência rochosa. Além da borda, bem mais adiante, ondas batem em rochas escuras. Pfeff se debruça no gradil e olha para baixo.

— Esse lugar é perigoso.

Me debruço ao lado dele. Seu braço está a poucos centímetros do meu. Digo:

— Quando eu e minhas irmãs éramos pequenas, fomos proibidas de andar sozinhas por esta trilha. Para não ficarmos tentando subir na barreira.

Ele se debruça um pouco mais.

— Mas isso faz a gente se sentir vivo. Não faz?

Me inclino e sinto um pico de adrenalina.

— Devo subir? — Pfeff pergunta. — Só para saber como é a sensação de correr um risco mortal?

— Não seja idiota.

— Ah. — Ele soa reprimido. — Está bem.

— Eu levo o mar muito a sério. Pessoas legais sabem que não devem desrespeitar o mar.

— Rá. — Ele sorri. — Você é esperta. Sabia?

— Às vezes.

Pfeff olha para mim. Sua camiseta branca e fina está larga no pescoço, mostrando a clavícula. Seus olhos brilham.

Ele se inclina para a frente, devagar, e quando me dou conta de que vai me beijar, não consigo me mexer de tão surpresa que fico. Ele roça os lábios suavemente nos meus.

Parece uma pena, tão leve, tocando minha boca. Quando se afasta, ainda consigo sentir o ponto em que nos tocamos.
Eu nunca tinha sido beijada antes. É como
mergulhar na água fria, como
comer framboesa, como
ouvir uma flauta, e como
nenhuma dessas coisas.
— Adoro pessoas espertas — Pfeff diz, baixinho. — E com a luz da lua, o perigo, os limões e todo mundo de branco, a sensação que tenho é de estar em um filme ou algo do tipo. Você também não sente isso?
— Na verdade, não — respondo. — Essa é minha vida normal.
— Parece que você saiu de um filme — Pfeff sussurra. — Tive que te beijar. Porque olha só onde estamos. Certo?
— Ele aponta para o mar, o céu, a lua. — Seria uma pena desperdiçar tudo isso. — Inclina a cabeça e abre um sorriso. — Espero que não tenha sido nojento.
— Não — digo. — Não foi nojento.
— Ah, que bom.
Levo a mão à nuca de Pfeff e retribuo o beijo, ficando na ponta dos pés. Sinto seu pescoço quente sob os dedos, e de repente minha boca não é mais
defeituosa,
cheia de cicatrizes,
infeccionada,
inadequada,
como me parecia desde que soube que precisava de cirurgia. Pelo contrário, minha boca é toda feita de
conexão e
sensação.

Pfeff se aproxima de mim e entreabre os lábios, deslizando a mão da minha cintura para o meu tórax. Estou flutuando, zonza diante dessa nova sensação. Ele geme baixinho e me beija com um pouco mais de intensidade; seu hálito é quente.

E então acaba. Ele se afasta e sorri.

— Preciso ir — murmura.

— Está bem. — Estou paralisada e desorientada.

Não sei o que as pessoas fazem depois de se beijarem de repente sob o luar. Não quero que ele vá embora.

— Esqueceu que estamos no meio de uma caça aos limões? — Pfeff pergunta.

— É, quase esqueci. — Dou risada.

Quero que ele me beije de novo, ou que me dê a oportunidade de *beijá-lo* de novo, mas seu humor parece ter mudado.

— É melhor eu ir atrás de uns limões — ele diz. — Gosto de ganhar, se ainda não percebeu.

— Você vai precisar de muito mais que dois limões se quiser ganhar.

Ele pega a cesta.

— Então vou descobrir onde estão todos esses limões — ele diz. — Boa sorte, linda Carrie. — E, assim, Pfeff vai embora, correndo pela passagem de madeira, noite adentro.

22.

PASSO BOA PARTE da hora seguinte no cais da família. Encontro vários limões nos barcos, mas minha mente não está na gincana.

Fico repassando o que aconteceu. Será que aquele primeiro beijo não passou de um impulso de Pfeff? Um menino e uma menina à luz do luar, as ondas batendo lá embaixo.

Ou será que ele gosta de mim, me acha *esperta* e *impressionante*? Ele usou essas palavras.

O que mais ele disse? "Parece que você saiu de um filme." "Boa sorte, linda Carrie."

Mas ele falou como se os beijos fossem uma espécie de brincadeira, algo divertido para não desperdiçar a beleza da noite e a grandiosidade da paisagem. E depois saiu para procurar limões.

Havia um certo olhar no rosto dele antes de me beijar. A sensação de sua boca na minha, o cheiro de água do mar no seu cabelo.

Estou sentada na beira do cais quando ouço o sino tocar. Tipper quer que todos voltem quando ele bate. A Caça aos Limões chegou ao fim.

QUANDO TODOS SE reúnem no gramado da Clairmont, Harris anuncia que chegou a hora das premiações. Tipper fica ao lado dele como a assistente de um programa de televisão.

Tomkin vence por ter encontrado o limão-taiti, é claro. O prêmio é uma pipa cúbica: três cubos ligados uns aos outros, geometria em vermelho vivo a ser lançada no céu. Então as pessoas começam a contar seus limões-sicilianos.

Pfeff chega por último para a contagem, com limões saltando comicamente dos bolsos da frente e de trás, e outros nas mãos.

— Perdi minha cesta — ele anuncia, ajoelhando de forma teatral aos pés de minha mãe. — Suspeito que tenha sido roubada por um desses cuzões. — Ele aponta para Major e George. — Desculpe, por um desses bundões.

Tipper ri.

— Bem, a cesta foi roubada com dois limões dentro, devo dizer, mas mesmo assim não desisti, e agora, minha senhora, apresento-lhe... — Ele começa a tirar os limões dos bolsos e os coloca na grama — ... vinte limões.

Ele vence, derrotando Bess e Erin, que estavam empatadas com quinze cada uma.

Minha mãe presenteia Pfeff com um vale-presente de cem dólares da livraria de Edgartown.

A sobremesa é mousse de limão com uma camada aerada de chantili e bolo de limão com calda.

Espero que Pfeff fique perto de mim.

Quero ficar perto dele.

Posso senti-lo, aonde quer que vá — conversando com meu pai, fazendo brincadeiras de moleque com George e Major, servindo-se de limonada. As pessoas levam os pratos de sobremesa para as toalhas de piquenique. Bess coloca Madonna no aparelho de som. "Where's the party", "True blue", "La isla bonita".

Quero falar com Penny, contar que beijei Pfeff, mas ela e Erin foram para o balanço de pneu e parece que será difícil interrompê-las. Yardley está ajudando o irmão a montar a pipa. Então fico sozinha com minha nova experiência, com o segredo do que aconteceu na passagem de madeira, sob o luar.

Pfeff, Major e George se acomodam sobre uma toalha, pratos cheios de bolo. Escolho uma toalha perto deles, esticando-me e olhando as estrelas.

— Você *precisa* jogar tênis — Pfeff diz a Major. — Porque George sempre vai ganhar de mim, não tem graça nenhuma. Preciso de alguém do meu nível.

— Não sou uma pessoa ativa — diz Major. — Não vim para cá me exercitar.

— Tênis não é exercício. É um jogo — Pfeff argumenta.

— Eu me exercito quando jogo tênis — George diz a Pfeff. — Por isso sou muito melhor que você.

— Veja quanta pressão — diz Major. — Jogue com a Yardley ou com uma das primas dela, Pfeff. Com certeza todas elas jogam.

— É, mas eu sonho com camaradagem masculina, competição e essas coisas — Pfeff afirma.

— Ah, pelo amor de Deus — Major diz.

— Bem, acabei de lembrar que não trouxe minha raquete — Pfeff diz.

— Eles devem ter algumas sobrando — George comenta.

— E também não trouxe meias — Pfeff continua. — E, agora que parei para pensar, acho que não trouxe cuecas.

— Eca! — George exclama.

— Eu fiz a mala correndo.

— Mas você estava há quase uma semana na minha casa — George comenta.

— É lá que estão minhas meias e cuecas. Na prateleira de baixo daquele móvel do quarto de hóspedes.

— Você deixou todas as suas roupas de baixo dando sopa para minha mãe encontrar?

— Não foi de propósito! — Pfeff ri. — Ai, meu Deus. Preciso comprar cuecas e meias.

— Você pode lavar — Major diz. — Tem uma máquina no chalé.

— Mas e se eu esquecer alguma noite? — Pfeff questiona.

— E se eu esquecer e tiver que usar uma cueca suja? Tipper vai perceber.

— Vai mesmo — Major diz.

— Ela vai sentir o cheiro — Pfeff diz, ainda rindo. — Ou, mesmo se não sentir o cheiro, vai ter uma espécie de sexto sentido dizendo que sou um imundo que não pertence à ilha.

Percebo uma oportunidade de entrar na conversa.

— Posso levar você para Edgartown — digo. — Resolveria todos os seus problemas.

— Ah, não. — Pfeff agarra George, fazendo graça. — Carrie estava escutando.

— Vocês estavam falando alto sobre suas cuecas bem do meu lado — justifico.

— Edgartown é onde fica a livraria? — Pfeff pergunta. — De onde ganhei um vale-presente por ser o deus do limão?

— Ahã. A cidade tem muitas lojas.

— Certo, está bem. Podemos ir amanhã?

Eu sento.

— É claro.

— Que horas é melhor?

— Às onze — respondo. — Me encontre no cais.

Pfeff levanta.

— Combinado. — Ele pega um taco de croqué do gramado. — Agora vou fazer Major jogar croqué, já que ele não quer jogar tênis.

— Eu topo jogar croqué — Major diz. — Croqué não faz a gente suar, então está de acordo com minha programação de lazer.

Deito e volto a olhar para as estrelas.

Que menino mágico. Um menino com limões nos bolsos. Um menino de chinelos, que precisa de um corte de cabelo. Que diz "bundões" na frente da minha mãe, para corrigir a grosseria de ter dito "cuzões". Um universitário, ou quase, que me beijou esta noite e talvez me beije de novo.

Vamos fazer um passeio de barco.

23.

QUASE TODO MUNDO já saiu do gramado, e eu estou voltando para casa quando avisto meu pai na ponta do cais. Ele está com os cachorros: Wharton, McCartney, Albert e o labrador do tio Dean, Reepicheep. Está abaixado, fazendo alguma coisa à luz da lua, usando um casaco escuro por cima das roupas brancas.

Dou meia-volta e vou até lá. Não esqueci da fotografia na gaveta de joias da minha mãe, e é raro encontrá-lo sozinho. Quero perguntar sobre ela.

Ele tirou uma tábua solta.

— Precisa de reparo — Harris diz quando me aproximo. — Tem uns pregos enferrujados para fora. — Coloca a tábua na beirada do cais. — Não deve ser a única. Acho melhor pedir para alguém olhar a estrutura toda.

Não estou interessada na manutenção da propriedade, mas olho para a tábua velha e finjo me importar.

— Está empenada — afirmo.

— Várias estão assim. As tempestades de primavera fizeram um baita estrago na ilha. — Harris senta em uma das duas cadeiras de madeira no cais, seu copo de uísque, com gelo derretendo, apoiado em um dos braços. — Você se divertiu hoje?

— Sim.

— Sua mãe ficou zangada comigo porque não participei da brincadeira.

Assinto. É uma dinâmica típica dos dois.

— Ela quer que seu trabalho seja valorizado com a participação de todos.

— Eu valorizo. Só não quero ficar procurando limões feito um menino. — Ele ri. — Dean se matou de procurar limões. Ele está puxando o saco dela depois de trazer todos aqueles hóspedes.

— Ela vai perdoá-lo?

— Dean faz o que quer e joga charme para amaciar as pessoas depois. É o modus operandi dele. Sempre é perdoado. — Albert chega com uma bola de tênis na boca e a joga para ele. — Certo, seus monstrinhos — Harris diz aos cachorros, e levanta com a bola na mão. — Estão prontos?

Estão.

Ele gira o braço e finge jogar, rindo quando eles ficam confusos.

Então joga de verdade, e os quatro cachorros se jogam no mar, patinhando desesperadamente na direção da bola. Harris olha para mim.

— Eles são incansáveis — diz. — Sempre me surpreendo com isso.

Os cachorros saem da água e ele joga a bola de tênis de novo.

— Será que eu podia perguntar uma coisa? — digo.

— Poderia. — Ele dá uma piscadinha, para amenizar o fato de ter corrigido minha gramática.

Eu pretendia perguntar a ele sobre a fotografia, mas me contenho antes que as palavras saiam. Fazer isso seria colocar Harris em uma posição vulnerável. *Sua esposa está guardando um segredo.*

Se Harris sabe que ela guarda a foto, imagino que não esteja feliz com isso, seja o tio Chris ou um antigo namorado. E se não sabe, vai detestar descobrir. De qualquer modo, vai ficar irritado.

Pressiono bem os lábios.

— Deixa pra lá — digo a ele.

— Solte! — Harris diz a Albert, que subiu a rampa com a bola de tênis.

Albert solta a bola.

— Bom garoto. — Meu pai pega a bola e a segura no alto, esperando os outros saírem da água e prestarem atenção. — Tem certeza? "Sábio não é aquele que tem as respostas certas, mas que faz as perguntas certas."

— Acho que era a pergunta errada.

— Claude Lévi-Strauss — ele acrescenta, explicando a citação. — Antropólogo.

Os quatro cachorros estão esperando. Harris joga a bola e eles pulam na água, nadando, ofegantes.

Ele passa o braço ao redor de meu ombro.

— Você foi muito bem hoje no discurso antes da Caça aos Limões. Fiquei orgulhoso.

24.

AQUELA NOITE, TOMO um dos comprimidos para dormir que roubei.

Tomo porque estou curiosa.

Tomo porque, se não tomar nada, provavelmente vou acordar no meio da noite, suada, com sede e desorientada. Acontece muito. E gosto da sensação que meus analgésicos causam, então quero guardá-los para quando estiver acordada.

Tomo, também, porque os acontecimentos daquela noite me deixaram bastante tensa — a fotografia da minha mãe, ver Yardley e George, os beijos com Pfeff, os planos para o dia seguinte, a conversa com meu pai. A energia percorre meu corpo, mas ao mesmo tempo estou exausta. Quero me desligar como uma lâmpada.

Sou cuidadosa. Não misturo o remédio para dormir com nada. Também não bebi nada alcoólico.

E funciona. Pego no sono logo. Não sonho com nada.

Ainda não sei que vou precisar de alguns anos e duas passagens por clínicas de reabilitação para parar de tomar remédios.

Não sei que esse vício vai me fazer largar a faculdade. Nem que, mesmo após a recuperação, sempre vou beber um pouco mais do que deveria, para preencher o vazio ocupado pelos comprimidos que me consolavam.

Ainda não sei que vou me arrepender de beber tanto, e da forma com que esse vício me transformou em uma pessoa sem pensamento crítico. Ele obscurece meu julgamento e me transforma em uma versão mais egoísta e mais apagada da pessoa que eu poderia ter sido. Ainda não sei que vou me perguntar, aos quarenta e poucos anos, se meu filho Johnny está morto, em parte, por eu beber tanto.

Não sei de nada disso.

Apenas durmo.

25.

DEIXE-ME CONTAR mais um conto de fadas. Não é famoso. Conheci essa história na edição que minha família tem de um livro dos irmãos Grimm. E depois a reli para Rosemary, no verão dos meus dezessete anos.

Esta é a minha versão.

As moedas roubadas

ERA UMA VEZ *um homem que foi visitar um amigo. Esse amigo tinha vários filhos e uma esposa.*

No dia da chegada do visitante, todos se sentaram para fazer uma refeição. Quando o relógio marcou meio-dia, a porta da casa se abriu.

Uma garota de cerca de dez anos entrou. Ela usava um vestido branco e estava descalça.

Ninguém deu atenção, exceto o visitante. Todos simplesmente continuaram comendo.

A garota passou em silêncio pela família à mesa e entrou no cômodo ao lado. Não olhou em volta.

— Quem é aquela criança? — o visitante perguntou.

A família disse que não tinha visto ninguém. E voltou à refeição.

Depois de um tempo, a criança apareceu de novo, passou pela família e saiu pela porta da casa.

— Quem é aquela criança? — o visitante perguntou de novo. — A garota descalça?

Mais uma vez, a família não viu ninguém.

No dia seguinte, pontualmente ao meio-dia, todos comiam juntos novamente quando a porta da casa se abriu. A garota entrou. Assim como antes, passou em silêncio pela família e entrou no outro cômodo.

Ninguém a viu.

Dessa vez, o visitante foi atrás dela. Por um vão na porta, viu a criança de joelhos, arranhando as tábuas do chão. Ela estava desesperada, cavando. Ele temia que a menina machucasse as mãos.

O visitante contou aos anfitriões o que estava vendo. Descreveu o cabelo despenteado dela, o rosto redondo, a pinta no queixo.

Então eles revelaram o que haviam escondido dele durante aquela estranha e tensa visita: uma das filhas do casal tinha morrido quatro semanas antes, de uma doença inesperada. Era uma garota de dez anos e cabelo despenteado, rosto redondo e uma pinta no queixo.

Os pais entraram no outro cômodo. Puxaram as tábuas do chão, onde a criança-fantasma estava cavando, e encontraram duas moedas.

E então a mãe entendeu a história. Ela dera o dinheiro para que a filha entregasse a um mendigo que pedia comida na rua.

A garota havia embolsado as moedas.

— Provavelmente queria comprar biscoitos — a mãe disse. — Então ficou com as moedas.

O fantasma confirmou.

— Vou doar esse dinheiro — a mulher afirmou. — Vai ajudar alguém necessitado. Minha filha não vai mais precisar se preocupar ou se sentir culpada.

Quando o visitante se virou para o canto onde estava a criança-fantasma, ela havia desaparecido. Estava descansando em seu túmulo.

ESSA É A minha história. Eu sou o visitante.
Sou a única que consegue ver o fantasma de uma menina de dez anos. Rosemary voltou para pedir minha ajuda enquanto tenta descansar.
O visitante é aquele que enxerga a verdade, que diz a verdade, que consegue ver e reconhecer a dor, absolvendo, assim, a família. Essa sou eu.
Quer dizer... eu gostaria de ser o visitante.
Mas serei sincera.
Se eu for contar a história direito, do jeito que preciso contar, não sou o visitante, na verdade. Nessa história, na história das moedas roubadas, eu juro,
eu sou o
fantasma.

26.

PFEFF NÃO APARECE no cais às onze.
Me distraio com o barco. Verifico a âncora e os coletes salva-vidas. Vejo se a gasolina é suficiente. Estou com uma lista de compras da minha mãe e um isopor para trazer o sorvete que ela me pediu para comprar em Edgartown.
Será que ele mudou de ideia? Ou será que esqueceu?

Meu pai nos ensinou a não esperar pelos atrasados. "É melhor chegar três horas antes do que um minuto depois" é uma de suas frases favoritas. É Shakespeare, *As alegres matronas de Windsor*. Eu não li, mas Harris nos contou.

Saio às 11h10.

É idiota, é bobo — mas lágrimas começam a se formar em meus olhos quando ligo o barco e me afasto do cais. Levei um bolo.

Quero ser o tipo de garota que um cara lembra de encontrar. O tipo de garota pela qual os meninos esperam durante horas.

Os namorados de Penny sempre esperam por ela. Lachlan e os meninos que ela namorou antes dele. Todos comparecem a suas partidas de tênis. Ficam na frente de sua sala de aula para almoçar com ela e guardam seu lugar nas assembleias.

Enfim. Não vou pensar nisso. Vou comprar sabonete e protetor solar na drogaria, revistas para todos lerem na praia; vou comprar fudge no Murdick's; um guarda-sol novo para substituir o que quebrou. Vou comprar um milk-shake de morango e tomar enquanto vejo os barcos no porto.

Não importa.

Foi só um beijo. Dois beijos.

Beijar não é nada para um menino como Pfeff, que sem dúvidas já beijou um milhão de meninas, e já deve até ter ido para a cama com elas. Ele apenas se deixou levar na noite passada. Eu também me deixei levar.

Não deveria me importar. Nem o conheço.

Estou passando pela praia pequena quando ouço meu nome mais alto que o barulho do motor.

— Carrie!

Desacelero e olho com atenção. Pfeff está com água até os tornozelos, de bermuda e casaco de moletom com capuz. Acenando com os braços.

Desligo o motor.

— Acabei de acordar — ele grita. — Cheguei muito tarde?

Já nem sei se ainda quero vê-lo. Cada palavra que ele diz me faz lembrar: ele não está interessado. Não vale a pena acordar na hora certa por mim.

— Carrie! — ele grita mais uma vez. — Espere! Estou indo.

Ele sai correndo e mergulha nas ondas calmas.

Está nadando até o barco. De casaco de moletom. Seu nado é decidido, mas descoordenado. Estou mais longe do que ele pensa.

Observo-o por um instante, tentando entender. Pfeff está se esforçando muito. Para me alcançar. Está quase saindo da enseada, então religo o motor e sigo devagar em sua direção.

— Você está fazendo péssimas escolhas — digo, quando ele sobe pela escada.

— É uma coisa que faço com muita frequência — ele afirma, sacudindo a cabeça para tirar a água do cabelo. — Nossa, esse casaco pesa uma tonelada.

Ele tira o moletom e a camiseta ensopada.

Não sei para onde olhar. Ele está muito perto de mim. Seus ombros estão bronzeados. Ele tem poucos pelos no peito. Usa uma corrente fina no pescoço, com uma plaquinha de cachorro pendurada.

— Obrigado. Por não ir embora enquanto eu fazia toda aquela performance. — Ele se aproxima, encharcado e sem camisa, e me dá um beijo rápido no rosto, bem perto do queixo. Seus lábios estão gelados. — Certo, podemos ir.

Um beijo. Sem ser um beijo. Não sei o que deduzir, então finjo que mal lembro da noite anterior. Como se já tivesse beijado mil caras. Beijar ao luar é o que costumo fazer nas noites de sexta-feira, e no dia seguinte o que aconteceu já não significa mais nada.

Sigo na direção de Edgartown.

Pfeff se debruça na beirada do barco e torce a camiseta e o moletom.

— Vou ter que comprar sapatos também — ele diz. — Deixei meu chinelo na praia.

— Você trouxe a carteira, pelo menos?

— Trouxe. — Ele abre o zíper do bolso da bermuda e tira uma carteira azul de lona, totalmente ensopada. Dentro, vejo várias notas de vinte dólares molhadas e o vale-presente da livraria. — Ah, que droga. — Ele dobra o papel molhado e o devolve à carteira.

Temos que gritar para conseguir conversar com o barco em alta velocidade, então não falamos muito depois disso. Leva quase uma hora até Martha's Vineyard. Quando atracamos no cais, Pfeff já está seco e vestido.

— Ei — ele diz, tocando meu braço enquanto deixamos o cais rumo à cidade.

— O quê?

— Eu... sinto muito por ter perdido a hora. E feito você pensar que eu não ia aparecer.

— Não faz mal.

— Está bem. — Ele sorri para mim. Seus olhos escuros estão alegres. — Vamos às compras. Está pronta? Eu amo fazer compras.

27.

EM EDGARTOWN, AS calçadas são de tijolinho. As construções são quase todas de ripas de madeira branca. Cercas de estaca contornam as ruas, guarnecidas de rosas trepadeiras. Dá para atravessar a cidade em dez minutos.

As lojas ou são antigas e práticas — uma pequena drogaria, uma loja de ferragens, uma loja de bebidas — ou singulares e turísticas, vendendo utensílios domésticos, sinos de vento, livros e velas. Há várias sorveterias.

Primeiro, vamos a uma loja de artigos de praia. Está tocando música pop. As paredes estão repletas de biquínis com frases piegas na parte de trás (*Martha's Vineyard é para os apaixonados*), camisetas do filme *Tubarão* (que foi filmado na ilha), toalhas de praia baratas, pipas e óculos de sol.

Pfeff pergunta para a vendedora sobre tamanhos de moletom. Ela parece ser universitária. Entediada. Alguns anos mais velha que nós.

— Acha que meu tamanho é o médio? Talvez seja o grande. — E, antes que ela consiga responder, ele acrescenta: — Ah, e já que estamos conversando, pode me dizer uma coisa?

— É claro.

— Aparentemente sou uma pessoa que faz péssimas escolhas — Pfeff diz. — Na verdade, eu não descobri isso hoje. E acontece que eu fiz péssimas escolhas ao arrumar a mala antes de vir para cá. Bem, não estou hospedado aqui em Edgartown, estamos em uma ilha — ele aponta para o porto — que fica em algum lugar para lá. Enfim, eu queria saber onde

posso comprar roupas de baixo aqui na cidade. Por acaso dá para encontrar cuecas aqui?
— Sim — a garota responde. — Temos cuecas em Edgartown.
— Já sei aonde podemos ir — digo a ele.
Mas Pfeff me ignora. Me dou conta de que ele não está interessado na informação. Quer continuar conversando com a garota.
— Certo. Onde ficam as sambas-canção de Edgartown?
Ela explica onde fica a loja.
— E meias? — Pfeff pergunta. — Tem meias lá?
— Tem — ela diz. — Mas também temos meias aqui.
Ela mostra a ele meias com pequenos hidroaviões, com mapas da ilha, gaivotas, lagostas e baleias.
Pfeff compra uma de cada.
— Essas meias são muito divertidas. Estou feito com essas meias. — Pfeff me mostra o par com estampa de lagostas. — Ah, você acha que tem alguma com camarões? — Ele vira para a garota: — Você tem meias com estampa de camarões? Ou caranguejos? Eu compro todas as meias com estampas de crustáceos que você tiver. Bem, um par de cada. Não vou exagerar.
Ela só tem meias com estampa de lagostas. Nenhum outro crustáceo.
— Lagostins? — Pfeff pergunta. — Mariscos?
Ela diz que mariscos são moluscos e que a loja também não vende meias com estampa de mariscos.
— Obrigado, de qualquer modo — Pfeff diz. — Gosto de ser bem minucioso com esse tipo de coisa.
Ele paga com cartão de crédito, comprando não só as meias, mas um par de chinelos que calça na mesma hora, uma cami-

seta de Martha's Vineyard para substituir o moletom molhado e dois óculos de sol espelhados, baratos e extremamente ridículos.

— Estou parecido com o cara do *Top Gun*?
— O Tom Cruise não usa óculos espelhados — digo a ele.
— Usa óculos normais.
— Não mesmo — Pfeff afirma. — São espelhados. Eu juro.
— Você não se parece nada com o Tom Cruise. — Embora pareça um pouco.
— Não custa sonhar. Me deixa sonhar. Você pode ficar andando por aí parecendo uma modelo. Não sabe como é ser um ser humano normal.

Fico corada. É um elogio barato e genérico. E nem é verdadeiro. Mas gosto de ouvi-lo mesmo assim.

— Cala a boca — digo a ele. — Está com fome ou quer comprar suas sambas-canção primeiro?
— Não tomei café da manhã — Pfeff responde. — Porque faço péssimas escolhas.

COMPRAMOS SANDUÍCHES DE lagosta, coca-cola, mariscos e picles fritos. Comemos em um banco perto do porto. Depois Pfeff compra as cuecas. E um suéter xadrez que o deixa "parecendo um vovô, mas no bom sentido".

Na livraria, ele quer comprar presentes: Armistead Maupin para Major, Stephen King para George e um suspense médico para Yardley, porque ela quer estudar medicina. Ele é surpreendentemente versado.

— Leio muita literatura popular — ele me conta. — Mas as coisas que preciso ler para a escola me dão sono. — Vamos até a seção de ficção científica no andar de cima e ele encontra vários livros de bolso para acrescentar à pilha.

Quando voltamos para o andar de baixo, para a parte da frente da livraria, Pfeff vê uma pessoa conhecida: uma menina delicada com cabelo preto e comprido, de ascendência asiática, usando short jeans rasgado e camisa quadriculada. Ela carrega uma sacola enorme que parece feita de vime. Seu rosto é redondo e está um pouco queimado de sol.

— Sybelle — Pfeff sussurra, como se fosse um grande segredo. — É a Sybelle.

Ela vira.

— Ai, meu Deus, Pfefferman. Você está me seguindo?

— Rá. Quanto tempo faz? Um ano? — Ele vira para mim. — Faz um século que não vejo essa menina. Não estou seguindo ela. Carrie, Sybelle. Sybelle, Carrie. Sybelle e eu fizemos uma viagem para o Parque Nacional de Canyonlands juntos no verão passado. É um programa em que levam a gente para a natureza durante três... não, talvez quatro semanas. Quase morri, de verdade, várias vezes.

— Você *não* é um cara das montanhas — Sybelle afirma.

— Teve escalada e tudo — Pfeff diz. — Ainda tenho as cicatrizes.

— Você tem tempo para tomar um sorvete? — Sybelle pergunta. — Podemos colocar a conversa em dia.

— Com certeza — Pfeff responde. Ele paga os livros com o vale-presente. — Encontro você no cais, certo, Carrie? Não vou demorar. É que não vejo a Sybelle desde... desde que caí daquele penhasco em Utah.

— É claro — digo, forçando um sorriso.

— Tem certeza de que não está me seguindo? — Sybelle pergunta.

— Nem estou ficando nesta ilha — Pfeff diz. — Estou hospedado em outra ilha, é sério.

Ele me entrega as sacolas.

— Foi um ótimo dia de compras, não foi?

— Eu não comprei nada — digo.

E eles vão embora.

28.

DEIXO AS SACOLAS no barco.

Compro as coisas que minha mãe pediu.

Não importa. Não importa.

Eu nem o conheço.

Compro um milk-shake de morango. Tem o mesmo sabor de todos os verões passados. O mesmo milk-shake que eu tomava quando tinha três anos, quando tinha nove, quando tinha treze. O mesmo copo de papel branco.

Me encosto no barco. Minhas mãos ficam frias. Meus lábios também.

Tiro o casaco da bolsa e visto. Me sentindo idiota e constrangida, passo um pente no cabelo e hidrato os lábios.

E espero por Pfeff.

Das três e quinze até as quatro. Até quatro e meia.

Eu poderia ir embora, como fiz de manhã. Mas não marcamos um horário para ir embora, então ele não está atrasado.

E se eu deixá-lo aqui, alguém de Beechwood vai ter que voltar para buscá-lo. Ou eu mesma.

E será que ele sabe o telefone do Goose? Acho que não. Harris e o tio Dean estão na lista telefônica de Cape Cod? Talvez sim, mas talvez não.

Se eu largar Pfeff aqui, ele vai ficar zangado. E vou perder minha chance.

Então espero. E, enquanto espero, tenho que admitir que desejo aquele menino, com seus ombros largos e seu nariz quebrado, sua empolgação em relação a tudo. Desejo um menino capaz de nadar até o barco de moletom, de se ajoelhar diante da minha mãe, que compra meias de lagosta e presentes para os amigos. Que beija como ele beija. Que me chama de esperta, impressionante e bela.

Ele saiu com Sybelle há três horas.

Tomo um comprimido de codeína e espero a dor passar.

Estou com frio. E entediada. Subo no barco e sento no chão, protegida do vento.

A codeína faz efeito. Depois de um tempo, encontro um telefone público e ligo para Tipper, dizendo para não nos esperar para o jantar.

O SOL ESTÁ se pondo quando Pfeff aparece no cais.

— Me desculpe — ele diz, começando a falar bem de longe, enquanto vem em minha direção. — Alugamos umas bicicletas. Tem uma área para andar de bicicleta, não fica muito longe, com água dos dois lados. — Ele sobe no barco e veste o moletom. — Mar de um lado e uma espécie de lago do outro. É tão bonito. Você precisa ver.

Eu já vi. Muitas vezes.

Nem respondo. Apenas desamarro o barco.

— Você ficou esperando muito? — Pfeff pergunta. — Espero que não. Pedalamos para muito longe e depois demorou um século para voltar, e então não conseguíamos lembrar em que loja tínhamos alugado as bicicletas, foi muito idiota. Rodamos a cidade toda e nenhuma loja parecia a certa. A gente pensou que as bicicletas tinham alguma identificação, mas não tinham. E não guardamos os recibos. E, bem, começamos a ficar com muita fome e eu sabia que deveria vir para cá, mas a pizzaria estava bem ali e eu achei que seria bom comer uns dois pedaços, tipo, no caminho para cá, e assim eu seria uma companhia muito melhor na viagem de volta, mas tivemos que esperar a pizza sair do forno.

— Vai se ferrar, Pfefferman.

Fico surpresa ao ouvir aquilo sair da minha boca. Eu tinha planejado agir de forma alegre e desencanada, e fingir que tinha acabado de chegar ao barco.

— O quê? — Pfeff fica surpreso.

— Não me venha com essa.

— Certo. Eu *sei* que fiz você esperar. Um tempo imperdoável. Mas foi uma situação muito complicada, Carrie!

— O quê?

— Sybelle e eu. Naquela viagem ao Parque Nacional de Canyonlands, a gente estava... Bem, acabou mal, sabe? Eu... Eu estraguei tudo. E então ela apareceu aqui! Depois de um ano inteiro provavelmente me odiando. E ela estava sendo tão legal. Senti que finalmente tinha me perdoado por ter sido um completo idiota um ano atrás, e achei que passarmos um tempo juntos hoje meio que compensou tudo. Não sabia como dizer: "Não, Sybelle, preciso encontrar a Carrie no cais". Porque estava no meio de uma situação em que precisava me redimir com ela.

Viro o barco para o mar aberto, depois olho para ele.

— Você é só mais um otário — digo a ele. — Não existe explicação que te livre de ser um otário egoísta e sem consideração.

— Você não entende — Pfeff diz. — Foi...

— Eu entendo que você não se importa com ninguém além de si mesmo — explodo. — Que não se importa nem um pouco em deixar uma pessoa esperando cinco horas por você e uma ilha inteira cheia de pessoas esperando para jantar, só para dizer a si mesmo que uma menina que você rejeitou agora te acha um cara excelente. Na verdade, fiquei pensando sobre isso, e tudo que você fez, o dia todo, foi basicamente para os outros pensarem: *o Pfeff é excelente*. Flertar com a vendedora. Elogiar as pessoas. Comprar presentes. Mas você não se importa de verdade com ninguém. Só se importa com a ideia de ser especial, e não com a experiência verdadeira dos outros.

— Carrie. Me desculpe.

— Fica longe de mim. Nem fala comigo.

29.

QUANDO VOLTO PARA a Clairmont, Luda já terminou de arrumar a cozinha após o jantar. Tipper, Harris e o tio Dean estão na varanda, rindo e tomando uma última dose antes de dormir.

Como um sanduíche de frango na cozinha e converso com Penny e Erin, que sentam comigo à grande mesa de madeira.

Esfriou, e o suéter preto de gola alta de Erin parece inadequado em nossa cozinha, assim como o delineador escuro e o batom em sua boca bonita e carnuda. Mas ela parece confortável. Está comendo pedacinhos de um bolo de chocolate que sobrou do jantar com as mãos. Penny está usando um suéter azul antigo que pertence ao nosso pai e tomando chá de hortelã.

— Você beijou o Pfeff? — Penny pergunta. — Ontem à noite? Por que só estou sabendo disso agora?

— Você ainda estava dormindo quando saí hoje de manhã — digo. — Como eu ia te contar?

— Você deveria ter me procurando ontem à noite e me contado na hora. É seu dever como irmã.

— Você estava ocupada — afirmo.

Conto a história do dia que passamos em Edgartown — as compras, o encontro com Sybelle, a espera de cinco horas e a discussão.

— Que ridículo — Erin diz, inclinando o rosto em forma de coração, ponderando.

— Vil — Penny diz. — Te fazer esperar desse jeito. Ela era bonita?

— Quem? — Erin pergunta.

— Sybelle. A menina se chamava Sybelle, não é?

— Isso — respondo. — Ela era muito, muito bonita. Mesmo queimada de sol.

Erin tem um quê meio analítico. Franze a testa e disseca qualquer que seja o assunto em discussão.

— Acha que eles transaram?

— Em Edgartown? De dia? — Nem tinha pensado naquilo.

— Duvido que tenham ficado andando de bicicleta o tempo todo — ela diz. — Não tem como.

— E onde eles iriam...? — pergunto.

A ideia faz meu peito pegar fogo. Eu estava com ciúmes porque Pfeff passou a tarde com Sybelle, que tinha sido sua namorada. Nem me ocorreu que ele havia *dormido com ela* enquanto eu esperava no cais. Sinceramente, não me ocorreu que ninguém dormisse com ninguém no meio do dia.

— Na casa dela, dã — Penny diz. — Se ela está hospedada lá, tem um quarto na história.

— Então vocês acham que a história das bicicletas era mentira? Mas ele sabia da estrada com água dos dois lados.

— A estrada da praia — Penny estica o braço, pega a faca da mão de Erin e corta um pedaço de bolo. — Yardley diz que Pfeff é evasivo — acrescenta. — Diz que ele sempre arruma alguém.

— Você ficaria com ele — Erin diz a Penny.

— Cala a boca. Você sabe que não.

— Major perguntou se eu queria andar de caiaque — Erin diz. — Eu contei?

— Não.

— Bem, ele perguntou. Acha que ele está a fim de mim?

— Não — Penny repete.

— Estou perguntando para a Carrie — retruca Erin. — Carrie, acha que Major pode estar interessado em mim? Por causa da ideia do caiaque, ou qualquer outra coisa? Percebeu se ele estava olhando para mim?

Já terminei o sanduíche e levo o prato para lavar na pia.

— Você está a fim dele? — pergunto a Erin. — Porque minha opinião é que ele teria muita sorte de conseguir alguém do seu nível.

— Sei lá — Erin responde. — Gosto de ruivos.

— Major é gay — Penny diz.

— Não é. — Erin arregala os olhos.

— Ele que me contou. Os pais de Major são meio hippies ou algo assim, então não se importam com isso, e ele se assumiu — Penny explica. — Então pode ficar a fim dele quanto quiser, não vai dar em nada.

Erin fica cética.

— Major se abriu com você?

— Não era nenhum segredo — Penny diz. — Só uma coisa que ele mencionou.

— Com que finalidade?

— Com finalidade nenhuma. Ele contou uma história sobre um cara com quem saía. Então, quando perguntei, ele disse que sua mãe é toda espiritualizada, medita e tal, e que "amor é amor", essa é a filosofia dela.

Eu não sabia que Major era gay. Nunca tinha conhecido ninguém assumidamente gay.

— Bem, fico feliz por vocês dois serem tão próximos — Erin diz. — Talvez você devesse sair de caiaque com ele. Poderiam virar melhores amigos.

— Ah, meu Deus, Erin — minha irmã diz. — Termina de comer seu bolo e vamos dormir. Acho que tomei sol demais. Estou muito cansada.

Erin ri. Ela levanta, vira para mim e diz:

— Pfeff passou a tarde inteira transando com aquela menina.

30.

QUANDO CHEGO AO meu quarto, Rosemary está lá, usando sua fantasia de guepardo. Está acariciando Wharton, encolhida sobre o tapete, exausta após passar o dia todo correndo com os outros cachorros.

Rosemary ganhou a fantasia de uma amiga em seu aniversário de nove anos. Era basicamente um pijama com pezinhos, como os macacões que usávamos quando éramos pequenas. Mas esse tem uma cauda e um capuz com orelhas. Quando estava viva, Rosemary dormia com aquela roupa o inverno inteiro. Agora está esperando na minha cama, com o capuz na cabeça. O tecido brilhante está desgastado nos cotovelos.

— Oi! — ela diz com alegria. — Quer ver *Saturday Night Live*?

— O quê?

— Começou às onze e meia. Eu vi no guia de programação da TV.

— Não podemos fazer isso. Tem gente lá embaixo.

— Estão assistindo sem mim?

— Ahã. Bess está. E Tipper e Harris ainda estão na varanda.

— Mas eu nunca assisti.

— Florzinha. Não podemos ficar lá com eles. Certo?

— Certo. — Ela suspira, depois diz em um tom mais calmo: — Não estou aqui para ficar com a Bess mesmo. Só com você, você, você.

Começo a me trocar para dormir.

— Mas eu gostaria de assistir algum dia — ela continua. — Não acho que devo estar morta e nunca saber do que todo mundo está falando.

— Tudo bem. Vamos dar um jeito.
— Semana que vem?
— É claro. Podemos tentar.
— Está bem. Quer jogar cartas?

Argh. A ida a Edgartown me deixou agitada, repleta de emoções turbulentas.

— É um jogo rápido — Rosemary acrescenta.

Não consigo fingir que quero jogar cartas. Simplesmente não consigo.

— Estou exausta — explico. Visto uma regata velha e calça de pijama.

— Só uma rodada. Eu deixo você ganhar.

— Não, florzinha. Me deixa escovar os dentes e eu deito com você.

Tomo um Triazolam e faço uma trança folgada no cabelo. Abro uma das janelas e ligo o ventilador. Quando finalmente vou para cama, Rosemary dá as costas para mim e eu abraço seu corpo vestido de guepardo por trás.

Ela respira devagar. Ouvimos o barulho do ventilador na janela. Dá para ouvir as ondas batendo na praia.

A mão de Rosemary fica frouxa sob a minha. Parece ter adormecido.

— Sabe o que deixaria isso muito melhor? — ela diz em voz baixa.

— O quê?

— Se estivéssemos assistindo *Saturday Night Live*.

— Você é terrível — digo. — Pensei que estivesse dormindo.

— Imagina só. Nós abraçadinhas, vendo TV.

— Não vai rolar.

— Certo, isso não — ela diz. — Ah. Sabe o que mais deixaria isso muito melhor?

— O quê? — Fico me perguntando se ela está tentando me dizer do que precisa. Por que está aqui. Me assombrando.

— Se Wharton tivesse uma fantasia de guepardo.

Dou risada.

— Wharton fantasiada de guepardo?

— Ela ia amar — Rosemary insiste. — Ela quer ser um guepardo.

— Os três cachorros com roupinhas de guepardo.

— Não, não. Albert e McCartney não querem ser guepardos. Eles não têm nenhuma ambição.

— Essa é uma palavra difícil.

— Você me ensinou no Scrabble.

— É mesmo?

— Ahã. Ah, espera. Tenho uma ideia melhor.

— Melhor que Wharton vestida de guepardo?

— Sim, melhor.

— Certo. Conta logo.

— Se você tivesse uma fantasia de guepardo.

— Com certeza melhoraria muito essa situação — digo a ela.

— Então arranja uma.

— Agora?

— Ahã.

— Certo — digo. — Vou descer até o cais, ligar o Guzzler, navegar por uma hora... Não, espera, vai estar tudo fechado em Edgartown. Vou ter que levar mais uma hora até o continente, pegar um táxi, encontrar um mercadinho 24 horas em alguma parte de Cape Cod e comprar uma fantasia de guepardo. Certo?

— Isso mesmo.

— Depois volto e deito com você. Vai demorar umas cinco horas, mas tudo bem.

— Vai demorar umas seis horas — Rosemary diz. — Mas vai valer a pena.

— O abraço de dois guepardos. Mal posso esperar.

— Ah, sabe o que deixaria isso muito melhor ainda?

— Irmos dormir.

— Não, é sério.

— O quê?

— Se estivéssemos jogando cartas — Rosemary diz.

— Não vai rolar. Vamos dormir agora.

— Você vai dormir. Eu sou um guepardo. Não preciso dormir muito porque sou o animal terrestre mais rápido que existe.

— E ainda assim quer jogar cartas?

— Ahã — ela diz. — Com outras pessoas vestidas de guepardo.

— Você quer dizer outras pessoas que são guepardos — respondo, começando a pegar no sono.

— É, isso mesmo.

31.

A CADA NOITE que os meninos passam aqui, meus pais ficam mais obcecados por faculdades e suas expectativas em relação a mim.

— A Amherst tem um ótimo histórico — ele diz, olhando para ter certeza de que estou prestando atenção. — Robert Frost deu aulas lá. Morou lá também. Um excelente poeta. — E, citando-o: — "Mas tenho promessas a cumprir/ E milhas a trilhar antes de dormir."

Os meninos contribuem com a conversa, entusiasmados. Perguntam a Harris sobre o tempo que passou em Harvard, os esportes que praticava, as confusões em que se meteu com os membros de sua casa. Tipper contribui com anedotas engraçadinhas sobre a época da faculdade e pergunta aos meninos sobre os planos de estudo deles. Harris aponta disciplinas que parecem interessantes e atividades que eu poderia gostar de fazer. Pondera sobre quais faculdades levam o softball feminino a sério.

Tomo codeína para suportar essas noites. É melhor estar medicada. Não quero sentir a força do que meus pais esperam de mim.

Já sei como é viver em um dormitório. Conheço a enorme biblioteca e o jornal de quinze páginas. Preferiria sair para dançar à noite, passear por museus e morar em um apartamento feio em um prédio sem elevador com algumas amigas. Quero me apaixonar e esperar na fila em uma noite fria para ver uma peça de teatro estranha. Acho que eu gostaria da energia de uma cidade suja, caótica, pobre e rica, chique e estranha, onde as pessoas são diferentes de mim. Talvez gostasse de fazer algo artesanal.

Embora Tipper passe os dias fazendo massa de torta e descascando aspargos, para mim ela deseja uma faculdade. Uma vida de intelecto e conquistas. Ela é inabalável.

Sigo o caminho que meus pais trilharam. Da mesma forma que sigo as passagens de madeira que eles construíram na ilha Beechwood. Não vejo como sair dessa trilha.

Se eu sair das passagens e for para os arbustos, para baixo das árvores ou para a areia... não faz diferença.

Ainda estou na ilha deles.

PFEFF AGE COMO se nunca tivéssemos discutido, e eu ajo como se nunca tivesse me importado. Ficamos na mesma sala, mas não nos falamos. A situação é tolerável.

Noite após noite no Goose, os meninos tocam música alta. R.E.M., Prince e Talking Heads. Jogamos Scrabble, ou pôquer, apostando moedas. Certa noite, assistimos a *Ben-Hur*, e, em outra, *Mary Poppins*. A sala está cheia de embalagens de salgadinhos e latas vazias. Quando a noite está quente, os meninos correm destemidamente para a praia pequena e se jogam na água escura.

Em algumas noites, Penny e Erin também vão para o Goose, mas elas haviam passado a caminhar pela trilha da costa juntas, fumando cigarros de cravo que Erin tinha trazido e conversando sem parar.

— Vamos caminhar e papear — Penny diz, negando com a cabeça quando um dos meninos pergunta se ela vai ao Goose.

Uma noite, cerca de oito dias depois que Pfeff e eu fomos a Edgartown e discutimos, estamos no mar, com água até o peito. Eu, Pfeff, Yardley, George e Major. O ar está quente e úmido e as ondas estão tranquilas.

George:

— Vamos jogar Linguiça.

Yardley:

— Ah, de novo não.

Eu:

— O que é isso?

Yardley:

— O jogo mais idiota que existe. Jogamos outro dia, depois que você foi embora.

George:

— Não é idiota, é divertido.

Pfeff:

— Eu topo.

Major:

— Eu topo.

O corpo de Pfeff na água chama minha atenção. Ele passa a mão na superfície, fazendo pequenas ondas. Meus olhos são atraídos para a definição dos músculos de seus ombros, o contorno do pescoço.

George:

— Quem ri perde. Ou quem responde algo que não seja linguiça.

Major:

— Certo. Yardley, você começa. Você tem um novo companheiro. Ah, que legal: ele tem vinte centímetros de...

Yardley:

— Linguiça.

George:

— O que sai da bunda de um cachorro?

Yardley:

— Linguiça.

Eu:

— Antes as cabanas eram feitas de madeira, mas agora são feitas de...

Yardley:
— Linguiça.
Pfeff:
— Plop plop. — Ele fica pulando na água feito um idiota.
Yardley, rindo:
— Ai, meu Deus.
Pfeff:
— Rá! Peguei você.
Yardley:
— O que você está fazendo? Você tinha que fazer uma pergunta cuja resposta fosse linguiça.
Pfeff:
— Eu sei. Mas quem ri perde. Ou quem responde algo que não seja linguiça. Não é isso?
Yardley:
— Plop. Você é terrível.
George:
— Aceite a derrota, Yardley!
Yardley:
— Está bem. É a vez de Carrie.
Olho para Pfeff. Não quero olhar para Pfeff. Não quero pensar nele, nem na sensação de seu pescoço sob minha mão quando ele me beijou, nem em como seus lábios eram surpreendentemente macios. Não quero pensar nisso, mas estou quase nua na água e ele está a menos de um metro e meio de distância, e é praticamente impossível pensar em outra coisa, mesmo ele sendo um otário egoísta, em quem não estou interessada.
Eu:
— Linguiça.

Major:

— Eu tenho uma. Você vai nadar e sente que tem uma tonelada de água em seu ouvido. Balança a cabeça como todo mundo faz, sabe? E o que sai?

Eu:

— Linguiça.

Yardley:

— Você atira em um javali e o leva para casa. O que faz em seguida?

Eu:

— Linguiça.

Pfeff:

— Feijão!

Yardley:

— Pfeff, você é muito nada a ver.

Pfeff:

— Pasta de dente!

George:

— Certo, vamos ver. Você tem um bebê e tem que trocar a fralda dele...

Yardley:

— George. Essa do bebê é igual à do cachorro.

George:

— Não, não. É totalmente diferente.

Yardley:

— Não dá para ficar fazendo a mesma *piada de cocô* mil vezes.

George:

— Se fizer Carrie rir ou começar a falar, conta para o jogo. É só o que importa.

Yardley:

— Discordo. Se fosse assim, era melhor fazer um concurso para ver quem faz a Carrie rir.

— Linguiça — digo com muita seriedade.

— Você precisa alternar as piadas de cocô com outras coisas — Yardley diz. — Senão vão perder o impacto.

— Alcachofra! — Pfeff grita, como se tivesse acabado de pensar na coisa mais incrível do mundo.

Dou risada.

Pfeff nada para perto de mim enquanto os outros continuam jogando. Seu cabelo está molhado, e gotas de água escorrem por suas maçãs do rosto. Ele chega tão perto que eu poderia facilmente beijá-lo.

— Eu te fiz rir — ele sussurra. — Você tem que admitir.

32.

MAIS TARDE, QUANDO estou indo dormir, passo pela porta aberta do quarto de Penny. Ela e Erin estão desmaiadas nas camas, com uma garrafa de uísque vazia no chão. Penso em deixá-las assim, mas sei que Tipper vai passar pelo quarto quando subir.

Sacudo-as de leve até acordarem e as obrigo a escovar os dentes e beber um copo de água bem cheio. Dou dois comprimidos de Tylenol para cada uma. Elas bebem e engolem o comprimido, obedientes, e quando tentam voltar para a cama, ainda vestidas, pego pijamas na cômoda de Penny e peço para se trocarem.

— Eu nem costumo usar pijama — Penny argumenta, arrastando as palavras. — Uso uma regata e calcinha. A mamãe vai perceber que tem alguma coisa errada.

— Acrescente algo à família e vista o pijama — digo a ela.

— Eu vi a foto secreta da mamãe — ela afirma.

— Cala a boca, Penny. — Não quero que ela fique falando sobre aquilo na frente de Erin.

— Você queria saber o que eu acho! Senão não teria me contado — Penny diz, se pendurando em meu ombro.

— Fica quieta.

— Acho que é o papai na foto — Penny continua. — E acho que ela raspa um pedacinho do rosto dele cada vez que fica brava, porque ele é muito autoritário. Então ela sobe lá, tira a fotografia do esconderijo e começa a raspar. É como ela desconta a raiva.

— Não é o Harris — afirmo. Embora possa ser.

— É tipo um ritual para se vingar dele, como nas vezes em que ele não presta atenção nela.

— Você já está contando outra história.

— Pensa nisso. — Ela tira a blusa e o sutiã, abotoando o pijama de algodão listrado sobre o corpo nu. — Está feliz?

— Falta a calça. Comporte-se.

— A mamãe deveria procurar um psiquiatra — Penny afirma, caindo na cama assim que veste a calça do pijama. — Não é normal raspar a cara do marido.

— Você está instável — digo.

— Eu? Não sou eu que fico chapada de remédio o tempo todo.

Fico paralisada.

Achei que ela não sabia sobre os remédios.

Achei que ninguém sabia sobre os remédios.

— Não é verdade — digo.
— É, sim. Agora, vá embora. Erin e eu estamos muito cansadas e bêbadas. Então, tchau.

33.

APESAR DE FICAREM acordados até tarde, Major e Pfeff, às vezes com George e Yardley, começam a sair com o Guzzler bem cedo. Não todo dia, mas com bastante frequência. Descubro algumas noites depois do jogo da linguiça, porque Major me convida.

— Você vai na Saída Matutina? — ele pergunta.
— O que é isso?

Já jantamos, e Major está sentado ao meu lado no grande sofá azul do Goose. Uma tigela grande de pretzels misturados com cereal Lucky Charms está apoiada em seu colo. Seus braços são finos e queimados de sol. A calça jeans preta está furada.

— Nós saímos de barco de manhã levando café — ele diz. — Nadamos e entramos em contato com a natureza.

Pfeff está no chão, na minha frente. Está usando o blazer de anarruga de George, uma camiseta do U2 e bermuda coral. Está zombando sem dó do filme (Mary Poppins) enquanto canta junto e inventa a própria letra.

Acabe com os velhos! Acerte o passo.
Balance o pinto! Acerte o passo.
Mate o tempo, sem cansaço.
Faça as contas! Acerte o passo.

Coisas assim.

— Vamos devagar e com muita calma — ele diz sobre as saídas de barco matutinas. — Porque estamos de ressaca. Mas é de uma beleza sem igual.

Major concorda.

— Devagar e com calma é o tipo de passeio de barco de que preciso.

— Aprendi a fazer café — acrescenta George, que está espremido em uma poltrona grande com Yardley. Algumas semanas na ilha o deixaram com um estilo mais despojado. Sua bermuda xadrez vermelha parece desbotada e suja. Ele não tem mais o belo corte de cabelo de quando chegou. — Nós nadamos ou só ficamos de bobeira. Eu saía para pescar com meu pai, sabia? É parecido. Começamos bem o dia, fazendo coisas na natureza.

— Eu não quis ir no início — Pfeff diz. — Mas agora estou gostando.

— Eles gostam porque podem desmaiar depois do almoço — Yardley provoca. — Você chega ao Goose e Pfeff está roncando no sofá. Major está dormindo na espreguiçadeira e George está de barriga para baixo na cama, ainda de sapatos.

— Eu sou uma graça dormindo — George diz. — É um fato comprovado. Não tem nada de engraçado.

— Você poderia ir amanhã — Pfeff diz para mim. Ele se vira e me olha com esperança. — Seria divertido se você fosse. — Ele sorri, e não consigo parar de olhar a curva suave de seu lábio inferior.

— *Vocês* também poderiam ir — Major diz a Penny e Erin. Elas acabaram de chegar, depois de "caminhar e papear".

— Credo, fazer qualquer coisa muito cedo está longe do meu conceito de diversão — afirma Erin.

Não gosto de Pfeff, mas quero beijá-lo de novo. Quero me sentir esperta e impressionante, acariciar o pescoço quente dele com os dedos. Lembro da sensação de cura do beijo dele, como água fria e framboesas, dissipando a mácula de minha mandíbula malformada, infectada. Gostaria de sentir aquilo de novo.

Ele acabou de dizer que me quer lá, bem cedinho. A mim, especificamente.

— Eu vou — digo. — Que se dane. Digam o horário.

34.

SÃO 6H15 DA manhã. Ninguém está acordado no chalé Goose.

Chamo, mas não há resposta.

Já tomei café com minha mãe e Luda, mas ligo a cafeteira da casa de hóspedes mesmo assim, em grande parte para ter alguma coisa para fazer.

Me sinto jovem e bastante empolgada por ter chegado na hora. Talvez não fosse hoje.

O café fica pronto. Coloco um pouco em uma caneca e acrescento leite e açúcar. Passo os olhos em um jornal de quatro dias antes.

Depois de um tempo, Pfeff aparece, sem camisa, esfregando os olhos feito criança. A calça do pijama está abaixo da cintura.

— Ei, Carrie. Bom dia. Ahhh, café. Estou tão feliz. Você que fez?

— Ahã.

— Isso é bom demais.

Não consigo parar de olhar para ele. Eu o odeio, mas também desejo que chegue perto de mim, se incline e passe a mão em meu cabelo. Talvez sussurre: "Posso te beijar? Quero muito te beijar", e eu o beije como resposta. Eu poderia passar as mãos por suas costas fortes e tocar seus ombros levemente sardentos. Sentiria os lábios dele nos meus, gentis mas intenso, e ele teria gosto de café preto.

Eu poderia ir até *ele*, penso, recompondo-me. Não preciso esperar.

Mas não sei como ele reagiria.

Talvez ele estivesse com Sybelle, envolvido no drama do reencontro.

Talvez ele achasse que eu não passo de uma pirralha, uma menina tonta que deu chilique por nada, só por ter tido que esperar um pouco.

Talvez ele não tivesse gostado de me beijar.

Então não faço nada.

Não encaro

seu peito nu ou

suas mãos fortes ao redor da xícara de café. Não olho para suas maçãs do rosto iluminadas pelo sol da manhã ou

para a forma com que os músculos de seus ombros ondulam quando ele abre a geladeira.

Não presto atenção

em como ele dobra uma fatia de pão torrado ao redor de um pedaço de queijo e come com avidez, em como ele gosta de levantar a xícara de café com as duas mãos,

em como ele chupa o dedo quando queima a mão na segunda fatia de pão torrado.

Atenção nenhuma.

A EXCURSÃO DE barco pela manhã acaba se resumindo a mim, Pfeff, Major — e Penny, que aparece no cais no último minuto, segurando um bolo de morango e um pano de prato e usando biquíni por baixo de uma camisa xadrez velha de flanela, que pertence a Harris.

— Erin não acordou — ela diz. — Aquela preguiçosa.

— Isso é bolo? — Major pergunta.

— Acabou de sair do forno — Penny responde. — Talvez eu tenha roubado.

— Tipper não vai querer servir isso depois do jantar? — questiono.

— Sei lá — Penny diz, dando de ombros. — Ela não estava na cozinha.

Saímos com o barco. Pfeff está no leme. Os meninos levam toalhas e garrafas térmicas. Penny e eu compartilhamos minha térmica de café. Ou, melhor dizendo, ela pega sem pedir, toma metade do café, e a coloca entre seus pés.

Quando nos afastamos da praia, Pfeff desliga o motor.

— É isso — ele diz.

E ficamos ali. Sentindo o brilho do sol nascente. Observando algumas gaivotas. Beechwood parece distante.

— É meio entediante — Penny diz após alguns minutos.

— Bem — Major diz. — Se você estiver chapado é melhor.

Penny dá um tapa na perna dele.

— Você está *chapado*? — ela pergunta. — Tipo, agora, antes do café da manhã?

— Talvez — Major responde, rindo.

— Só um pouquinho — Pfeff afirma. — Para apreciar melhor a natureza.

— Então vocês já acordam doidões? — Penny pergunta.

— É que... tudo parece muito mais intenso assim. — Pfeff sorri.

— Minha nossa, eles são delinquentes — Penny comenta.

Ela levanta, tira a camisa de flanela e pula no mar. Major tira o moletom e faz o mesmo.

— Ah, droga — ele grita quando volta à superfície. — Está muito gelada.

— É sempre assim — Penny retruca. — Estamos nadando no mar, garoto de condomínio.

Eu os observo nadando por um minuto.

— Você vai entrar? — Pfeff pergunta.

— Está frio demais hoje de manhã.

Ele concorda.

Ficamos em silêncio.

— Ei, Carrie. — Pfeff diz, enfim. — Posso te contar uma história?

— Sim. Claro.

— Era uma vez, o Bebê Lawrence Pfefferman, eu mesmo, que recebeu o nome de seu pai, que era também o nome de seu avô. Então, sou Lawrence terceiro. E eles me chamavam de Lor, porque meu pai era Larry e meu avô era Lawrence. E essa era a ideia, sacou? Que eu seria como eles.

— Certo.

— Então, o primeiro Lawrence estudou na Amherst e virou advogado. E Larry estudou na Amherst e virou advogado. E quando o Bebê Lor cresceu, quiseram que ele fosse estudar na Amherst.

— E virasse advogado.

— Eles estão abertos a outras profissões. Mas essa é a ideia.

— Por que está me contando isso?

— Bem — Pfeff diz —, você deixou bem claro que me acha um idiota.

Dou de ombros. Acho mesmo. Mas ainda o considero mágico e engraçado. Ainda quero tocá-lo sempre que chega perto de mim como está fazendo agora.

— Existem circunstâncias atenuantes — ele acrescenta.

— Sybelle te amarrou, e por isso você não conseguiu chegar ao cais em Edgartown? Porque "resolvi passar a tarde transando em uma casa histórica" não me parece uma circunstância atenuante.

Ele ri.

— Não é isso. Eu só... Sou um péssimo aluno, sabe?

— E?

— Detesto a escola. Eu quero... Sei lá, quero viajar. Gostaria de ir para o México ou para a Itália, aprender a língua local e conhecer pessoas. Eu ficaria feliz comendo coisas gostosas, saindo com amigos. Não é que eu não queira trabalhar. Não me importo de trabalhar, na verdade. Ano passado, eu limpava mesas em um bar mexicano nos fins de semana, e os dias eram longos, e as pessoas gritavam comigo, mas eu gostava... do ambiente do restaurante, do entra e sai de clientes.

Nesse momento, Penny sobe a escada, toda molhada, e Major sobe em seguida.

— Ai, meu Deus — ela diz. — Ninguém precisa estar *chapado* para esse ser um jeito incrível de começar o dia. — Ela pega a toalha e vira para mim. — Estou me sentindo a Supergirl. Ou a Mulher Maravilha, sei lá. Posso vestir o seu casaco? — Tiro o casaco e entrego a ela. Penny o veste, enrola a toalha na cintura e pega minha garrafa térmica de café. — Por que *nós* não pensamos em fazer isso toda manhã? — ela me pergunta. — Por que tivemos que esperar esses palhaços terem essa ideia?

— Preciso tomar café da manhã — Major diz. — Podemos voltar?

— Ah! — Penny está satisfeita consigo mesma e pega o bolo de morango, coberto com papel-alumínio.

— Penelope — Pfeff diz. — Acho que eu te amo. Te amo muito, de verdade.

— Não me chame de Penelope — Penny responde.

E, de repente, volto a odiá-lo. *Acho que eu te amo.* Ele tem mesmo que fazer todo mundo adorá-lo? Tem mesmo que flertar com todo mundo, incluindo minha irmã? *Te amo muito, de verdade.* Será que está tentando me deixar com ciúmes?

Ignoro Pfeff pelo restante do passeio de barco. Desembrulhamos a fôrma e cortamos fatias de bolo com um canivete suíço. Massa de baunilha com geleia de morango e pedacinhos de morango quente. Grudento. Cheiroso. Comemos e voltamos, com Pfeff no leme.

Penso em nossa conversa inacabada. Pobre menino rico, Lawrence terceiro, acha mesmo que é especial só porque não quer ir para a faculdade e gostava do trabalho que arrumou nas férias? Acha que se sentir assim transforma você em alguém do povo? Acha que é singular porque quer viajar e vagabundear por aí tomando cerveja? Todo mundo quer viajar. Ninguém quer ir para a faculdade.

Bem... algumas pessoas querem ir para a faculdade. Pelo menos as pessoas que conheço. Meus amigos da escola querem. Major, Yardley e George querem. E com certeza muitas pessoas gostariam de ir, mas não podem.

Mas eu não quero.

Quero o mesmo que Pfeff. Fazer coisas. Trabalhar. Conhecer o mundo.

E, ao contrário dele, nunca fiz nada disso. Nunca tive um emprego. Não passei nenhum verão longe da minha família como ele está fazendo agora. Com certeza nunca trabalhei até tarde em um bar mexicano, nem caí de um penhasco no Parque Nacional de Canyonlands enquanto vivia um tórrido caso de amor.

Chegamos ao cais da família e atracamos. Penny e Major apostam corrida até a Clairmont, onde sem dúvida já há pessoas reunidas, tomando café da manhã na varanda.

Sou a última a descer do barco porque estou recolhendo a fôrma de bolo vazia que ninguém pensou em pegar. Quando olho para cima, Pfeff está esperando por mim.

— Carrie. — O vento bate em sua camiseta. Seu cabelo cai nos olhos.

— O quê? — Tento parecer neutra, desinteressada.

— Você consegue perceber que sou uma fraude, né? Eu me sinto uma fraude o tempo todo — ele diz. — Você me enxerga de verdade.

— Só porque chamei você de otário?

— Talvez. — Ele olha para baixo. — Eu só... Eu queria que mais alguém soubesse a verdade. Além dos meus pais. E sinto que você meio que já sabe. Você olha para mim como se soubesse que sou um mentiroso.

Fico esperando.

— Eu não entrei na Amherst — ele finalmente afirma.

— Mas você vai para lá — digo. — Certo? Com Major?

— É. Mas eu não passei. É muito difícil passar, e minhas notas são péssimas. Eu só ia para festas quando estava no ensino médio. Na verdade, eu não entrei em faculdade nenhuma.

Pfeff está olhando para baixo, chutando a tábua velha com os pregos salientes que Harris ainda não trocou. Ele enfia o tênis no buraco no cais em que a tábua ficava.

— Então meu pai ligou para alguém. Ou algo do tipo. Não sei. Ele fez algumas ligações e talvez uma doação grande para a faculdade. De repente, recebi uma carta dizendo que eu tinha saído da lista de espera.

— Uau.

— Mas eu nem estava na lista de espera — Pfeff diz. — E fiquei com vergonha, sabe? Com vergonha de ter feito tanta merda a ponto de nenhuma faculdade me querer. E não queria aceitar a vaga que estavam me oferecendo. Mas meu pai já tinha feito o que quer que seja, e meus pais tinham passado meses e meses... Bem, muito zangados por eu ter pisado na bola e não entrado em nenhuma faculdade.

— Então você vai para a faculdade.

— É. Vou aparecer lá na Amherst e agir como todo mundo. Não tem nenhum carimbo na minha testa dizendo "Otário". Eu vou estudar lá e pronto.

— Vai ser como se nada tivesse acontecido — digo.

— Só uma mancha em meu passado que ninguém conhece — Pfeff afirma, olhando para cima e abrindo um sorriso malicioso. — Exceto você. Agora você sabe que sou uma pessoa terrível. — De repente, ele parece satisfeito consigo mesmo, e não envergonhado. — Certo, Carrie? Você é a guardiã do meu segredo.

35.

— QUEM É O homem na foto? — pergunto finalmente a Tipper naquele mesmo dia.

A teoria de Penny de que é nosso pai, por mais absurda que seja, torna a questão mais urgente.

Entro no quarto da minha mãe quase na hora do coquetel, por volta das seis da tarde. Ela gosta de se trocar depois de cozinhar, vestir uma roupa limpa para passar a noite.

Eu pretendia perguntar a ela sobre a foto, mas mal a encontrei sozinha. Ela está sempre com Luda na cozinha, ou com Harris na praia, ou então com Gerrard, discutindo sobre plantas e reparos nas casas. Também passa mais tempo fora da ilha do que qualquer um, comprando comida.

— Que foto? — ela pergunta. Está dentro do closet.

— Uma foto sua com um homem sem rosto — respondo, sentando na cama, ao lado de Wharton.

Tipper sai do closet. Está usando um vestido chemisier de algodão preto e parece séria.

— Quando você viu isso? — ela pergunta com severidade.

— Quando guardei seu colar de pérolas. A ponta estava para fora — acrescento, mas não é verdade. — Achei que pudesse ser Rosemary.

Um espasmo atravessa o rosto dela.

— Bem, não é.

— Agora eu sei.

Andei pensando no assunto, e duvido que o homem seja o tio Chris. Ou Harris. Desconfio que seja Albert Holland, namorado de Tipper no primeiro ano da faculdade. Fiquei sabendo que ele a levava a bailes e jogos de futebol, e que uma vez foi com seu coral cantar "Zing! Went the strings of my heart" em frente à janela do dormitório dela.

Eu queria saber por que o rosto estava raspado e por que ela esconde aquela fotografia na gaveta de joias.

Minha mãe volta ao closet. Ouço-a mexendo nas roupas e mudando cabides de lugar.

— Você perguntou ao seu pai sobre a foto?

— Não.

— Está falando a verdade?

— Eu não perguntei a ele.

— Bem, não pergunte.

— Por que você esconde a foto? — Minhas mãos começam a tremer.

Tipper não responde, mas volta para o quarto usando uma saia azul e uma blusa branca.

— Carrie.

— O quê? A gente nunca conversa sobre nada — digo. — Nunca falamos sobre Rosemary, sobre o meu rosto ou sobre as prostitutas do tio Dean, ou o divórcio dele, ou as pessoas que tiveram as casas inundadas, as que têm aids, ou sobre o tio Chris. Nunca conversamos sobre nada. Só fingimos que as coisas não existem.

— Não entendi metade do que você falou.

— Rosemary morreu. Ela morreu, mas seu espírito está aqui com a gente e nem tem mais nada no quarto dela. Não acha que ela ia gostar que seus livros de histórias ficassem aqui? E os leões de pelúcia? E os jogos? Ela não ia querer sua vida toda trancada no sótão como se nunca tivesse existido, como se ela não importasse.

Tipper amolece um pouco.

— Você nem quer saber dela — digo, começando a chorar. — Ela foi procurá-la e você não quis saber dela. Como pode não querer ver a própria filha? Como pode virar as costas daquele jeito, sendo a mãe dela? Como vou saber que você vai ficar do meu lado se alguma coisa der errado, se eu precisar de ajuda? Você mandou Rosemary embora quando ela te procurou!

— Carrie, o que você está dizendo não faz o menor sentido.

— Faz, sim. Você sabe que faz.

— Rosemary não está aqui — Tipper sussurra. — Nós gostaríamos que estivesse, mas não sei do que você está falando quando diz que eu a mandei embora.

Olho para Tipper. Ela está preocupada comigo.

— Não sabe?

— Você está... Acho que está imaginando coisas. Você está confusa.

— Não lembra de Rosemary ter procurado você? Entrado no seu quarto, à noite?

— Não, querida.

Ela esqueceu. Ou acha que foi um sonho. Ou está mentindo.

— Você nunca quer falar sobre ela — digo, soluçando. — Sobre nada. Tudo é assunto proibido. Eu nem tenho mais meu rosto de verdade, nem sei quem vejo no espelho, e pessoas estão morrendo e sofrendo, isso passa no noticiário o tempo todo. Mas nunca mencionamos nada. Não sei nem como processar esse tipo de coisa, a vida deles, minha vida, Rosemary.
— Caio na cama com o rosto no colchão, chorando.

Tipper dá um tapinha em meu braço, depois acaricia meu cabelo como fazia quando eu era criança.

— É verdade. Não gosto de falar de coisas difíceis — ela diz. — Mas tenho meus motivos.

— E quais são eles? — pergunto, fungando.

— Eu acho que é melhor superar. Olhar para a frente.

— Mas...

— Não podemos mudar o que está no jornal, então por que ficar pensando nisso? E não podemos mudar o passado, então por que remoer o que aconteceu?

— Mas assim nós nunca... — Não encontro as palavras. — Ficamos todos no escuro — digo, por fim.

— Desenterrar antigas mágoas não resolve nada — Tipper diz. — Não adianta se afundar nelas.

— Mas então a vida não passa de caças aos limões, gincanas, faculdade e o que vai ter para o jantar. Livros que lemos e planos de velejar.

— É alegria — Tipper afirma. — Eu pretendo viver uma vida alegre, Carrie. E acho que você deveria fazer o mesmo. Acho que talvez você tenha perdido um pouco isso de vista.

Meus pais sempre têm frases para fazer a forma com que escolheram viver parecer a melhor opção.

Uma vida alegre.

É melhor chegar três horas antes do que um minuto depois.
Nunca reclame, nunca se explique.
Não aceite "não" como resposta.
Resolva as coisas quando precisam ser resolvidas.

Respiro fundo e seco as lágrimas. Quero que Tipper sinta orgulho de mim. Não consigo evitar. Eu a amo. Ela é minha mãe.

Ela quer que eu pare de perguntar sobre a foto. Quer que eu não fique triste.

Mas essa é minha chance de conseguir uma resposta. Para uma das perguntas, pelo menos. Se eu desistir e parar de reclamar, se eu desistir e tentar viver uma vida alegre, vou perder essa chance.

— Quem é o homem na foto? — pergunto de novo. — Queria que você me contasse.

Tipper suspira. Ela vai até a gaveta de joias e pega a fotografia.

36.

— NÃO CONTE SOBRE essa conversa para suas irmãs.

Faço que sim.

— Não conte para seus amigos, nem mencione para ninguém — acrescenta. — Seu pai já sabe. — Ela passa a ponta do dedo sobre a foto.

— Foi ele que raspou o rosto dessa pessoa — digo, me dando conta.

— Foi. — Ela me entrega a foto.

De repente, me sinto especial.

Sou a única filha para quem minha mãe vai contar. É para mim que ela vai confiar esse segredo. Porque sou a mais velha, talvez. Ou porque passamos algum tempo juntas, só nós duas, quando eu estava doente, após minha cirurgia. Ou porque sou confiável. E fui ousada o bastante para perguntar.

Ela me olha com gentileza por um instante e diz:

— Harris não é seu pai biológico.

Eu a encaro, boquiaberta.

Ela respira fundo e continua:

— O homem na foto se chamava Buddy Kopelnick. E... Sinto muito, Carrie. Eu deveria ter contado há muito tempo. Ou talvez nem devesse estar contando isso para você agora. Não sei o que fazer, de verdade. Seu pai te ama muito. Harris. Ele te ama. E ele nunca quis que você soubesse.

— Buddy Kopelnick é meu pai?

Ela nega rapidamente com a cabeça.

— Não, não. Harris é seu pai. Ele registrou você. O nome dele está na sua certidão de nascimento.

— Mas... eu não sou filha dele. É isso que você está dizendo?

— Nós já estávamos casados quando eu engravidei. Harris queria que você fosse filha dele e eu também, então concordamos que você seria filha dele. Quando você nasceu, concordamos que nunca falaríamos sobre isso. — Minha mãe seca as lágrimas como uma atriz em um filme. — Uma parte de mim sempre quis que você soubesse — ela diz. — Buddy era um bom homem.

— Quem era ele?

— Um colega de faculdade. Mas, naquela época... Bem, Buddy era judeu. Minha família não queria que eu me casasse com alguém de outra religião. Um casamento misturado. Hoje em dia, ninguém pensa muito nessas coisas, né? Ou são poucos os que pensam. Os comportamentos mudaram tão rápido. Erin é judia, não é?

Assinto.

— Bem. Você sabe que seu pai ama contar a história de ter me pedido em casamento quatro vezes até eu aceitar.

— Ahã.

— Eu não aceitei só porque ele finalmente comprou uma aliança — Tipper diz. — Mas é a história que sempre conto. Eu aceitei porque entendi que nunca poderia me casar com Buddy. Me casar com Harris significava que eu teria que parar de hesitar, parar de pensar sobre o assunto, parar de desejar que as coisas fossem diferentes. Escolhi meu futuro e, uma vez escolhido, não tinha volta.

— Você amava Buddy.

— Eu amava Buddy — minha mãe afirma. — Mas agora amo seu pai também. Passei a amá-lo.

Lembro do que ela disse quando me deixou usar as pérolas negras. Harris as havia comprado, ela explicara, para o segundo aniversário de casamento deles, quando Tipper estava grávida de mim. *Foi um presente significativo*, disse. *As coisas não estavam fáceis naquela época.*

— Então você continuou com Buddy enquanto estava noiva de Harris — digo, compreendendo. — E depois de casada.

Ela faz que sim.

— E quando engravidou, sabia que o bebê era dele.

— Seu pai estava passando três semanas em Londres —

ela conta. — Queria comprar uma prensa por lá, algo assim. Nem lembro direito da história toda. Mas ele tinha ficado um bom tempo fora.

Não sei o que dizer.

Desejo nunca ter perguntado.

— Eu queria engravidar — minha mãe diz em voz baixa. — Queria tanto ter você. Estava confusa, muito confusa, nos primeiros anos do meu casamento, a respeito de quem eu amava e por que tinha me casado. E quando soube que estava grávida, também soube que não queria deixar seu pai. Eu já tinha escolhido ele e, mesmo que tivesse aceitado me casar pelos motivos errados, estava casada. Era possível que eu conseguisse transformar aquilo em algo bom.

Ela olha para o relógio e vai até a penteadeira, falando enquanto passa uma maquiagem discreta, quase invisível.

— Minhas amigas me disseram para não contar. Todas elas. Mas eu sabia que não queria viver com uma mentira entre mim e Harris. Precisava assumir as consequências. Era a única forma de seguirmos em frente.

Seguir em frente. Isso sempre foi um valor deles.

— Foi quando ele te deu o colar de pérolas negras — digo. — Essa foi a época difícil que você mencionou, quando estava grávida do Buddy.

Ela faz que sim.

— E Harris raspou a foto?

— Sim. — Minha mãe coloca uma tiara fina e preta na cabeça, prendendo o cabelo.

— O que aconteceu com Buddy? — pergunto.

— Ele faleceu. Ficou doente. Alguns amigos de faculdade me contaram.

Olho para baixo, para a colcha da cama dos meus pais. Sei que não deveria chorar. Nem gritar. Nem fazer nada que deixasse Tipper chateada comigo. Me sinto oprimida, de repente, pela ideia de que meu lugar na família é condicional.

Harris tem que amar Penny e Bess. Tinha que amar Rosemary. Elas são da família Sinclair. Sangue do sangue dele.

Mas ele não tem que me amar.

37.

ESTA NOITE, VAMOS jogar Quem Sou Eu depois do jantar. As bebidas são servidas às seis na varanda da Clairmont, e a refeição, às sete. Não tem problema atrasar até seis e meia, mais ou menos, mas, depois disso, alguém vai começar a se perguntar onde você está. Os belisquetes são bolachinhas com cream cheese e ovas de peixe, uma tigela de azeitonas verdes, algumas nozes-pecã torradas com açúcar e alecrim.

Meu pai e o tio Dean estão encostados no gradil da varanda quando desço, segurando copos largos de bebida cheios de gelo. George e Yardley estão no sofá. Os dois também estão bebendo.

— Vão nos deixar beber álcool? — pergunto a Yardley.

— Aparentemente, sim — ela responde. — Pelo visto, se alguém com pinto pergunta para o seu pai se podemos beber álcool, a resposta é sim.

Harris ri.

— George é meu convidado — ele diz a Yardley. — Ninguém vai dirigir. E ele pediu com muita educação.

George levanta o copo. Está todo arrumadinho, com o cabelo bege alinhado, vestindo seu blazer de anarruga.

— Então também posso beber um pouco? — pergunto.

— Acho que sim — Yardley diz. — Não tenho pinto e ganhei um copo. Já que George pediu com tanta educação.

— Olha a boca! — tio Dean exclama.

Harris prepara um old-fashioned para mim, igual ao que todos estão bebendo. É um cubo de açúcar dissolvido na água, um pouco de gelo, um pouco de bíter aromático, uma dose de uísque e uma tira de casca de laranja, torcida, para que seu óleo se misture ao líquido âmbar. Enquanto prepara, vai me ensinando a fazer a bebida e depois me entrega o copo.

— Tracei o limite na Penny — ele me diz. — Penny, Bess e Erin vão ficar só no refrigerante.

— Isso é muito arbitrário — Yardley afirma.

— É sempre arbitrário — Harris diz. — A maior parte das regras é arbitrária, mas precisamos delas mesmo assim. Ou seria anarquia.

Tomo o drinque todo em quatro goles, mesmo tendo gosto de gasolina.

Harris Sinclair é meu pai. E não é meu pai.

Esta é minha varanda, sempre foi. Meu pátio, minha praia. Minha ilha.

Mas só por causa do meu nome. Não do meu sangue.

Harris cumprimenta Pfeff e Major quando eles chegam. Os meninos aceitam os coquetéis com avidez e atacam as comidinhas. Erin e Penny descem, uma usando a camiseta da outra, ambas de cabelos molhados. Penny está diferente com aquela blusa preta de gola alta e sem mangas.

Harris pergunta a Major se ele tem namorada em Nova York.

— Aposto que tem!

Major olha para baixo.

— Mais de uma, talvez? — Harris pressiona.

— Na verdade, não.

— Ah, que pena. Mas você vai se dar bem na Amherst. As mulheres de lá são inteligentes. Não vão dar sossego para você e Pfeff. Pode apostar.

George toca o ombro de Harris.

— Sr. Sinclair.

— Harris. Pode me chamar de Harris.

— O Major... — Ele vira e pergunta ao amigo: — Posso contar? — E quando Major faz que sim, George diz: — O Major joga no outro time.

— Jogo mesmo — Major confirma.

Uma sombra passa pelo rosto do meu pai tão rapidamente que acho que mais ninguém percebe, exceto Penny e eu. Estamos sempre alertas a seus mínimos desprazeres. Harris fica constrangido por ter cometido uma gafe com Major, e zangado com George por apontar seu erro na frente de outras pessoas. Se alguém precisar corrigir Harris Sinclair, deve fazê-lo em particular.

Além disso, ele não está feliz com Major. Meu pai não se sente confortável com homossexualidade. Nem minha mãe. A frase que sempre dizem sobre o assunto é "cada um deve viver como quiser", mas ficam tensos com o assunto, como se fosse algo sujo. Como se fosse algo que não querem nem que saibamos que existe.

— Bem — Harris diz, constrangido. — Cada um deve viver como quiser.

Ele começa a falar sobre esportes universitários com George.

Preparo mais um *old-fashioned* para mim e deixo minha cabeça girar.

Quero conversar com Penny e contar sobre Buddy Kopelnick, mas ela está conversando com Pfeff. E, de qualquer forma, não devo contar.

A pressão de meu segredo está atrás de meus olhos, atrás do meu rosto inteiro.

NOSSA FAMÍLIA SEMPRE joga Mímica, Adivinhe a Celebridade e Jogo do Dicionário — mas Quem Sou Eu é um jogo novo. Tipper, que chegou antes do jantar meio abatida e distraída, acabou de entrar em modo anfitriã. Todos já comeram, e Luda está limpando.

Tipper nos conduz à sala de estar. Ela colocou alfinetes em cartões brancos, cada um com o nome de alguém famoso escrito com caneta azul, e prende nas costas de cada um. Ninguém sabe o que está escrito.

Ela pediu para Harris explicar as regras.

— Ouçam todos — ele anuncia com um tom de voz ressonante. Está lendo as instruções em um bloco de papel. — Agora somos um grupo de celebridades. Somos tão famosos que até Tomkin deve ter ouvido falar de nós. — Todos riem. — Mas... infelizmente todos temos amnésia.

— Por que temos amnésia? — tio Dean pergunta.

Harris sai do roteiro.

— Vejamos. Traumatismo cranioencefálico? Isso. Todos batemos a cabeça, e até lembramos de como andar, falar e comer, mas ninguém se lembra quem é. — De volta ao roteiro.

— Certo. A missão de hoje é descobrir sua própria identidade. Tem chá e café no aparador, bebidas no minibar, e morangos cobertos com chocolate, bolo de laranja e biscoitos amanteigados. Aproveitem. E, enquanto estiverem comendo, descubram quem são nesse nosso mundão. Só que tem uma coisa! Vocês não podem perguntar nada. Não podem fazer perguntas do tipo: *Eu já fui presidente?* Ou: *Eu escrevi um livro?* A ideia é vocês conversarem com as pessoas da forma mais natural possível, contando aos amigos sobre eles mesmos. Dando pistas a eles. Então vocês podem dizer: "Soube que você gosta de jujuba", se alguém for o presidente Reagan. Ou: "Adorei seu último livro".

— O presidente gosta de jujuba? — Tomkin pergunta.

— Sim, gosta — meu pai responde. — Agora, quem descobrir quem é, vá até lá fora e confirme com Tipper. Se estiver errado, ela vai mandá-lo de volta para cá.

COMO TRÊS BISCOITOS amanteigados e coloco um pouco de uísque em uma xícara de chá quando os adultos não estão olhando. Quero parar de pensar sobre Buddy Kopelnick. Os dois *old-fashioned* não foram suficientes.

Quando o jogo começa, Tomkin corre para perto de mim, sorrindo.

— Vi o seu cartão! — ele exclama.

— E eu vi o seu — digo. Ele é Walt Disney.

— Fiquei feliz em te conhecer, porque te amo muito — Tomkin diz.

— Você me ama? — Tomo um gole da xícara. O uísque puro queima meu céu da boca.

— Amo, sim. — Ele faz um movimento com a mão que não consigo interpretar. — Você é a melhor.

Digo a ele que Mary Poppins é excelente, mesmo depois que assistimos ao filme mil vezes.

— O quê?

— Mary Poppins.

— Não é para você me dizer quem eu sou! Não prestou atenção nas regras?

— Você não é Mary Poppins. — Mas Tomkin se distrai com o prato de bolo de laranja que Tipper acabou de trazer. Ele se afasta, enfiando garfadas de bolo na boca.

Tomo mais um gole da bebida. A sala fica borrada.

— Você comeu o morango coberto com chocolate? — Erin, que é a Cher, diz. — Minha nossa, você precisa provar.

— Gostei do cabelo — digo a ela.

— Foi a Penny que arrumou — ela diz, tocando a trança.

— Não, estou falando do cabelo de seu personagem.

Bebo mais um pouco e deixo as fronteiras do mundo se suavizarem. George e Yardley estão na minha frente, de mãos dadas.

— Estou achando que o meu cara é algum assassino em série — George diz, e seu personagem é Charlie Chaplin.

— Por quê?

— Todo mundo odeia ele. Quer dizer... me odeia.

— Eu odeio ele com todas as minhas forças — Yardley diz. — Pfeff odeia ele. Major odeia ele.

— Você é muito talentoso — digo a George, referindo-me a Charlie Chaplin. — Você, talvez nem tanto — digo a Yardley, que é Caco, o Sapo.

George reclama de que não sabe o nome de nenhum assassino em série, então vai ser difícil adivinhar.

Yardley ri.

Dou mais um gole.

Yardley me diz:

— Você fica muito bem de branco.

— Minha roupa é azul.

— Não, seu personagem. Seu personagem fica bem de branco.

— Mas quem eu sou? Tomkin me ama.

— Não é para contar — Harris diz a Yardley ao se aproximar. Ele me dá um tapinha nas costas. — Está achando difícil?

— Um pouco.

— Sei que sou Beethoven — ele afirma. — Mas estou fingindo estar confuso para agradar a sua mãe.

Dou mais um gole.

Tipper está ao meu lado agora, preocupada. Não está participando do jogo, apenas supervisionando.

— Você está bem, Carrie? — ela pergunta. — Você parece... Bem, o papai te deu uma bebida ou duas, não deu? — Ela aponta para a minha xícara de chá. — Esse chá tem cafeína? Quer um pouco de café?

— Sim, por favor.

— Vou pegar.

Ela sai. A sala se inclina. Chego perto de Major, que está sentado no sofá, sozinho. Ele se inclina gentilmente para a frente para eu poder ler o cartão em suas costas. Ele é Paul McCartney.

— Adoro seu sotaque — digo a ele.

— Pfeff me chamou de desgraça.

— Ah, não. Você é só um pouco sentimental. Só isso.
— Então eu não sou Hitler? — Major diz. — Estava com medo de ser Hitler.
— Não é Hitler — afirmo.
O tio Dean senta à nossa frente.
— Está óbvio que sou Sherlock Holmes, mas não quero ser a primeira pessoa a ir lá para fora. — Ele sorri para Major. — Ouvi você no rádio hoje de manhã.
De repente, não estou mais no sofá, mas encostada na estante.
— Você está bêbada? — Pfeff está me perguntando. — Isso é possível?
— Me mostre seu cartão — digo.
— Acabei de mostrar.
Não lembro. Pfeff me mostra as costas, aparentemente pela segunda vez. Ele é Pablo Picasso.
— Você está perguntando se meu personagem está bêbado ou se eu estou bêbada? — pergunto a ele.
— A segunda opção. Mas não importa. Eu também estou. Ah, tenho uma pergunta.
— O quê?
— O que você acha da sua irmã?
— Penny?
— Não, estou falando com... — Pfeff aponta para o cartão em minhas costas. — Com a pessoa que você é hoje.
E agora estou sentada com Bess, nós duas apertadas em uma poltrona.
— Yardley também me disse que *eu* fico bem de branco — Bess, que é Marilyn Monroe, diz. — Acha que ela está dizendo isso para todo mundo?

— Não — respondo. — Só para mim e para você.
— Certo, preparada? Vou dar uma dica — Bess diz.
— Estou.
— Gosto do seu amiguinho verde.
— Meu o quê?
— Seu amiguinho verde.

Dou mais um gole. A xícara está quase vazia. Tomkin sobe em mim e em Bess, sentando no nosso colo.

— Você ainda não sabe quem é? — ele me pergunta.
— Não.
— Mas você é o cara mais legal!
— E eu? — Bess pergunta. — Sou o cara mais legal também?
— Não tenho ideia de quem é você — Tomkin responde.
— Mas é uma mulher.

E então estou com Penny perto do aparelho de som, e Tomkin e Bess estão na mesa de sobremesas, comendo biscoitos amanteigados. Minha xícara está vazia, então a deixo no parapeito de uma janela.

— Aparentemente, tenho muito *sex appeal* — Penny diz; ela é Elvis Presley. — Você também tem, eu diria.

O rosto dela está borrado, mas me obrigo a me concentrar.

— Você está bêbada, Carrie? — ela me pergunta com frieza.

— Não. — Me obrigo a olhar diretamente para Penny... e cambaleio para trás. Não sentamos perto uma da outra no jantar. Esta é a primeira vez que fico perto dela desde que desceu com a blusa preta de gola alta de Erin.

Seu cabelo claro, cor de creme, brilha em contraste com a roupa escura. E ela está usando o colar de pérolas negras.

38.

ESTICO O BRAÇO e toco nas pérolas em seu pescoço.

— Esse colar é de Tipper.

— Perguntei se podia experimentar. Você teve sua vez. As outras coisas que ela tem são de gente velha.

— Ela deixou você usar?

Penny dá de ombros.

— Sim, sei lá. Acho que podemos ir até Martha's Vineyard para passear amanhã. Podemos ver um filme à tarde, ou jogar fliperama, algo do tipo. Fazer alguma coisa diferente. Você, eu, Yardley e Erin?

Como Tipper pôde deixar Penny usar o colar de pérolas negras?

— Bem — Penny diz, ignorando meu silêncio. — Você que sabe. Ah, e seu pai não é seu pai.

— O quê?

— Seu pai não é seu pai — ela repete. — Espero que isso ajude. — Ela estica o braço na direção de Erin, que está passando. — Erin, eu sou muito sensual, não sou? Major me disse que sou muito sensual.

Ela e Erin saem juntas.

Seguro o braço de Bess.

— Penny acabou de me dizer: "Seu pai não é seu pai."

— É? — Bess ajeita a alça do vestido. — Foi útil?

— O que ela quis dizer com isso?

Bess dá de ombros.

— Viu que ela está usando o colar de pérolas da mamãe?

— Vi. — Encosto na estante para me equilibrar.

— Vou ver o que ela vai me emprestar — Bess diz. — Bem, o colar de pérolas negras deve ser a joia mais legal que ela tem, mas as meninas da escola estão usando uns colares compridos de pérolas brancas, bijuteria. Acha que a mamãe tem alguma coisa parecida que eu possa usar?

— Não. — Balanço a cabeça para clarear a mente. — O que ela quis dizer com "Seu pai não é o seu pai"?

— Ai, Carrie. Relaxa. Sei lá. Não vi o segundo filme. Preciso de ar fresco.

SAIO CORRENDO PARA a varanda e depois até o gramado. Quando estou a certa distância da casa, estico o braço, ofegante, e puxo o cartão das costas.

Luke Skywalker.

Tomkin o ama. Ele fica bem de branco. Yoda é seu amiguinho verde. Ele tem *sex appeal*. Bess não viu o segundo filme. Seu pai não é seu pai.

Penny não sabe de nada. Mas Tipper deixou que usasse meu colar de pérolas, as pérolas que contam a história de Buddy Kopelnick, de uma gravidez indesejada e de um marido que perdoa a esposa infiel.

Ela deixou minha irmã usar as pérolas que contam a minha história.

Eu me dou conta: minha mandíbula fraca, meus dentes tortos, agora restruturados para que eu fique bonita... Meu pai queria me consertar para que eu ficasse parecida com ele. Ele apagou Buddy Kopelnick do meu rosto, dizendo que eu não tinha escolha.

Estou bêbada. Me jogo no balanço de pneu, girando sem controle, rodando até que meu corpo se aproxime do caos que sinto por dentro.

Buddy, Rosemary
Codeína e uísque
Meu pai não é meu pai
Meu rosto não é meu rosto
Minhas irmãs não são minhas irmãs
Ela deu o colar de pérolas para Penny

Eu giro, e choro, sentindo que perdi meu lugar naquele mundinho em que sempre vivi, chorando de soluçar até sentir que não sou capaz de chorar mais.

— EI, MOÇA.

Ponho os pés na grama. O balanço vai parando.

Pfeff está no gramado, parado com as mãos para trás. Parece uma estátua, sua pele azulada sob a luz da lua.

— Vá embora — digo. Não quero que ele me veja chorando. — Por favor, me deixe em paz.

— Carrie.

— O quê?

Ele se aproxima.

— Está tudo bem?

— É claro que não.

— Certo, então.

Me viro e enxugo as lágrimas, mesmo não havendo como esconder meu tormento.

— Não sei explicar — digo.

Não quero que ele me veja assim, bêbada, à flor da pele e ilegítima.

— Então não explique — ele sussurra.
— Não é da sua conta.
— Tudo bem.
— Só porque me contou que não entrou na Amherst, não significa que vou compartilhar todos os meus segredos com você. — As palavras escapam, o uísque me deixou com a língua solta. — Então, por favor, pode ir embora?

Ele continua ali parado, os olhos obscurecidos.

— Por que você e os meninos ainda estão aqui? — pergunto, petulante. — Vocês vieram para uma visita curta e estão aqui há séculos. Não têm outro lugar para ficar?

— Acho que você sabe por que ainda estamos aqui.

— Não. Vocês simplesmente estão aqui... ainda estão aqui... ainda estão aqui. — Estou tonta de tanto girar. Anuviada devido às lágrimas.

— Para para pensar, Carrie — Pfeff diz em tom calmo.

— É a mesa de pingue-pongue? Os biscoitos amanteigados? Os jogos?

— Muito engraçado.

— É, eu sou assim. Um fluxo sem fim de alegria e gargalhadas.

— Mas você sabe a resposta — Pfeff afirma. — Por que ainda estou aqui?

— Já disse para me deixar em paz. Não estou tendo uma noite muito boa e não estou em condições de adivinhar charadas.

— Não precisa adivinhar — ele diz. — A resposta está bem na sua frente.

39.

PFEFF SEGURA O balanço de pneu com uma das mãos, e
me alcança com a outra, e
antes que eu me dê conta, ele está me beijando. Eu estou
zonza, e seus lábios têm sabor de
bolo de laranja, e ele precisa
fazer a barba. Ele é alto e se abaixa para me alcançar.
Pfeff passa a
ponta dos dedos pelo meu
pescoço e se afasta para dizer:
— Por favor, vem comigo. Para o meu quarto. Está bem?
Por favor, Carrie.
Ele me beija de novo.
— Por favor — ele diz. — Por favor.

EU VOU
   com ele
   para a calma escura e intoxicante de
   seu quarto
   no chalé Goose.
   Tiramos a roupa,
   ouvindo o barulho da água do lado de fora e o estrilar dos
grilos, nossa
   pele salgada, nossa
   respiração irregular,
   codeína e uísque,
   correndo por minhas veias.

40.

— ESTOU PREOCUPADA — ROSEMARY diz.

— Com o quê, florzinha?

Ela está me esperando quando volto do quarto de Pfeff, bem tarde, bem depois que todo mundo na Clairmont dormiu.

Ninguém mais vê Rosemary. Não desde aquela primeira noite, quando Tipper lhe pediu para não se aproximar. Sempre que estamos juntas e alguém aparece, ela simplesmente vai embora. Some tão rápido que chego a pensar que ela é fruto de minha imaginação.

Ela não sabe como faz isso, da mesma forma que não sabe dizer onde dorme quando não está aqui, apenas que é "um lugar suave", quente e escuro.

— Estou preocupada — ela repete. — Estou com medo de você fazer algo terrível.

— Fazer coisas com meninos não é terrível. Sei que parece estranho quando somos mais novas.

— Não sei como dizer. Só estou preocupada.

— Não fique.

— Você está fedendo a álcool.

Entro no banheiro, escovo os dentes e tomo um Triazolam. Meus lábios estão inchados de tanto beijar. Meu corpo está atento ao frio da água e ao roçar da toalha.

— Eu te amo — ela diz, atrás da porta.

Abro a porta e volto para o quarto.

— Eu também te amo, Rosemary.

— Podemos fazer pulseiras? — ela pergunta.

— Meu Deus, florzinha. Está de madrugada.

— Eu queria muito — ela diz, agitada de tanta expectativa, batendo os pés de leve.

Não estou com vontade nenhuma de fazer pulseiras. Quero deitar de barriga para cima, sentir o Triazolam percorrer minhas veias e pensar em Pfeff, em seu quarto escuro e em tudo o que aconteceu entre nós. Seus lábios em meu pescoço.

Rosemary é nova demais para entender. Ela não quer que eu cresça.

— Não posso ser criança com você para sempre — digo, com delicadeza.

— Não é isso.

— Acho que é, florzinha. Sabe que te amo mil milhões. E tenho muita sorte de você estar aqui. Mas fantasmas voltam para suas casas porque... Você é um fantasma porque tem alguma coisa errada, não é?

Ela faz que sim.

— Como posso ajudar você a se sentir melhor?

Ela faz beicinho.

— Só quero fazer pulseiras.

Estou tentando ser gentil. Mas o desafio de ajudar minha irmã a aceitar o fim de sua vida é grande demais. Eu a amo tanto. Tento ser protetora, carinhosa — e vou tentar sempre que a vir, até... o quê? Ela finalmente se sentir segura? Saber que é amada? Sentir que se despediu de verdade?

— Por favor, florzinha — digo. — Vá dormir.

— Posso deitar do seu lado? — ela pergunta. — Só um pouquinho.

— Hum, tudo bem — respondo. Tiro o vestido.

Rosemary quer um copo de água.

Ela me pede para trançar seu cabelo antes de deitar.
O Triazolam começa a fazer efeito.
Ela está com calor e quer deitar por cima das cobertas.
Não gosta do barulho do ventilador.
O remédio está me fazendo dormir e quando enfim coloco a cabeça no travesseiro adormeço ao som de minha irmã cantando baixinho:
— Hey hey hey hey.

41.

PFEFF ME PUXA para o quartinho dos fundos da Clairmont e cola a boca na minha. Depois toma um gole de coca-cola gelada e encosta os lábios frios na pele quente de meu pescoço.
Ele diz que estou cheirosa.
Diz que me deseja.
Encontra um lugar para deixar a lata de refrigerante para poder me tocar com as duas mãos, e quando parece que já nos beijamos tanto que meus joelhos vão ceder, ele me solta.
Saímos de veleiro, só nós dois, e passamos a tarde ensolarada completamente sozinhos, nossos corpos entrelaçados sobre a madeira morna do convés. Quando passo os dedos pela pele das costas desnudas de Pfeff, fico admirada com a magia do mundo. Posso tocar nele, enrolar os dedos no seu cabelo, acariciar o lóbulo de sua orelha com o polegar. Parece um milagre que duas pessoas possam se encontrar em uma imperfeição tão perfeita. Que possamos ver as singularidades um do outro,

celebrá-las, comunicando-nos pelo toque. Se me vendassem, eu reconheceria o toque de suas mãos em meu corpo, o cheiro de seu pescoço, a curva de seus ombros sob minhas mãos.

À noite, quando estamos todos "vendo *Se minha cama voasse* até os olhos caírem" (como Pfeff diz) pela segunda vez, toco a perna dele. Meus dedos formigam sobre o tecido da calça jeans. Ficamos um bom tempo daquele jeito. Em algum momento, ele passa o braço ao redor de meu ombro, na frente de todos. Me sinto tão querida, tão aceita. Ficamos abraçados, deitamos de conchinha.

Outro dia, quando todos estão guardando as coisas para ir embora da praia maior, indo tomar banho e se trocar para o jantar, Pfeff fica para trás.

— Fica aqui comigo — ele sussurra enquanto pega uma sacola. — Fica aqui comigo um pouco mais.

Vemos os outros irem embora e entramos de novo na água. Ele tira a parte de cima do meu biquíni com cuidado e encosta o peito no meu debaixo da água. Nos beijamos no movimento suave das ondas salgadas. É escorregadio. Desnorteante. Envolvo-o com as pernas.

Quero contar a Penny sobre Pfeff. Bem, ela sabe... Todo mundo sabe. Bess perguntou se ele era meu namorado, e Yardley disse: "Não me surpreende".

Mas Penny não disse nada. Quero falar com ela, contar que Pfeff me beijou no balanço de pneu, como é estar com ele, todos os detalhes. Ela quer saber, tenho certeza.

Mas Penny está sempre com Erin.

É claro, eu poderia conversar com Bess. Ela está sempre disposta a ouvir. Mas acabei me afastando de minhas irmãs nessas semanas em que estive com Pfeff.

Meu pai não é meu pai.

Estou proibida de contar esse segredo, mas tenho certeza de que Penny e Bess são capazes de sentir esse bloqueio entre nós.

Sinto falta delas, mas não sei como voltar às jujubas e aos desfiles com estrelinhas.

No anual Piquenique Noturno de Tipper, comemos frango frito e salada de batata com mostarda na praia, em mesas dobráveis cobertas com toalhas azuis de algodão. Velas tremulam em vidros brancos foscos. Há fatias de melancia gelada e espigas de milho enroladas em papel-alumínio, repletas de manteiga e pimenta-do-reino moída na hora. Harris faz uma fogueira e assamos marshmallows em gravetos compridos, apertando os doces tostados dentro de sanduíches feitos com chocolate amargo e biscoitos doces.

Bess, Penny e Erin entram na água e ficam no bote inflável que os meninos compraram em Edgartown. Eu sento perto da fogueira com Yardley, George, Pfeff e Major. Encosto em Pfeff e fico olhando para o fogo. Ele me envolve com os braços.

George e Major estão contando do acampamento de verão que frequentaram durante anos. Tinham gritos de torcida para cada quarto.

> *Você tem que entrar no carro*
> *Você tem que acelerar*
> *Você tem que sair da frente*
> *E deixar o Quarto do Trovão passar!*
> *Diz aí*
> *Oh, ah, olha aquele traseiro*

Oh, ah, não é muito maneiro?
Oh, ah, olha aquele traseiro
Oh, ah, não é muito maneiro?

— Achei bem machista — Yardley diz. — Os monitores que ensinaram isso? — Ela está inclinada para trás, com as mãos na areia e as pernas esticadas.

— Não era sobre a bunda das meninas — Major explica, com a mão no peito, fingindo se sentir ofendido. — Era sobre nossas próprias bundas.

George confirma, extremamente sério.

— Era sobre nossas próprias bundas, óbvio.

Yardley balança a cabeça.

— Ahã, claro.

— Nós dávamos tapas nelas — Major afirma. — Dávamos tapas em nossas próprias bundas quando tínhamos onze anos.

— Por isso que sabemos que se tratava de nossas próprias bundas — George continua.

Ao ouvir isso, Yardley exige que eles cantem o grito de torcida com a coreografia.

— Quero que façam todos os gestos — ela insiste. — Passos de dança, o que for. Preciso ver isso.

— Na frente do seu pai, não — George diz, apontando com a cabeça para o tio Dean.

— E na frente do Harris também não — Major concorda. — Ele não gosta muito de mim, tenho certeza.

— Ah, e quem se importa com o que o Harris acha? — Yardley pergunta.

— Eu me importo — Major responde. — Aquele cara me dá medo.

42.

MAIS TARDE, NAQUELA mesma noite, ouço alguém bater na porta do meu quarto. Eu tinha acabado de ler uma história para Rosemary.

Vou até a porta e, quando viro para trás antes de abrir, Rosemary não está mais lá.

Pfeff está encostado no batente, com um suéter antigo de tricô e calça jeans, levemente ofegante.

— Posso entrar? — ele pergunta.
— O que está fazendo aqui?
— Rápido. Nossa, você está tão linda. Alguém vai me ver aqui e vai me matar.

Eu o deixo entrar.

— Fiquei pensando em vir até aqui o tempo todo em que estávamos na fogueira — Pfeff sussurra. — Só conseguia pensar em tocar você.

Sinto que Rosemary ainda está aqui.

Pfeff pressiona meu corpo com cuidado contra a parede e se aproxima. Seus lábios tocam os meus e meu corpo incendeia. Ele coloca a mão na minha lombar e me puxa. Quero tocá-lo e ter certeza de que ele é real, sentir a força de seus braços em volta do meu corpo, passar as mãos em seu peito.

Mas Rosemary está aqui. Ou não.

Talvez esteja.

Tenho tido essa sensação com muita frequência ultimamente. De que ela pode estar no meu quarto, me observando, quando não posso vê-la.

— Não — digo a ele. — Aqui não.

— Acabei de arriscar ser morto por seu pai — ele sussurra.

— Eu sei.

— Foi um ato heroico.

— Ahã.

— Alguém já arriscou a vida por você? Não, não responda. Com certeza vários caras já fizeram isso. Mas eu consegui subir nessa fortaleza em que você mora. Tem que me deixar ficar.

— Não posso. Agora não, aqui não.

— Por favor. Ninguém vai saber. Sou muito furtivo.

O Triazolam que tomei mais cedo começa a fazer efeito em meu corpo. Posso senti-lo, como se fosse mel em meu sangue.

Não quero ficar com ele desse jeito. Eu poderia cair. Ou pegar no sono.

— Você precisa ir embora — sussurro.

Ele beija meu pescoço.

— Por favor. Não quero voltar para casa.

Estou sonolenta demais. Drogada demais. E tem a Rosemary.

— Amo o fato de você ter arriscado a vida — digo. — É um gesto muito romântico. Mas vá embora.

Abro a porta.

— Por favor, Carrie. Por favor.

— Não, eu tomei remédio para dormir. Não posso.

— Por favor?

— Tchau. — Empurro-o para fora.

Ele vai. Mas para diante da porta fechada e sussurra:

— Está me ouvindo?

— Estou.
— Está zangada?
— Não.
— Nem um *pouquinho*?
— Não.
— Então por que me expulsou?
— Vá dormir, seu palhaço — digo a ele. — Podemos sair de barco amanhã de manhã. Sozinhos. Só eu e você. Está bem?
— Está bem. Vou programar o despertador — ele diz. — Seis da manhã. Você vai programar o despertador?

Estou zonza de sono. Minhas veias parecem pesadas, os pensamentos, densos.

— Vou — digo. — Vou, sim.

43.

ROSEMARY NÃO APARECE mais aquela noite. Ela se ausenta por vários dias, na verdade, mas, certa manhã, me acorda às sete, balançando um de seus leões de pelúcia perto do meu rosto.

Jogamos Scrabble. Eu a deixo ganhar.

Ela ainda está com fome quando termina o saco de batata frita, então desço e pego uma tigela com melancia fatiada e um pedaço de bolo de banana ainda quente.

Então fazemos pulseiras, usando cordões com miçangas coloridas. As cores costumavam ficar organizadas, mas o kit é antigo e elas acabaram se misturando.

Rosemary as separa. É desleixada, mas gosta de separar as coisas por cores, como Bess e Tipper. Enquanto ela faz isso, leio mais uma história.

Quero contar a você esta história porque — bem, como os outros contos de fadas, pode ajudar a compreender uma coisa difícil que estou tentando dizer, a parte da minha vida que ainda não consigo contar com minhas próprias palavras.

Sr. Fox

ERA UMA VEZ *uma moça chamada Lady Mary, que desejava encontrar o amor.*

Ela vivia com seus dois corajosos irmãos em uma casa que pertencia aos três, mas acreditava no amor e desejava um marido.

Quando sr. Fox apareceu, Lady Mary sentiu que os dias tinham ficado mais alegres. Sr. Fox era esperto e divertido, bonito e adorável. Se às vezes parecia descuidado, não importava. Dizia que ela era bela, esperta e impressionante. Queria que ela fosse sua esposa. Lady Mary o amava e aceitou o pedido.

Ninguém sabia de onde o sr. Fox vinha, mas isso também não importava.

— Onde vamos morar quando nos casarmos? — Lady Mary perguntou ao sr. Fox.

— Em meu castelo — ele respondeu.

Morar em um castelo pareceu a Lady Mary uma boa ideia.

Mas sr. Fox não convidou Lady Mary, nem seus dois corajosos irmãos, para visitar seu castelo, mesmo depois de várias semanas terem se passado.

Aquilo era um pouco estranho.

Um dia, sr. Fox estava viajando a trabalho, então Lady Mary saiu à procura de seu castelo. Ela teve que procurar muito, mas, por fim, encontrou o lugar. A construção era feita de pedra, alta e majestosa, com um fosso, ameias e todas as coisas que um bom castelo tem.

Lady Mary atravessou a ponte levadiça e encontrou o portão aberto. Entrou no castelo e subiu uma longa escadaria de pedra. Não havia ninguém.

Ela prosseguiu, entrando nos cômodos e passando os dedos pelas paredes, imaginando sua vida como senhora daquele imenso lugar. Ah, como se divertiriam juntos! Ela saboreava a ideia das noites que passariam sozinhos no escuro e das manhãs ensolaradas repletas de risadas.

No último andar do castelo, no fim de um corredor bem longo, Lady Mary encontrou uma porta fechada. Era de aço, maior e mais larga do que uma porta comum. Um arrepio percorreu seu corpo enquanto estava parada na frente da porta, mas ela a abriu mesmo assim.

Lá dentro havia um corredor comprido. Estava repleto de ossos e de cadáveres ensanguentados de mulheres.

Troféus. As mulheres eram troféus para ele. Objetos de prazer, depois de aversão, silenciadas e mantidas em um armário como lembrança, enquanto ele saía à procura da próxima.

Lady Mary deu meia-volta e saiu correndo, mas, quando chegou ao térreo do castelo, ouviu a porta da frente se abrir. Ela se escondeu em um armário e ficou imóvel, praticamente sem respirar. Observando.

Sr. Fox chegou em casa.

Ele estava arrastando o corpo de uma jovem, morta. Parou na entrada e a jogou no chão de pedra. A mulher usava um grande anel de diamante. Sr. Fox tentou tirá-lo, mas estava preso.

Furioso, ele puxou a espada e cortou a mão da mulher morta.

Depois arrastou o corpo escadaria acima.

Lady Mary pegou a mão e correu para casa o mais rápido que conseguiu.

No dia seguinte, eles se casariam. Antes da cerimônia, houve um desjejum. Sr. Fox, Lady Mary, seus dois irmãos e seus convidados sentaram-se juntos à mesa.

— Tive um sonho horrível ontem à noite — Lady Mary anunciou a todos.

Ela contou a história de sua visita ao castelo do sr. Fox. Contou sobre a porta de aço, o corredor repleto de corpos. Contou da mulher morta que teve a mão cortada por conta de um anel de diamante.

— Isso não é verdade — sr. Fox. disse — Foi apenas um sonho, minha querida.

— Mas é verdade — Lady Mary respondeu, mostrando a mão decepada para todos verem.

Imediatamente, os dois corajosos irmãos puxaram suas espadas e cortaram o sr. Fox em mil pedacinhos.

"SR. FOX" É minha história, assim como "Cinderela".
Sou Lady Mary,
desejando o amor,
embevecida por um novo romance,
protegida pelas irmãs.
E Pfeff,
ele é o sr. Fox.

MAS TALVEZ EU também seja o sr. Fox.
Podemos discutir sobre isso no inferno.

PARTE CINCO
Sr. Fox

44.

É A NOITE de folga de Luda. Depois do jantar, Tipper pede que Yardley e eu ajudemos na limpeza.

Os meninos, Penny e Erin vão para o Goose, e Bess vai atrás. Meu pai e o tio Dean se servem de uma última dose de bebida e começam a discutir. Algo sobre ética financeira e parceiros de negócios — nada interessante. Tipper os manda para fora e eles vão para a praia maior. Tomkin vai para a saleta da Clairmont para ver televisão.

Yardley e eu temos que ajudar a lavar a louça, limpar as bancadas sujas e todo o resto. Tipper nos entrega aventais e Yardley resmunga, vestindo o seu.

— Faço isso todas as noites, mocinha — minha mãe diz com alegria. — Então pode ir se acostumando. Quando você tiver sua família, vai ter que fazer também.

— Acho que vou estar em uma sala de cirurgia — Yardley diz. — Meu marido vai servir o jantar para as crianças enquanto eu estiver suturando a cavidade torácica de alguém.

— Meus filhos vão comer em restaurantes — afirmo.

— Está bem, meninas — Tipper diz. — Vamos ver como vai ser quando estiverem com dois bebês de fralda.

— Ah, meus filhos não vão usar fralda — Yardley diz. — Eles nem vão fazer cocô. Vão ser completamente higiênicos e nunca vão ficar fedidos, senão nem vou ter filhos.

— A conversa está muito boa — Tipper diz. — Mas preciso que coloquem as luvas de borracha e limpem a pia.

Quando terminamos, nossas mãos estão com cheiro de água sanitária e nossas bochechas estão coradas devido ao calor da cozinha. Yardley e eu deixamos minha mãe, que leva uma taça de vinho para a saleta para ver TV com Tomkin.

A essa altura, os outros já estavam no Goose havia pelo menos uma hora. Enquanto Yardley e eu vamos para lá, cruzamos com o tio Dean e Harris, que voltavam da praia maior. Há tensão no ar.

Harris não olha para mim, mas dá um tapinha no ombro de Yardley ao passar por ela.

— Está feito — ele diz. E continua andando.

Dean olha para a filha e diz:

— Muito barulho por nada.

— Eu não acho — ela responde.

— Quer conversar sobre isso?

— Não.

— Yard, vamos.

— Carrie e eu estamos indo para o Goose.

Dean sacode a cabeça.

— Harris é muito nervosinho.

— Bem, a culpa é sua — ela diz, e sai andando.

— O que foi isso? — pergunto, quando Dean já não pode nos ouvir.

— Ah, meu Deus. Preciso te contar a história toda. Você quer mesmo saber?

— É claro que quero.

— Podemos sentar aqui fora — Yardley diz quando chegamos ao jardim do chalé Goose, praticamente todo apagado. A luz da sala está acesa. O gramado está cheio de garrafas de cerveja e bolas de pingue-pongue. Dá para ouvir a música alta lá dentro. "In your eyes", Peter Gabriel.

Estou pronta para me jogar no gramado para saber por que Yardley está zangada com o pai, mas ela segura a minha mão de repente.

— Ah, não — diz.

Viro e olho para onde ela está apontando.

45.

ENCOSTADA NA MESA de pingue-pongue, no escuro, Penny está beijando Pfeff.

Estão abraçados, as mãos de minha irmã no cabelo dele. Pfeff levantou a blusa de linho dela e está passando os dedos pelo seu sutiã rosa-claro.

Eles não parecem nos ouvir de tão perdidos no êxtase um do outro.

Minha irmã.

E Pfeff.

46.

FICO PARALISADA.

— Não ouviram a gente chegando, seus idiotas? — Yardley grita. — Estamos bem aqui. Eu e Carrie.

— Droga — Penny diz, com as costas apoiadas na mesa.

Pfeff vira, se afastando dela. Arregala os olhos. Seus lábios estão inchados, como ficam quando se beija.

Não consigo encará-los.

Não consigo falar.

Minha garganta fecha, e uma bola quente de fúria e dor invade minha cabeça e estica minha pele.

Derrete meu rosto.

Minhas feições se liquefazem como cera,

escorrendo pelos meus ossos,

pingando nas tábuas sob meus pés.

Cubro o rosto com as mãos, sentindo que essa é a única forma de impedir que minha carne

pingue sobre a passagem enquanto derrete.

Tudo é agonia.

Yardley estende a mão para mim, mas eu viro e corro, passando pelo portão e descendo pelo caminho de madeira até a parte escura da ilha.

A IMAGEM DA mão de Penny nos cabelos escuros de Pfeff me deixa enjoada.

E pensar que ele me beijou todas aquelas vezes, me levou para o quarto, me contou seu segredo sobre a Amherst, me tocou com tanta suavidade e intensidade; e pensar que ele fez com que eu me sentisse esperta, intuitiva, bonita, impressionante — enquanto preferia estar com Penny o tempo todo.

Ela é mais bonita que eu, sem dúvida. Mesmo que a beleza seja subjetiva, mesmo que os padrões de beleza mudem com o tempo, ela é mais bonita que eu — segundo a opinião de todos. Sempre foi. Mesmo depois de minha maldita mandíbula ter sido quebrada e reconstruída.

Mesmo assim.

Não importa que eu compreenda como Pfeff se sente em relação à faculdade, ou que eu consiga enxergar que ele é uma fraude e chame a sua atenção sobre isso, ou que eu seja boa para falar em público e o faça rir.

Não importa que eu sinta as coisas profundamente e pense no que acontece fora de Beechwood. Todos amam mais Penny. Eles a amam mais
    porque seus olhos cabem perfeitamente nas órbitas oculares,
    porque suas maçãs do rosto têm meio centímetro a mais,
    porque seu cabelo cor de creme é sedoso, e
    por causa do contorno de seu queixo e
    da leve ameaça em seus caninos brancos.
    As pessoas amam mais Penny, mesmo que ela
    não se importe com ninguém, ou justamente
    porque não se importa, mesmo que ela
    não seja muito boa aluna e
    não ligue para os sentimentos dos outros. Mesmo que
    ela não saiba cozinhar como Bess e
    faça tudo de maneira descuidada e
    nunca se esforce para ajudar ninguém,
    as pessoas ainda a amam mais.

Eu poderia arrancar meu calcanhar com uma faca de cozinha (já cortei minha boca mesmo); mas não seria suficiente para ser amada, porque o sangue ainda assim
    escorreria pelo sapatinho de cristal,
    dizendo ao mundo que não tenho valor nenhum,
    enquanto Penny calça o sapato com facilidade,
    dá a mão para ele e
    o tira
    de mim.

47.

ESPERO POR PENNY em seu quarto com a luz apagada, sentada em sua cama com os joelhos encostados no peito.

Ela chega com Erin.

É claro, Erin.

Elas acendem a luz e Penny se assusta ao me ver.

— Erin — ela diz. — Poderia nos dar um minuto?

— Não tenho para onde ir — Erin diz. — Seus pais estão lá embaixo. Não vou ficar sozinha com eles.

— Volta para o Goose — Penny diz.

— Não, obrigada. Vão conversar no quarto da Carrie, ou podem dar uma volta, ou algo assim.

Não sei por que Erin está sendo tão insolente com Penny, mas digo:

— Podemos dar uma volta.

Não quero ter essa conversa no meu quarto por causa de Rosemary. Não sei o que ela poderia escutar.

Penny pega uma jaqueta e desce as escadas pisando forte, como se estivesse brava *comigo*.

Vou atrás dela.

Para evitar Tipper e Harris, saímos pelo quartinho dos fundos e seguimos para a trilha da costa.

Agora que estamos sozinhas, não sei por onde começar. Andamos em silêncio por alguns minutos.

— Quero saber como você pôde fazer isso comigo — finalmente desabafo. — Eu *nunca* faria nada do tipo com você. Nunca.

— Não estava fazendo nada com você.

— Estava, sim. Você sabia que eu estava com Pfeff. Você sabia, e decidiu estragar a única coisa boa que eu tinha só porque, sei lá... só porque você podia? Porque nunca tivemos uma conversa franca sobre isso? Porque não estou passando tanto tempo com você? Por quê?

— Eu...

— Ou você se sente poderosa ao beijar um cara que está com outra pessoa? Ou você me odeia por algum outro motivo?

— Não foi isso — ela diz. — Nada disso.

— O que foi, então? Porque acho que foi a coisa mais cruel que você poderia fazer comigo. — Sinto o calor explosivo de raiva e vergonha em meu rosto novamente, a sensação de que estou derretendo. Eu sou

feia. Eu sou

detestável. Penny

não me ama o suficiente para

deixar Pfeff em paz. Pfeff

não me ama o bastante para

ser fiel a mim.

— Por que você faria uma coisa dessas, Penny? O que eu fiz para merecer ser tratada assim?

Penny suspira.

— Bem, você me irrita, sim. Seu jeito de agir é bem irritante.

— Como assim?

— Agora mesmo, por exemplo. Se derretendo por ele, se mostrando vulnerável, deixando que todos saibam como você está se sentindo em todos os momentos possíveis do dia. Enche o saco.

Fico magoada.

— Mas não foi por causa disso — ela continua. — Não mesmo.

— O que foi, então?

— Não quero falar sobre isso.

— Você acabou de estragar minha... Você estragou tudo — digo. — Acho que me deve uma explicação.

— Se era tão fácil estragar — Penny diz —, então não era nada muito forte.

Ela tem razão.

Ela tem razão.

Mas, ao mesmo tempo, foram três semanas de felicidade. Usei a camiseta dele. Ele beijou a palma da minha mão.

— Às vezes as coisas são frágeis — afirmo. — Por isso são valiosas.

Ela dá de ombros.

— Só estou dizendo que se ele quis me beijar é porque não estava tão comprometido assim com você.

Agarro o braço dela e a sacudo.

— Para com isso — digo. — Ele *estava* comigo. *Estava*. E você sabia. Não me diga que não sabia.

Ela suspira de novo, um suspiro forçado.

— Eu sabia.

Continuo.

— A questão não é por que Pfeff fez o que fez. A resposta é óbvia. É porque você é bonita, consegue o que quer, e todos querem você. A questão é por que *você* fez o que fez. Comigo.

— Está ventando e fazendo frio na trilha. Nossos cabelos estão esvoaçantes.

— Eu não fiz nada para magoar você! — Penny berra. — Já falei.

— Mas me magoou! — grito. — Sinto que você agiu pelas minhas costas e beijou meu namorado, e não vejo como você pode dizer que não fez isso para me...

— Foi para magoar a Erin — ela berra. — Está bem? A Erin.

— O quê? Por que a Erin se importaria com isso?

— Não seja idiota — Penny diz.

— Não estou sendo. Eu...

— Pense um pouco.

— Não entendi. Eu não... Por que Erin se importaria com isso?

— Nós estamos juntas — Penny diz. — Entendeu? Quer dizer... estávamos. Nós... Começou no fim do ano, quando ela parou de sair com o Aldo, e eu nunca estive muito interessada no Lachlan mesmo, então eu... Bem, eu me interesso por meninas há um bom tempo — ela explica. — Um bom tempo.

Fico confusa. Sou uma idiota.

Nunca imaginei.

Penny continua:

— Sei que o papai e a mamãe vão ficar... argh.

— Não vai ser muito bom.

— Nada bom. E gosto de meninos também. Acho. Talvez não. Sei lá. Não quero decepcioná-los. Nossos pais. Não consigo lidar com tudo isso. — Ela tenta segurar o cabelo, que está voando para todas as direções. Penny puxa a maior parte para trás e prende com um elástico que estava em seu pulso, deixando seu rosto sério de repente.

— Não conta para Bess.

— Não vou contar.

— Não conta para ninguém — ela continua. — Eu não contei para ninguém. Nem sei se sou... Ainda não sei, só isso. E tudo estava ótimo quando ela chegou aqui. Nós estávamos vivendo um lindo romance secreto, mas depois, não sei. Talvez o ar de novidade tenha passado. Para ela. Ou talvez ela só estivesse brincando, experimentando ou algo do tipo. Ela não está mais a fim, é isso que estou tentando explicar. E discutimos se ela deveria ir embora amanhã ou não. Ela quer ir para casa e depois ser só minha amiga na escola, como éramos antes, e namorar meninos e tudo o mais. E eu queria fazer com que ela ficasse aqui, sabe? Talvez, se eu beijasse outra pessoa, ela ficaria com ciúmes e perceberia que gosta de mim, e decidiria ficar. — Penny aperta as mãos. — Era o que eu esperava, pelo menos. Ou talvez eu quisesse machucar ela.

— É a sua cara.

— Ou pode ser que eu quisesse me convencer de que gosto de garotos. Se eu conseguisse simplesmente gostar de garotos, tudo seria fácil. Nada do que aconteceu com Erin importaria. Parte de mim pensava isso. Sabe? Não é tarde demais para ser hétero. É só eu gostar de um cara. Isso é fácil.

Sei que deveria dizer que ela é perfeita do jeito que é.

Deveria dizer que é lindo amar quem ela quiser amar. Porque é verdade.

Deveria dizer que vou ficar ao lado dela caso resolva contar aos nossos pais.

Mas Penny acabou de me trair.

— Talvez seja uma boa ideia — digo com frieza. — Mas você não precisava gostar logo do Pfeff.

— Não tem mais ninguém aqui! — Penny berra.

— Então você não deveria ter ficado com ninguém — digo.
— Você deveria ter pensado: Carrie cuida de mim. Carrie sempre me apoia. Ela é leal, aquela tal de Carrie. É gente boa. E mesmo que eu possa acabar com ela, partir seu coração e roubar seu namorado, mesmo que eu possa fazer isso, não vou fazer. Porque ela é minha irmã e não quero magoá-la. Porque alguns limites não devem ser ultrapassados. Existem algumas coisas que, depois que são feitas, nunca, jamais, podem ser desfeitas, e eu valorizo de verdade minha relação com minha irmã leal e gente boa mais do que qualquer outra coisa idiota que possa estar passando pela minha cabeça. Era só você ser uma pessoa mais ou menos decente, Penny. Por que isso é tão difícil? Nem precisa chegar ao ponto de ser uma pessoa boa. Todo mundo conhece essa regra. É muito básico. Não beije o namorado da sua irmã, porque se beijar você vai ser uma cuzona maldita.

Penny engasga com o choro, deixando as lágrimas escorrerem pelo seu rosto encantador e delicado, com a boca torcida em uma careta de agonia, em vez de escondê-lo atrás das mãos como eu faria.

— Me desculpe — ela diz.

Acho a reação um pouco teatral. Penny está fingindo. Parada sob o luar para aumentar o drama.

— Danem-se as suas desculpas! — grito. — O que importa é o que você fez. Nunca vou esquecer que você me valoriza tão pouco. Nunca.

Viro e corro pela passagem de madeira, deixando-a sozinha.

48.

DURMO ATÉ TARDE na manhã seguinte. Rosemary não me acorda. Não a vejo há algum tempo.

Fico me perguntando se ela está aborrecida.

Estou com dor no corpo e dor de cabeça. Minha pele está viscosa. Não lembro de ter ido dormir ontem à noite.

Quando entro no banheiro compartilhado, Bess está enrolando o cabelo — deixando com bastante volume e passando laquê.

— Você vai entrar na água e vai ficar liso de novo — digo a ela.

— Não tem problema. Estou treinando. Para ter prática quando voltar para a North Forest. Se eu conseguir lavar meu cabelo na noite anterior e arrumá-lo em até dez minutos pela manhã, vou poder... — Ela para de falar e solta o modelador de cachos. — Ah, Carrie, sobre ontem à noite.

— Não quero falar sobre isso. — Não com Bess. Bess é frívola, ambiciosa e tenta ser mais velha do que é o tempo todo. Vai fingir se importar quando, na verdade, só está interessada na fofoca.

Ela aperta minhas mãos.

— Eu disse para Penny não ficar conversando tanto com Pfeff. Puxei ela num canto e falei: "Carrie vai ficar zangada quando chegar aqui, o que você está fazendo?". Mas acho que ela bebeu demais. Não estava raciocinando, e, você sabe, ele é bem gatinho. Sei que ela não fez por mal.

Eu me solto dela, aperto o tubo de pasta e começo a escovar os dentes.

— Ela tomou umas três cervejas em uma hora — Bess continua. — Eu contei. E aposto que ela está arrependida de ter ido lá fora com ele e...

Cuspo a pasta e enxáguo a boca.

— Ela sabia o que estava fazendo.

— Foram só uns beijos — Bess diz. — Não passou disso, caso você esteja se perguntando.

Paro e olho para ela.

— Você estava vendo?

— Eu estava usando o banheiro no andar de cima. E olhei pela janela. Foi impossível não ver os dois no gramado. E então você chegou e...

— Aff. — Entro no quarto e começo a me vestir.

Bess vem atrás de mim.

— Estou tentando te pedir desculpas.

— Não precisa. Você não fez nada. Só bisbilhotou e se meteu na vida dos outros. Mas disso você não se arrepende, né?

Bess. Nossa mártir. A irmã virtuosa. Ela fica parada por um instante como se estivesse em choque, depois bate o pé feito criança.

— Você é má — ela diz. — Acha que é a única que tem sentimentos, não acha?

— O quê?

— Carrie ficou doente, Carrie está apaixonada, Carrie sente falta de Rosemary, Carrie está chorando no meio do festival da escola, no meio de uma festa de família... Como se você fosse a única sensível, quando, na verdade, é a única *reclamona*. Sabia disso?

Eu a encaro boquiaberta.

— Acha que não sei que você está tomando remédios? — Bess continua. — Nós dividimos o banheiro. Dá para ver que você passa metade do dia meio alterada. Não é possível que nossos pais não tenham percebido. Você está na merda, Carrie, e é difícil ter empatia porque você não se importa nem um pouco comigo. Você nunca pensa em mim, nunca fala comigo. Só tenta se livrar de mim sempre que possível. Então, não. Eu não ligo se Penny beijou seu namorado. Nem acredito que ele gostava de você.

49.

QUANDO BESS SAI, tomo um banho demorado. Arrumo o quarto e dobro as roupas nas gavetas.

Não quero ver ninguém. Nunca mais. Talvez eu fique aqui para o resto da vida, tomando remédios e conversando com Rosemary, segura em meu quarto, onde ninguém pode me machucar.

Mas acabo sentindo fome.

Penteio o cabelo e me visto.

Na cozinha, minha mãe está dobrando guardanapos em quadrados perfeitos. Ela prepara uma torrada com geleia de damasco para mim, enquanto pego um café. Se ela notou meus olhos inchados, não comentou nada.

— Preciso que você saia com o barco.

— Está bem. Por quê?

— Gerrard está ocupado com o cara dos arbustos.

— Que cara dos arbustos?

— O cara que está plantando meus arbustos novos — ela explica. — Rosa-de-gueldres e madressilva. Eu já te falei sobre isso.

— Precisa que eu faça compras?

— Luda vai fazer as compras em Martha's Vineyard. Eu preciso que você leve pessoas para Woods Hole.

— Ah. Quem vai embora? — Não quero levar Pfeff.

— Erin precisa ir para casa. E Yardley também.

— Yardley? Achei que ela passaria o verão todo aqui.

— Bem, ela mudou de ideia.

— Por quê?

— Ela não disse. Só veio tomar café da manhã e falou que precisava voltar para a cidade. Perguntou se eu poderia providenciar o transporte. E isso foi logo depois que Penny me disse que Erin também estava indo embora. — Tipper ri com amargura. — Acho que tratamos aquela menina muito bem. Semanas de praia, sol e refeições, tudo que alguém poderia querer. E agora ela está indo embora de repente, como se nem tivesse gostado de ficar aqui.

— Achei que você não quisesse tantos hóspedes.

— Os meninos — minha mãe diz. — Os meninos dão um pouco de trabalho. Erin é tranquila. Quase não faz barulho e mantém Penny ocupada.

Minha cabeça dói devido aos remédios e por ter chorado na noite anterior. E pela briga com Bess.

— Tenho certeza que ela se sente grata. Provavelmente só acha que já ficou aqui por tempo demais.

— Então não fui uma boa anfitriã. Ninguém deve sentir que não é bem-vindo aqui.

Para falar a verdade, eu adoraria sair da ilha. Ficar longe de todo mundo.

— Eu levo as duas — digo. — Vou dizer para Erin o quanto gostamos de recebê-la. Vai ficar tudo bem.

Tipper me abraça.

— Você é uma boa menina.

ENCONTRO YARDLEY E Erin no cais da família ao meio-dia. Tipper fez sanduíches de queijo brie e tomate seco para elas. Cada uma está levando um pote com nectarinas fatiadas, outro com pepinos com sal e pimenta-do-reino e um pacotinho de biscoitos de gengibre. Entrego as embalagens de papel pardo, e elas as seguram como se fossem crianças indo para a escola.

Erin vai pegar o ônibus para casa. Ela comprou a passagem por telefone e pode retirá-la no terminal de balsas. A mãe de Yardley está mandando um carro e um motorista para ela.

Tio Dean e Tomkin descem para o cais logo depois de mim. Tomkin abraça Yardley e se despede. Dean, em silêncio, coloca as malas das duas no barco.

— Querida — ele diz para a filha, de uma forma quase jocosa. — Vou te dizer uma coisa: acho que você deveria ficar.

— Não, obrigada.

— As coisas vão se acalmar. Você vai entender. Nada é tão ruim assim.

— Não vai rolar — Yardley diz. — Carrie, pode ligar o barco, por favor?

Faço o que ela pede e saímos.

— Tchau, Yardo! — Tomkin berra. — Até mais.
— Tchau — ela responde. — Vou sentir muita falta dessa sua cara feia, sabia?

O SOL ESTÁ a pino, e nós três colocamos óculos escuros. Estou muito curiosa a respeito da situação de Yardley, mas também exausta. Meus analgésicos estão fazendo efeito, e sinto meus músculos fracos e molengas. Estou esgotada. A raiva de Penny e de Pfeff diminuiu, mas está começando a crescer lentamente em minhas entranhas de novo.

Então conduzo o barco e deixo os pensamentos correrem.

Sei por que Erin está indo embora. Independentemente de como ela se sente em relação a Penny — com medo de se comprometer, com medo de ser lésbica ou com medo de sair do armário, entediada, indecisa, ou simplesmente não apaixonada —, ela deve estar com raiva do que aconteceu entre Penny e Pfeff. Nada fará com que fique na ilha se não quiser.

Mas e quanto a Yardley? Por que George não está com ela? Por que ela está tão aborrecida com o pai?

Eu poderia facilmente me fechar na concha de meu próprio sofrimento e nunca descobrir. Não é da minha conta, e eu já tenho muitas coisas com as quais me preocupar. Nossa família acredita que o silêncio é uma demonstração de respeito pela vida pessoal de alguém. Eu poderia fingir que é perfeitamente normal Yardley estar indo embora no meio do verão, e ela provavelmente gostaria que eu fizesse isso.

Mas decido falar com ela. Sem Bess, sem Penny, sem Rosemary (de verdade), e agora sem Yardley, não tenho aliados em Beechwood. Yardley e eu sempre passamos os verões juntas. Acho que dividimos uns cem pacotes de batata frita, lemos os mesmos livros espremidas na rede. Andamos de caiaque juntas, cantamos em volta da fogueira, colhemos frutinhas em Martha's Vineyard. Construímos mundos imaginários e caçamos limões.

Faço sinal para ela vir para o meu lado no leme.

— Quer que eu dirija? — ela pergunta.

Passo o braço ao redor dela.

— Não quero que você vá embora.

— Não posso ficar.

— Por que não?

Erin provavelmente consegue ouvir parte do que estamos dizendo, mas não muito. O motor e o vento impossibilitam qualquer conversa entre uma ponta do barco e outra.

Yardley suspira.

— Lembra quando você me perguntou sobre aquela foto? De sua mãe e um cara, sei lá, de muito tempo atrás, com o rosto raspado?

Buddy Kopelnick.

— O que você sabe sobre isso?

— Nada. Não é isso. Mas lembra o que eu te disse? Quando você me perguntou, durante a Caça aos Limões?

— Você disse para eu não me envolver. — Mas então entendo melhor a conversa. Lembro do rosto de Yardley aquela noite, iluminado pela lua, seu vestido amarelo florido, as mãos segurando firme uma cesta de vime com uma grande tigela amarela. — Você disse alguma coisa sobre deixar os adultos idiotas lidarem com o próprio lixo emocional e as coisas ilegais que fazem. Algo sobre homens duvidosos que apareciam.

— É — Yardley diz. — Exatamente.

— Tem algo a ver com isso? Por que não me toquei antes?

— Você tinha suas próprias preocupações; não tem problema.

— Que homens suspeitos? — pergunto.

— É, exatamente. "Que homens suspeitos?" é uma boa pergunta. Acontece que, depois que isso saiu da minha boca, depois que você me perguntou sobre a família e as coisas que podiam estar escondendo, tudo mudou. Eu me ouvi dizendo aquilo em voz alta, e fiquei... O que eu quis dizer com "coisas ilegais"? Eu sabia mais ou menos o que significava, mas nunca tinha falado sobre isso com ninguém. Ficava só lálálálálá, se eu ignorar e pensar em outra coisa, isso não vai estar acontecendo de verdade.

Eu assinto.

— Mas você... A questão é que você, Carrie, está disposta a falar as coisas. Você pergunta. Todo mundo quer varrer as coisas para baixo do tapete. Quando eu te contei sobre as coisas ilegais, fiquei: *Ah*. Certo. Tem algo ruim aqui.

— O quê?

— Meu pai... A forma como ele ganha dinheiro. — Yardley balança a cabeça. Para por um instante. — Ele é o cara rico de quem ninguém suspeita porque está sempre de terno e estudou em Harvard, mas ele faz todo tipo de transação financeira para esses criminosos de colarinho branco.

— Meu Deus.

— Eu tinha uma amiga no sexto ano. Jenny Neugebauer. Ela ia à minha casa, dormia lá e tudo. Fomos amigas durante anos, sabe? Mas no segundo ano do ensino médio ela desapareceu. Nunca me ligou, nem escreveu. Só, *puf*! Sumiu. Só me restou um suéter que eu tinha pegado emprestado e não devolvi. — Yardley funga e olha para Erin antes de continuar. — As pessoas na escola disseram que a mãe de Jenny tinha perdido o dinheiro todo, que seus negócios tinham falido e ela foi parar no fundo do poço. Então Jenny teve que ir morar com os avós na Flórida. Enfim, eu sinto saudade dela. Nunca pude me despedir. Então fui à biblioteca de Edgartown algumas semanas atrás. Fiquei pensando no que disse para você. Quis pesquisar sobre algumas pessoas com quem meu pai trabalha. Amigos dele do trabalho que já foram lá em casa para, tipo, comer costeletas de porco com purê de maçã. Pessoas que me perguntam como estão as aulas, coisas assim. E quando pesquisei o nome deles... não encontrei notícias boas.

— Como o quê?

— Um cara investiu em vários pequenos negócios e depois os prejudicou de propósito, então eles faliram. Ele ganhou dinheiro destruindo a vida dessas pessoas. Agora fugiu do país para não ir para a prisão. É literalmente um fugitivo da Justiça. Meu pai é consultor financeiro dele.

— Nossa.

— Pois é. E uma das pessoas que aquele cara prejudicou de propósito foi a mãe de Jenny Neugebauer. Foi um fato documentado. Saiu no jornal.

— Você acha que seu pai sabia?

— Ah, com certeza. E outros amigos dele, tipo um casal para quem ele presta consultoria, foram acusados de apropriação indébita. Meu pai está envolvido, sem dúvida. A lista de clientes-amigos dele é cheia de pessoas repulsivas.

Não sei o que dizer.

Yardley continua:

— A questão é que meu pai conhecia Jenny. Conhecia a mãe dela também. Quer dizer... Sei que eu deveria me importar com *todas* as pessoas que ele arruinou, e com todas as leis que ele está ajudando as pessoas a infringir, mas quando vi Miriam Neugebauer escrito, foi quando realmente entendi. Ele não liga para quem machuca, desde que esteja ganhando dinheiro. Se dando bem. Ele gosta de correr riscos, provavelmente, ou gosta da sensação de escapar impune das situações. E esses clientes estão deixando ele rico.

— Aff.

Yardley suspira.

— Ele é um bom pai. Extremamente irritante na maior parte do tempo, e bebe demais também, mas é um bom pai. Brinca com Tomkin na água o tempo todo, faz churrasco e vai visitar a gente todos os fins de semana quando estamos na casa da minha mãe. Leva a gente para passear. — Ela enxuga as lágrimas e funga. — E agora não quero mais saber dele. Então contei para Harris. Ontem à noite.

— O que ele falou?

— Ele ficou muito sério. Disse que se tudo o que eu tinha falado sobre Dean fosse verdade, ele pretendia cortar relações com meu pai.

Para Harris, família significa boa reputação. São a mesma coisa para ele. Você deve *acrescentar algo à família* ou ele não quer saber de você.

Mais tarde, percebo que esse pensamento é relativo. O dinheiro da família da minha mãe é sujo — conquistado à base de exploração e escravização de pessoas. Mas Harris é capaz de imaginar aquele dinheiro sendo purificado, por ter entrado na família há muito tempo. E também tem o dinheiro sujo estilo o dele, conquistado com muito trabalho, mas também com exploração de trabalhadores não sindicalizados e vulneráveis, que Harris, no entanto, também encara como dinheiro limpo porque é legalizado. Sem contar que ele se importa demais com a liberdade de imprensa.

Mas dinheiro sujo como o do tio Dean? Nesse caso, não dá para ele engolir.

Não consigo articular nenhum desses pensamentos e nem mesmo raciocinar com clareza enquanto Yardley está falando comigo, mas ainda assim sinto a força da situação.

Esse é o último verão que vamos passar juntas.

— Sinto muito — digo.

— Meu pai ainda acha que vou esquecer de tudo isso. Diz que não entendo o trabalho dele. — Yardley respira fundo. — Mas não quero que ele pague minha faculdade com esse dinheiro, e não quero o dinheiro que ele me dá para as despesas, e todo o dinheiro me parece, sei lá, podre, basicamente. Tóxico. Ele pagou essa camiseta aqui com aquele dinheiro e argh. — Yardley limpa a barra da camiseta como se estivesse imunda. — Eu contei para Harris antes do jantar. E depois contei para o meu pai que havia contado para Harris, e ele ficou falando: "Querida, não se preocupe tanto", e eu disse: "Vou embora". Depois disso nós comemos, e eu ia te contar, mas tivemos que ajudar Tipper na limpeza, aí aconteceu aquela coisa com Penny e Pfeff, e ficou todo mundo nervoso.

— Quem ficou nervoso?

— Bess, é claro. E Erin. Até George. Major não se importou. Sinto muito por Pfeff, aliás. Mas eu disse para você tomar cuidado. — Ela me cutuca e sorri, apesar de toda a tristeza. — Eu te avisei para tomar cuidado com ele.

— Avisou mesmo.

— Pfeff é um babaca, eu odeio ele e ele não presta, e nunca mais vou falar com ele, caso isso sirva de consolo. E briguei com Penny também. Xinguei ela de tudo quanto foi nome. Foi bem catártico.

Sinto lágrimas e raiva se formando em meus olhos.

— Não vamos falar sobre isso agora — digo. — Não quero chorar.

Ela dá um tapinha no meu ombro e volta a falar de seus problemas.

— Então puxei George e contei que precisava ir embora no dia seguinte. Disse que não queria mais saber do meu pai e do dinheiro dele. E sabe o que George disse?

— O quê?

— Que achava que eu tinha que pensar melhor! Pensar melhor! Ele disse que talvez eu não entendesse a situação como um todo. Então eu respondi: "Entendo, sim. E sabe o que mais? Harris também entende. E vai cortar relações com ele". E George disse que achava que talvez eu não estivesse levando alguma circunstância em consideração, e que eu não deveria fazer nada precipitado. Em outras palavras, disse exatamente a mesma coisa que meu pai.

— Que lixo.

— Então eu falei que ele estava sendo péssimo. George, no caso. E disse que ele deveria me apoiar. E ele falou: "Vamos ser racionais, Yardley. Você não sabe se seu pai fez algo errado". E eu respondi: "Você não vai me amar se eu abrir mão do meu dinheiro?". E ele: "Yardley, não é isso. Você não está raciocinando direito". E eu concluí: "Acho que você não é mais meu namorado".

— Meu Deus.

— É. E depois, aparentemente, tivemos que ficar duas horas chorando e conversando, e ele continuou dizendo que eu estava sendo irracional. Eu falei que o aceitaria de volta se ele fosse embora comigo de manhã, sem ficar me questionando. Ele nem precisaria concordar comigo, só tinha que vir junto e ficar de boca fechada. Mas George disse que era impossível não dizer o que estava pensando. E eu fiquei: "Não acredito que você está preocupado com o meu dinheiro", mesmo que, na verdade, não seja difícil acreditar. Bem, eu não queria dormir na Pevensie com meu pai, e não queria dormir no Goose com George. Então arrumei minhas coisas e levei para o cais no meio da noite. Dormi na saleta da Clairmont e falei com Tipper de manhã.

ATRACAMOS NO CAIS em Woods Hole. Ajudo Erin e Yardley com as malas. O carro de Yardley está esperando por ela. Damos um abraço de despedida.

Há mais a dizer, mas não dizemos.

Vou sentir muito a falta dela.

Em minutos, ela vai embora.

Vou com Erin retirar a passagem de ônibus e aguardo com ela no terminal rodoviário em silêncio.

50.

NO DIA SEGUINTE, Gerrard leva o tio Dean e Tomkin embora. Eles não vão voltar.

Muitos anos depois, fico sabendo que meu pai pagou a faculdade de Yardley, pois ela não aceitou o dinheiro de Dean. E que ele pediu para o advogado de nossa família, Richard Thatcher, ajudar nos procedimentos para a compra da metade da ilha que pertencia a Dean.

Pevensie fica desocupada por alguns anos.

Quando me caso com William Dennis, meu pai desocupa parte do terreno e constrói uma casa para mim. William e eu a chamamos de Red Gate, devido às cercas de madeira e molduras vermelhas.

Mais ou menos na mesma época, Harris demole Pevensie e constrói uma nova casa sobre seus alicerces, chamando-a de Windemere. Ele dá Windemere para Penny, que se casa com Sam Easton. Para Bess, que se casa com Brody Sheffield um ano depois, nosso pai derruba o chalé Goose para construir Cuddledown.

Com o tempo, eu e minhas irmãs passamos a ter a impressão de que Windemere sempre esteve lá, no norte da ilha Beechwood.

Nem sentimos os ecos de Pevensie, não pensamos no que poderia ter sido. Esquecemos de sentir saudades de Tomkin e Yardley, que seus filhos estariam correndo pelas passagens de madeira com os nossos.

51.

QUANDO VOLTO DE Woods Hole, vou para o meu quarto, fingindo estar com dor de cabeça. Passo a noite toda lá. Tipper leva o jantar para mim em uma bandeja bonita.

Ela me diz que os meninos pediram para ficar mais alguns dias, apesar da ausência de Yardley. Eles precisam de tempo para organizar o que vão fazer no resto do verão.

— Nenhum deles quer voltar para a casa dos pais — ela diz. — Acham que são independentes aqui, mas, é claro, é Luda quem lava a roupa deles. — Talvez George e Major consigam vagas de última hora como monitores do acampamento de verão, ela diz. — Naquele acampamento que eles frequentavam. — Estão fazendo ligações. Pfeff provavelmente vai visitar uns primos. — Sei que você vai sentir saudades dele — ela me diz. — Espero que a dor de cabeça passe logo para vocês aproveitarem seus últimos dias juntos.

É a primeira vez que ela menciona Pfeff para mim.

Acha que ainda estamos juntos.

Faço que sim e não a corrijo. Não posso contar o que aconteceu. Não posso ser a reclamona que Bess me acusou de ser. Não posso dedurar Penny. Não posso ser complicada e infeliz quando minha mãe precisa que eu seja uma "boa menina".

E eu sinto falta de Pfeff.

Penso: talvez ele apareça no meu quarto a qualquer momento e implore meu perdão. Talvez eu consiga perdoá-lo. Talvez ele diga que me ama e me dê um motivo para o que fez. Ele vai me ouvir, ouvir de verdade.

Mas ele não aparece.

Também penso: Penny vai bater em minha porta com certeza, envergonhada e arrependida, pronta para pedir desculpas e fazer promessas de lealdade. Bess vai aparecer, preocupada e amorosa. Vai ficar do meu lado e me alegrar com futilidades e biscoitos preparados por ela.

Mas mais um dia se passa.

Eu fico no quarto.

Quero resolver tudo com minhas irmãs, dar a elas uma chance de se redimirem comigo, de odiarem para sempre a pessoa que me traiu, de odiarem para sempre a pessoa que me acusou de ser egoísta, de me fazerem rir e me distraírem.

Mas talvez não sejamos esse tipo de irmãs.

E foram elas que erraram comigo.

Então volto a pensar em Pfeff. Ele deve querer conversar. Como pôde me contar seus segredos e tirar a roupa na minha frente e segurar minha mão e dizer o quanto me deseja — e não sentir remorso nenhum pela traição? É impossível. Estamos enredados.

Passo blush no rosto repetidas vezes, penteio o cabelo e saio do quarto para ir falar com ele. Sinto que não vou conseguir descansar até ouvir o que ele tem a dizer sobre isso tudo.

Paro no alto das escadas e volto para o quarto repetidas vezes.

Não importa, digo a mim mesma.

Mas importa, sim.

Passo o tempo lendo livros e conversando com Rosemary. Ela quer pintar as unhas, experimentar o modelador de cachos de Bess. Inventa uma música sobre pão doce.

Pão doce é pior que bolinho
Pão doce é pior que bolo inglês
Pão doce é uma bola de massa
Vamos criar uma lei proibindo o pão doce

Ela me ensina uma "dança famosa" que jura que as líderes de torcida fazem. Finjo estar alegre por ela, disfarçando a confusão e a tristeza que sinto pela situação com Pfeff e Penny, Yardley e o tio Dean, meu pai e Buddy Kopelnick. Quero mostrar à minha irmã o quanto a amo. Ajudá-la a ficar em paz. Amo que ela esteja aqui, mas não me parece certo que me assombre para sempre. Ela deve estar procurando uma forma de descansar. Ainda assim, não sei se quero que Rosemary vá embora, ainda que seja o melhor para ela. No momento, ela é tudo o que tenho.

TRÊS DIAS DEPOIS da partida de Yardley, já estou de saco cheio. Estou confinada nesse quarto quente à tarde, suando e apodrecendo enquanto Lor Pfefferman vive livre, leve e solto. Hoje tem um piquenique com frutos do mar na praia. Vai ter espiga de milho e batata assada na fogueira. Mariscos e lagostas, manteiga derretida. Depois, bolo de morango servido em casa.

Esta é a *minha* casa. Pfeff não tem o direito de comer meu bolo de morango sem encarar o que fez.

Desço com as mãos trêmulas. Não vou mais me esconder. Vou falar com ele, ficar de cabeça erguida e assumir meu lugar nesta ilha.

52.

A COZINHA ESTÁ vazia, exceto por Luda, que está limpando a geladeira por dentro.

Não tem ninguém na sala.

Do lado de fora, Bess está sentada nos degraus, tirando a palha das espigas de milho. Eu a ignoro ao passar.

Da passagem de madeira dá para ver Penny e meus pais na praia maior, fazendo a fogueira para preparar a comida.

Sigo para o Goose.

Quero uma explicação. Eu mereço.

Quero que Pfeff entenda — entenda de verdade — o quanto me magoou. Quero vê-lo arrependido e envergonhado.

Os meninos não estão no Goose, estão na praia pequena. Major está deitado de bruços na areia, lendo o livro de Armistead Maupin que Pfeff comprou para ele. George e Pfeff estão na água.

Paro no fim da escadaria, observando a cena. Me sinto séria e tímida.

Eles não me notam no início. As ondas estão de um tamanho considerável hoje, o que não é comum na enseada. George e Pfeff estão pegando jacaré com pranchas de *bodyboard* que nem garotinhos.

Major tira os olhos do livro. Está vestindo uma camiseta preta e bermuda azul-escura. Sua testa e nariz estão brancos de protetor solar.

— Oi, Carrie.

— Oi.

— Quer um sanduíche? — ele pergunta. — Tem de atum com alface e rosbife com queijo havarti no pão sovado.

— Não, obrigada.

— Tipper disse que você teve uma dor de cabeça forte.

— Já passou.

Na água, Pfeff me vê. Olha diretamente para mim, pega a prancha e vai procurar outra onda. Grita para George alguma coisa que não consigo ouvir.

— Pensei em falar com Pfeff — digo.

— Boa sorte — Major comenta. — Quer dizer... O cara vai falar sem parar, mas acho que você quer que ele escute.

Passo por Major e vou até a água.

Pfeff vê uma onda que quer pegar — e vira em minha direção. Fica surpreso ao me ver, como se já estivesse esquecido que eu estava na praia.

Vira de novo. Diz alguma coisa para George.

George acena para mim.

— Está se sentindo melhor? — ele grita. Sorri com seus dentes quadrados e brancos.

— Pfeff — chamo. — Podemos conversar?

Pfeff não vira.

— Pfeff! — grito mais uma vez.

— O quê? Oi. — Ele vira e sorri. — Você vai nadar?

— O quê?

— Vem nadar. — Ele passa a mão no cabelo molhado e chega um pouco mais perto. Não acredito que está me convidando para nadar. Como se eu fosse uma conhecida. Como se nada tivesse acontecido.

— Queria conversar.

George, agora um pouco mais afastado que Pfeff, mergulha sob uma onda. Quando emerge, sai nadando, ficando a uma certa distância da conversa, parecendo ocupado com a água e sua prancha.

Pfeff chegou perto o bastante para conversar, mas permanece com água até o joelho.

— Não quero discutir nada — ele diz.

— Bem, mas eu quero.

— Olha — ele diz. — Sou impulsivo. Faço péssimas escolhas. É assim que eu sou. Você sabia desde o início.

— Pode sair para conversarmos?

— Beijo uma menina bonita à luz da lua sem aviso prévio — ele diz. — Esqueço de programar o despertador. Esqueço de colocar meias e cuecas na mala. Não faço os trabalhos da escola.

— Eu só quero saber...

Pfeff me interrompe.

— Não tem mais nada para você saber. Eu já falei que não quero conversar. Sinto muito por você ter ficado chateada, Carrie, mas eu disse a verdade desde o início. Vou para a faculdade em quatro semanas. Este é, tipo, um verão surreal e mágico que estou vivendo, e nunca fingi que fosse outra coisa.

— Não é um verão surreal e mágico. É a minha vida. — Como é irritante o fato de ele estar dentro da água e eu não conseguir alcançá-lo sem molhar minha calça. — Acho que você me deve uma explicação.

— Já expliquei tudo o que tinha para explicar — ele diz, segurando a prancha diante do corpo como um escudo. — Faço péssimas escolhas e você sempre soube disso.

Quero gritar de frustração. Ou bater em alguma coisa. Quero que Major e George me defendam. Quero que Pfeff se debulhe em lágrimas e explique por que ele é uma pessoa horrível. Quero que se arrependa e sinta vergonha de si mesmo. Quero que ele corra até mim, me pegue nos braços, me beije intensamente e me peça para perdoá-lo. Quero dar um tapa na cara presunçosa dele.

Pfeff vira e se joga sobre a prancha. Nada na direção de George.

Acho que ele vai voltar, se arrepender de como está agindo, mas não. Ele nada para cada vez mais longe. Como se eu não existisse.

Mordo o lábio para conter o choro. Subo a escadaria que dá para a saída da praia.

De volta à Clairmont, digo a Luda que não vou participar do piquenique na praia e sigo para o meu quarto. Lá, tomo o dobro de minha dose usual de Triazolam, horas antes de o sol se pôr. Visto o pijama e choro até o remédio me apagar completamente.

53.

ACORDO DO SONO induzido pelo Triazolam à uma da madrugada. Bess está abrindo minha porta.

— Vai embora — digo a ela.
— Carrie.
— Saia. Estou doente.
— Não — ela diz. — Precisamos de você.
— Para quê?

Elas sempre precisavam de mim. "Precisamos de você" para ajudar a passar condicionador no cabelo, para construir um forte, para explicar os trabalhos da escola, para dar conselhos sobre um garoto, para dar conselhos sobre roupas, para cuidar de Rosemary.

Mas fazia várias semanas que não precisavam de mim.

— Só venha — Bess sussurra. — Eu não pediria se não fosse importante.

Ela está com as mãos no peito, torcendo-as.

Eu sento. Minha cabeça está enevoada.

— Nós vamos lá fora? Preciso pegar meus sapatos? Levar uma lanterna?

— Sim — ela responde. — Precisa de tudo isso.

NO MAIS COMPLETO silêncio, descemos as escadas. Saímos pelo quartinho dos fundos. Percorremos as passagens de madeira até o cais da família.

Dá para ver a silhueta do veleiro e de Guzzler, pretos em contraste com o mar iluminado pela lua.

Bess vira e coloca os dedos sobre os lábios.

PARTE SEIS

Um longo passeio de barco

54.

PENNY ESTÁ DENTRO do mar, perto de onde o cais encontra a praia. Está com água até os joelhos. Vejo seus sapatos na areia.

Ela está lavando as mãos e o rosto, molhando a larga camiseta branca e o short jeans, esfregando as bochechas com força.

— Penny — chamo em voz baixa. — Você está bem?
— Não, não, deixe ela — Bess diz.
— Mas você me chamou aqui para...
— Não é por isso que precisamos de você.

Ela segura minha mão e me conduz até a ponta do cais. A primeira coisa que vejo é aquela tábua de madeira que estava faltando, longe de onde meu pai havia deixado. Ela está no meio do caminho, com os pregos salientes para fora. Uma fileira de três pregos pontiagudos.

Nos pregos, há vários fios de cabelo humano.

Passamos sobre a tábua e lá, na ponte do cais, vejo um corpo.

Paro.

— Ele está morto — Bess diz. — Tocamos no pescoço dele e no braço, tentando ver se tinha pulso. Verificamos várias vezes.

Chego um pouco mais perto e me ajoelho.

É Pfeff. Alguém bateu em sua cabeça com a tábua.

Ele está sem camisa. É uma camiseta lisa, cinza, e está amarrotada ao lado de seu corpo. A fivela do cinto está aberta, e a calça jeans está desabotoada, abaixada até os quadris, junto com a cueca.

Ele está de tênis. As meias têm estampa de pequenas lagostas vermelhas.

Eu mesma tomo seu pulso, sem saber o que fazer. Não há pulso.

Ele é lindo e deplorável morto. Suas feições estão calmas em vez de animadas.

— Temos que ligar para a cidade. Pedir um barco-ambulância. Talvez avisar a polícia.

— Não — Bess diz.

— Quem pode ter feito isso? — pergunto. — Como você encontrou ele?

— Eu não encontrei ele — Bess afirma.

55.

AH.

Ah.

Ela o matou.

Ela se ajoelha ao meu lado.

— Ele saiu do Goose com Penny hoje à noite. Eu vi quando os dois saíram. Disseram que iam dar um passeio. Mas estavam, tipo, se tocando durante o filme. Pegamos *Assassinato por encomenda* na biblioteca de Edgartown, lembra? No meio do filme, eles saíram. Ficamos George, eu e Major no Goose. Eles foram legais comigo, mas acham que sou só uma criança. E Major ficou dizendo: "Não dê uísque para a Bess, é muito forte para ela". E é verdade, mas eu não quis admitir. George estava chateado porque Yardley foi embora, mas percebi que ele não queria falar sobre isso na minha frente, e estava muito, muito tarde, e... eu queria saber se Penny estava beijando Pfeff, para ser sincera. Não achei justo com você, mesmo com você me dizendo que não era da minha conta, e mesmo a gente estando brigada, então eu...

— Bess — interrompi. — Como Pfeff morreu?

Vejo Penny subindo o cais, toda molhada.

— Eu e ele... Não fique brava, Carrie.

Estou furiosa.

Penny sabia como eu estava me sentindo, sabia como sua traição tinha me deixado arrasada. Ela sabia, porque eu falei, e mesmo assim... nada disso importava diante de sua necessidade de se sentir desejada, de ser a menina mais bonita do recinto, de deixar Erin com ciúmes, de ser a filha hétero que meus pais queriam, de beijar um menino que ela achou bonito. Tudo isso importava mais que a mim.

Talvez uma parte de Penny consiga perceber que sou apenas sua meia-irmã. Talvez ela ame Bess de uma forma que nunca poderá me amar. Talvez por isso tenha feito isso comigo pela segunda vez.

Mas tem um menino morto aos meus pés e Bess disse "Precisamos de você", então engulo toda a minha raiva e ouço a história de Penny.

— Nós descemos para dar uns amassos — ela diz. — Bem, a princípio para sentar no cais e, tipo, passar um tempo olhando o mar. Mas então começamos a nos beijar e, de repente, ele estava em cima de mim. — Penny se ajoelha ao lado do corpo de Pfeff. — E acho que ele espera alguma coisa das meninas. Como se tivesse muita experiência ou considerasse sexo uma coisa corriqueira. Ele tirou a camiseta e estava, tipo, puxando minha calça, e abaixando a calça dele, e eu fiquei... ai, meu Deus, não. Eu mal conheço ele e nem estamos namorando, só achei que daríamos uns beijos. Ele estava forçando a barra. Eu disse não, e ele não parava de pedir "Por favor. Por favor, Penny, por favor". — Penny está chorando e limpa o nariz com o dorso da mão. — Eu fiquei confusa com tanto "por favor", sabe? Mas continuei dizendo que não, que não queria ir adiante. Mas burra, burra, deixei ele me beijar de novo. E então ele pareceu entrar em modo automático, simplesmente avançando o sinal mesmo depois que eu disse não. Fiquei pensando em como sair daquela situação. Disse não uma terceira vez, e ele não parava de pedir por favor, e eu desejei estar em qualquer outro lugar do mundo, só que não sabia como sair daqui. Então Bess chegou e acertou a cabeça dele com a tábua.

Bess confirma.

— Eu deveria ter puxado ele, ou só gritado, mas estava descendo às pressas para o cais e a tábua estava bem ali. Eu peguei sem pensar.

Penny faz carinho na cabeça de Bess.

— Você me salvou.

— Mas agora ele está morto — Bess lamenta. — Ele está morto e é culpa minha.

— Ele não ia parar — Penny diz. — É um estuprador maldito.

Ficamos em silêncio por um instante. Estou imóvel, incapaz de me mexer ou falar diante de uma situação tão avassaladora.

Bess vira para mim.

— O que devemos fazer?

56.

EU PODERIA DIZER: "Vamos perguntar para os nossos pais".

Mas não é fácil confidenciar algo a eles.

Eu poderia dizer: "Vamos acordar os meninos".

Mas estaríamos colocando nossa vida nas mãos dos amigos de Pfeff.

Poderíamos chamar a polícia.

Mas não quero expor Penny às coisas terríveis que as pessoas dizem sobre uma garota que quase foi estuprada durante um encontro.

Ela não deveria ter ficado sozinha com ele.

Ela queria. Ele era bonito. Ela não deveria ter saído com ele se não quisesse.

Ela o acusou depois do fato, só para proteger a irmã. É uma vagabunda e uma mentirosa.

E Bess. Devo protegê-la do que quer que aconteça com meninas de catorze anos que matam alguém com pregos enferrujados e uma tábua velha. Uma investigação. Um julgamento. Algum tipo de reformatório. Ou mesmo se ela for inocentada, mesmo que a morte de Pfeff seja vista como moralmente justificada pelo júri, a exposição vai ser terrível.

Ah, é claro, Harris pagaria seus advogados de defesa. Preservaria sua reputação até o fim. Mas quando as pessoas sabem que você é capaz de matar uma pessoa... Bem, você não acrescenta mais nada à família, digamos assim.

A decisão nem me parece uma decisão. Parece ser o único caminho possível.

Estou escolhendo minhas irmãs. Estou escolhendo a segurança delas. Sou a protetora e sei qual é a melhor forma de protegê-las. Falhei em manter Rosemary em segurança, mas não vou falhar com Bess e Penny, mesmo que isso signifique fazer uma coisa terrível depois das coisas terríveis que já fizemos.

— Bess — digo. — Vá até a Clairmont, bem discretamente, e pegue... Vou falar uma lista de coisas para você pegar lá. Está bem?

Ela faz que sim.

Paro para pensar e começo a listar os itens.

— Uma garrafa de uísque. Um biquíni para cada uma de nós, mais alguma coisa para vestir por cima. Short e camiseta, qualquer coisa. Casacos de moletom também. Produto de limpeza em spray e um rolo de papel-toalha. E pegue comida na despensa. Pop-Tarts ou o que for fácil de carregar. Entendeu? Repita tudo para mim.

Ela repete.

— Não faça barulho nenhum. Pegue uma sacola grande para trazer tudo. Pode ser uma das bolsas de praia que ficam no quartinho dos fundos. Tudo bem?

— Me desculpa — ela choraminga.

— Não surta — digo. — Não entra em pânico. Vai.

Bess vira e segue do cais para a casa.

— Agora, Penny, vai até o Goose, mas só entra se tiver certeza de que as luzes estão apagadas. Todos precisam estar dormindo. Dá uma espiada para ver se ninguém apagou na sala. Depois faz café. Não importa se ficar ruim. Só faz, assim que chegar lá. Sabe fazer café?

— Sei.

— Espera. Antes de entrar, limpa a areia dos pés e coloca os sapatos. Torce bem a camiseta molhada. Não quero que você fique pingando dentro daquela casa, nem arrastando areia.

Penny concorda.

— Certo, pega quatro toalhas de praia. Quatro. E sobe para o quarto de Pfeff. Pode fazer isso?

Ela concorda de novo.

— Na ponta dos pés, ouviu? Dá uma olhada para ver se parece que alguém dormiu na cama. Se Luda foi lá para limpar à tarde, o quarto vai estar arrumado. Bagunça a cama. Deixa bem bagunçada, puxa os lençóis até embaixo. Certo? Depois bagunça um pouco mais as coisas, joga umas roupas no chão. Pega uma camiseta limpa para ele. Não importa qual. Pega isso e as quatro toalhas. Enche quatro garrafas térmicas com café e volta para cá.

— O que faço se George e Major ainda estiverem acordados?

— Espera do lado de fora até eles irem para a cama. Não deixa ninguém ver você.

— Por que não vou para a Pevensie? Não tem ninguém lá.

— Precisamos deixar o quarto de Pfeff do jeito que queremos. E precisamos da camiseta dele. Além disso, as toalhas e as garrafas térmicas têm que ser do Goose. Tipper e Luda sabem o que é de cada casa.

— O que vamos fazer? — Penny pergunta. — Não sei o que vamos fazer.

— Vamos resolver as coisas quando precisam ser resolvidas. Como Harris sempre diz.

57.

MINHAS IRMÃS SAÍRAM e eu estou sozinha no cais com o corpo de Pfeff.

Não consigo parar para me sentir triste ou chocada. Apenas ajo. Tiro meu casaco e enrolo a cabeça de Pfeff nele. O ferimento não é grande, nem está muito ensanguentado, mas não quero arriscar que escorra mais sangue no cais do que o que já teremos que limpar. É estranho colocar o casaco na cabeça dele e amarrar os braços de maneira imprecisa, mas fico aliviada quando termino. Não preciso olhar para a cara dele.

Seguro Pfeff e o puxo na direção do Guzzler. Sua calça jeans agarra nas tábuas ásperas do cais. Tenho que colocá-lo no chão e levantar sua calça. Fecho o zíper e o botão. Afivelo o cinto.

Depois o levanto de novo, colocando-o na beira do barco, acomodando-o sobre o casco. Entro no barco. Chego mais perto, seguro-o novamente e puxo seu corpo para o assento. Deixo-o lá e saio.

Levo a tábua solta para a praia no fim do cais. Tiro os sapatos e arregaço a calça do pijama. Entro na água e lavo a tábua, forçando-me a tocar nos pregos grudentos e cheios de cabelo para limpar.

Bess volta com a sacola de suprimentos. Espirro produto de limpeza na tábua e enxáguo no mar. Entrego o produto a Bess.

Ela pega o papel-toalha e minha lanterna. Esfrega o cais, uma tábua de cada vez, procurando sinais de sangue ou fios de cabelo.

Enquanto isso, recolho várias pedras grandes e pesadas na praia, arrastando-as até o barco a motor e as acomodando com cuidado dentro dele. Depois coloco o restante dos suprimentos que Bess pegou no barco. Dou uma olhada na bolsa que ela trouxe.

— Você esqueceu o uísque — digo, preocupada.

Ela para de esfregar o cais e olha para mim.

— Eu não... não sabia o que pegar — ela diz. — O minibar estava confuso. Bourbon é a mesma coisa que uísque? E scotch?

— Então não trouxe nenhum?

Ela confirma. Aquilo é bem típico de Bess. Se ela não sabe fazer alguma coisa com perfeição, simplesmente não faz.

— Preciso do uísque — É tudo o que digo. — Cadê a Penny?

— Não sei.

— Vou até a Clairmont.

— Mas...

Não dou a Bess a chance de reclamar sobre ser deixada sozinha com o corpo de Pfeff. Subo até a casa o mais rápido que posso. Entro pelo quartinho dos fundos, tomando cuidado para não fazer barulho. Há caixas de bebida alcoólica na adega. Eu deveria ter falado para Bess pegar de lá, em vez do minibar.

Tenho que acender uma luz no porão — Bess está com minha lanterna.

Quando acendo, Rosemary está sentada em uma velha cadeira de balanço de vime.

58.

ELA ESTÁ USANDO calça legging e uma das minhas camisetas. É grande demais para ela. Está descalça.

— Acabei de acordar — ela diz. — Não estava, tipo, sentada aqui no escuro há muito tempo.

— Você me assustou, florzinha — digo.

— A calça do seu pijama está molhada. O que você está fazendo?

— Eu... — Não posso contar a ela o que estou fazendo.

— Por que foi nadar de pijama? — ela pergunta.

— Rosemary?

— O quê?

— Por que *você* está aqui?

— Eu não sei! — Ela franze o rosto. — Às vezes eu acordo e venho ver você, só isso. Nunca tinha vindo no porão. — Ela olha em volta. É um cômodo grande com teto baixo. Tudo está rotulado de maneira impecável. Com a luz fria do teto, parece um lugar sombrio. Os cantos ainda estão escuros e a pintura nas paredes está craquelada. — Estou com medo.

Ajoelho diante da cadeira de balanço e seguro as mãos dela.

— É só um porão assustador, certo? Todos os porões são assustadores. Se sairmos daqui, vai ser como qualquer outra noite, com Tipper e Harris dormindo no último andar, flores em cima da mesa da cozinha, comida boa na geladeira e a lua iluminando as janelas.

— Mas por que você está acordada? — ela pergunta. — O que veio fazer aqui embaixo? Por que está molhada?

Ai, meu Deus. Eu quero consolá-la. Quero ajudá-la a ficar em paz. Mas não posso ficar abraçada com ela no meio da noite enquanto estou encobrindo um assassinato.

— Eu acordei — digo. — Fui até o mar para pensar um pouco. Depois achei que poderia... Bem, não tenho orgulho disso, mas pensei em tomar um vinho para me ajudar a voltar a dormir.

— Não beba vinho sozinha no meio da noite — Rosemary diz, consternada. — É assim que as pessoas viram alcoólatras. Até eu sei disso.

— Você tem razão. Você está certíssima. Por que não subimos juntas, bem quietinhas, e eu vou tomar um banho enquanto você... sei lá. Quer ler ou fazer outra pulseirinha de amizade?

Rosemary faz que sim.

— Vamos, florzinha. Quer que eu leve você no colo? Não sei se ainda consigo, mas posso tentar.

Ela levanta os braços e eu a pego. Ela envolve minha cintura com as pernas. Apagamos a luz do porão e subimos as escadas bem devagar até o meu quarto, no segundo andar.

Ligo o ventilador para mascarar quaisquer sons da área do cais. As cortinas estão fechadas.

Coloco Rosemary na cama e me ajoelho diante dela. Meu coração está acelerado e as mãos tremem, mas quero fazer com que ela se sinta segura e amada, apesar do que pretendo fazer em seguida.

— Lembra quando você e Tomkin fizeram um castelo de areia gigante? Bem afastado do mar para não ser levado pela água? Colocamos pedras em volta e o decoramos com conchas.

— Ahã.

— A mamãe deixou você levar copos e canecas para a água, para usar como moldes de diferentes tamanhos. E você ficou tão orgulhosa.

— Temos uma foto disso — Rosemary diz. — Em um dos álbuns.

— Sim. Foi divertido. Pensa naquilo. Foi um dia tão bom.

Rosemary começa a chorar baixinho.

Ah. Não agora, pequena. Não precise de mim agora.

— Por que está chorando?

— Nunca mais vou fazer um castelo — ela diz. — Nunca mais.

— Ah, meu amor. Podemos fazer um.

— Também nunca mais vou ver Tomkin — ela diz. — Eu o vi pela última vez, e nem sabia que aquela era a última vez.

— Você pode vê-lo — digo.

Não quero contar que Tomkin não voltará mais à ilha.

— Não — ela diz. — Estou aqui só para visitar você. E a mamãe, mas ela não me quer.

— Mas talvez você se sentisse melhor se visitasse ele. Tomkin poderia brincar com você. Ele gosta muito mais de jogos de tabuleiro que eu, e você poderia ensiná-lo a fazer pulseirinhas.

Rosemary faz que não.

— Eu só venho a esta casa. Visitar você. Já disse isso. — Ela limpa o nariz na barra da camisa. — É assim. Não sou eu que mando. Só apareço aqui.

Eu a abraço. O choro vai diminuindo. Ela funga algumas vezes.

Penso em Bess, no cais frio e com um cadáver.

E em Penny — onde será que Penny se meteu? Ela já voltou? Pegou o que precisávamos?

— Vou ligar a banheira — digo a Rosemary. — E tirar essa calça de pijama molhada.

Ela concorda.

— Tudo bem.

— Espera aí, já volto. Preciso me esquentar e quero que o banho me deixe com sono.

— Ahã.

Pego uma calça de moletom limpa e uma blusa rosa velha. Entro no banheiro e fecho a porta. Abro a torneira, mas não coloco o tampão na banheira, e não deixo escorrer muita água porque não quero fazer barulho e acordar nossos pais.

Visto roupas secas, coloco os tênis de novo e abro a porta que leva ao quarto de Bess. Caminho na ponta dos pés e desço as escadas. Jogo o pijama molhado na lavanderia e pego uma garrafa de uísque do porão. Depois corro o mais rápido possível até o cais da família, deixando o fantasma triste, isolado e carente de minha irmã de dez anos me esperando.

Me sinto pior por essa traição do que por qualquer outra coisa, na verdade.

59.

BESS ESTÁ NO cais.

— Cadê a Penny? — sussurro quando estou a uma distância em que ela pode me ouvir.

— Ela não apareceu.

— Você foi procurar por ela?

— Não.

— Por que não?

— Você não me pediu.

— Você limpou as tábuas?

— Limpei cada uma duas vezes.

— O que fez com o papel-toalha?

— Está na sacola.

— Ótimo. Podemos queimar depois. Fica aqui.

— Aonde você vai?

— Vou ver por que Penny está demorando tanto.

— Acha que devo ir junto?

— Eu disse para ficar aqui.

— Eu não quero... Eu não quero ficar.

— Só fique.

Eu a deixo lá e sigo para o chalé Goose. Estou prestes a abrir o portão quando ouço:

— Carrie.

Penny está agachada nos arbustos, ao lado da passagem de madeira. Me ajoelho perto dela.

— Eles ainda estão acordados?

— Estavam. Finalmente subiram. E demorou um século, mas Major apagou a luz agora.

— A luz do George está apagada?

— Estava quando olhei. O quarto dele fica nos fundos da casa.

— Quanto tempo uma pessoa demora para dormir?

— Acho que não muito. Eles estavam tomando cerveja.

Damos a volta na casa. A luz do quarto de George ainda está apagada, mas a luz do banheiro está acesa.

— Tem alguém lá dentro? — Penny sussurra. — Ou eles só estão desperdiçando eletricidade?

— Provavelmente só estão desperdiçando.

Voltamos para onde podemos ver a janela de Major. Sentamos na passagem de madeira para observar. E Penny, que nunca se importou de verdade com o que eu sinto,

que só pensa em si mesma...

egoísta,

bela

Penny...

estica o braço e

segura a minha mão

do mesmo jeito que fazia quando éramos crianças.

Ela sempre procurava minha mão

quando Harris estava bravo conosco,

quando tínhamos que recitar poemas para a vovó e para o vovô,

quando Tipper se atrasava para nos buscar na aula de dança,

enquanto estávamos juntas no barco e víamos a ilha Beechwood surgir na imensidão vazia do mar.

Estamos de mãos dadas agora, aguardando.

Ouvimos passos na passagem e Bess aparece.

— Era para você ficar lá com Pfeff — sussurro.

— Vocês estavam demorando muito — ela responde. — Fiquei preocupada.
— Tudo bem. Os meninos não estavam dormindo. Mas tenho quase certeza de que agora estão.
— Se eu ajudar, podemos terminar mais rápido — Bess diz. — Eu subo e preparo o quarto dele. — Bess coloca o cabelo claro atrás das orelhas com determinação. — Vai ser mais fácil se eu fizer essa parte.

É verdade. Bess pode bagunçar o quarto de Pfeff sem lembrar do cheiro do pescoço dele, do contorno de seu rosto, de como ele ficava bem com aquele casaco, de como ele dobrava a página dos livros. Ela nem vai ligar para as meias compradas em Edgartown, nem para o travesseiro que ele usava à noite.

— Ótimo — respondo. — Penny, você vai pegar as toalhas de praia e as garrafas térmicas. Eu vou fazer o café.

Então começamos.

Parece que estamos em câmera lenta, nós três entrando em silêncio no Goose e nos separando, Penny seguindo para a despensa, Bess subindo furtivamente e eu abrindo o armário onde o café fica guardado.

Penny enfileira quatro garrafas térmicas na bancada. Encontra uma bolsa de praia, ainda com protetor solar e latas fechadas de coca-cola quente. Enfia quatro toalhas dentro. Pega no meu braço e sussurra:

— Precisamos pegar roupas de banho?
— Bess já pegou.
— Para ele. Uma sunga para ele.
— Não — digo.
— Por que não? Ele estaria usando sunga.

A cafeteira começa a coar o café na jarra.

— Não.

— Mas...

— Olha aqui — digo. — Você quer tirar a calça dele e vestir a sunga?

Ela fica pálida.

— Eu também não — afirmo. — E não vamos precisar disso. Vamos colocar pesos para ele afundar e ninguém nunca vai encontrá-lo. Nem em um milhão de anos. — Não tenho nenhuma certeza do que estou falando, mas finjo estar confiante.

— Está bem — Penny diz. — Confio em você.

Ficamos olhando fixamente para a cafeteira enquanto ela chia e a jarra se enche.

Bess desce. Faz sinal positivo com o polegar.

Quando o café fica pronto, enchemos as garrafas, fechamos todas e partimos. Pego um saco de batata frita antes de sair.

60.

LEVAMOS GUZZLER PARA longe do cais, remando. Eu em um remo, Penny no outro.

Queremos evitar o barulho do motor.

São duas e meia da madrugada. As luzes de todas as casas estão apagadas, exceto as que George e Major deixaram acesas no Goose.

Quando já estamos a uma boa distância, puxamos os remos e ligamos o motor. O ar está frio e a água parece preta.

Depois de um tempo, quando não dá mais para ver a terra, a sensação é a de que o preto do céu é o mesmo preto do mar, e que estamos flutuando no meio do nada.

Ao chegarmos realmente longe, tão longe que parece impossível o corpo de Pfeff ir parar na praia, desligo o motor. Baixo a âncora.

Desenrolamos a cabeça de Pfeff. Não acho que o corpo dele vá ser encontrado, mas, caso seja, é melhor meu casaco não estar junto.

A pele do rosto dele está fria. Fecho seus olhos.

Tiramos seus tênis e as meias de lagosta, colocando-as dentro do tênis, como ele teria feito se fosse mergulhar.

Pegamos as pedras que recolhi na praia e colocamos nos bolsos da frente e de trás. É uma operação terrível. A pele dele está viscosa e cheia de pelos. As pedras não entram com facilidade.

Ficamos com medo de o peso não ser suficiente para ele afundar, então enrolamos as pernas da calça e enfiamos pedras menores nas dobras.

— Ainda acho que ele deveria estar de sunga — Penny diz. — Caso alguém encontre o corpo. Tínhamos que ter trazido uma.

— Não vai ajudar em nada se vamos afundar ele com pedras — explico. — Temos que fazer o corpo afundar e, uma vez feito isso, vai ficar bem óbvio o que aconteceu, caso alguém o encontre.

— Essas pedras não são pesadas o suficiente. Ele não vai afundar.

Ela tem razão.

— A âncora — digo.

Nós a içamos. Está presa a uma corrente, amarrada em uma corda de náilon amarela. Para cortá-la, usamos o canivete suíço, o mesmo usado para cortar o bolo de morango naquela primeira Saída Matutina. Depois, amarramos a corda na cintura de Pfeff.

Penny para de repente e cobre o rosto com as mãos.

— O que houve? — pergunto. Embora, é claro, eu já saiba.

— Não deveríamos fazer isso.

— Vamos terminar de uma vez.

— Não consigo.

— Consegue, sim.

Ela me encara.

— É melhor irmos agora para casa e contar a verdade para todo mundo. Ainda dá tempo de mudarmos de ideia.

— Não.

— Eles vão entender. Vamos contar que... Não sei o que vamos contar, mas vamos chamar a polícia e...

— Penny. — Tento falar baixo. Com calma.

Explico a ela e a Bess o que vai acontecer com a pessoa que matou Pfeff.

Explico o que vai acontecer com Penny também.

— Ele está morto — digo. — Não era uma boa pessoa. Temos que acabar logo com isso e desejar que nunca tivesse acontecido. Vamos mentir com muita convicção e depois vamos simplesmente esquecer. Nunca mais pensar nisso. Não falar sobre isso, nunca. E o que aconteceu basicamente vai desaparecer.

— Não vou conseguir esquecer — Penny diz.

— Vai, sim. Como esqueceu de Rosemary.

Penny olha para mim, chocada.

— Não esqueci de Rosemary.

Eu a encaro.

— Não esqueci — ela insiste.

— Parece que esqueceu.

— Penso nela todo santo dia.

Bess assente.

— Eu... Parece estranho, mas eu meio que rezo para Rosemary. Como se ela fosse um anjo ou algo do tipo. Antes de dormir. Gosto de pensar que ela está cuidando de nós. — Bess estremece. — Mas não agora.

Pondero por um instante. Minhas irmãs nunca falam sobre ela. Nenhuma palavra desde que Penny e eu estivemos no sótão, desde quando gritei com Bess.

— Não dá para perceber que nenhuma de vocês pensa em Rosemary nem por um segundo — digo a elas.

— Nossos pais não gostam de falar sobre ela — Bess responde. — É sofrido demais. Tento respeitar isso, sabe?

— Não gosto de demonstrar meus sentimentos — Penny afirma, simplesmente. — Me sinto nua.

— Então vamos conseguir — digo. — Somos boas nisso.

— Em quê? — Penny pergunta.

— Em atuar. Passamos o ano todo fingindo que está tudo bem, e vamos continuar fingindo que está tudo bem. Sabemos fazer isso. É como nossa família faz. E, depois de um tempo, *vai* ficar tudo bem. Entenderam?

Elas fazem que sim.

— Só precisamos passar por essa próxima parte, e o restante, em comparação, vai ser fácil. *A melhor saída é seguir em frente.* — Cito o lema de meu pai.

Bess segura a âncora.

Eu seguro os ombros de Pfeff.

Penny pega as pernas.

Levantamos o corpo e subimos nos assentos. O barco tomba com nosso peso, mas não perdemos o equilíbrio.

Jogamos Lor Pfefferman no mar, com a âncora amarrada na cintura.

Vemos seu corpo afundar.

— "Dos ossos se fez coral" — Penny diz, citando Shakespeare. — "Tem pérolas no lugar dos olhos."

61.

LIGO O MOTOR e vamos embora. Logo, não dá mais para saber onde está Pfeff, e paramos o barco mais uma vez.

Trocamos de roupa — vestimos os biquínis e as roupas que Bess pegou.

Vestimos os casacos de moletom.

Pegamos um isqueiro, guardado no barco a motor para acender os cigarros de nossos pais, e queimamos o papel-toalha que Bess usou para limpar o cais. Jogamos os papéis em chamas no mar e observamos até se desintegrarem, pequenas fagulhas alaranjadas caindo na água e se extinguindo.

Abro a garrafa de uísque e bebemos em silêncio.

São três e quarenta e cinco da madrugada, mais ou menos.

Deitamos juntas sob uma lona no chão do barco. Mas é difícil dormir.

— Lembram quando aquele amigo da mamãe levou a gente para acampar? — Bess pergunta.

— Ahã — respondo, embora não lembre muito bem.

Tenho uma lembrança vaga de salsichas assadas em palitos e de uma mochila amarela cheia de suprimentos. Só isso.

— Eu tinha só uns três anos — Bess afirma. — Dormimos juntas debaixo de uma coberta igual a esta. Eu era nova demais para acampar.

— Você fez xixi na cama — Penny comenta.

— Não fiz.

— Ah, fez, sim — Penny insiste. — Eu acordei com o xixi da Bess na minha perna toda. Tive que ir até o riacho me lavar em uma água gelada pra caramba. Nossa cama ficou encharcada de xixi, e tivemos que colocar tudo em um saco preto para levar para casa e mamãe lavar.

— Quem era aquele cara? — Bess pergunta. — Por que ele levou a gente para acampar?

— Não faço a menor ideia — Penny responde. — Mas lembro que ele deu um saquinho de jujubas para Carrie e disse: "Divida com suas irmãs", mas deixou ela responsável pelas balinhas. Ela distribuía duas por vez, como se fosse a rainha das jujubas.

— Buddy — Bess diz. — Esse era o nome dele.

— Como você lembra disso? — Penny pergunta, sonolenta.

— Meu cérebro é mais poderoso do que você imagina.

— Buddy Kopelnick? — digo, compreendendo.

— Talvez — Penny diz.

Buddy Kopelnick nos levou para acampar. Me levou para acampar.

— Kopelnick? — Bess pergunta.

— Sim, era esse o nome dele — afirmo, agora lembrando

um pouco mais. — Comemos salsichas no palito. Ele colocou ketchup em um prato de papel e nós três mergulhamos as salsichas lá.

— Era para só você ir — Penny recorda. — Porque era a mais velha. Mas eu dei um chilique e a mamãe disse que eu poderia ir. E Bess deu um chilique, então fomos todas.

— Não é coisa da mamãe deixar um cara aleatório levar a gente para acampar — Bess comenta.

— Ele era um velho amigo dela — digo.

Tento lembrar do rosto de Buddy, mas não consigo. Não consigo lembrar de nada sobre ele. Lembro das salsichas e, agora que ela contou a história, de Penny lavando a perna e gritando por causa disso. Ela estava usando um short azul-claro, e seus tênis brancos e sujos estavam na beira do riacho, ao seu lado. Lembro, também, de guardar as jujubas cor-de-rosa para mim e de dar as verdes e pretas para minhas irmãs, já que eu não gostava. Bess estendendo as mãos grudentas, pedindo mais doces.

Mas o rosto dele não vem. É como se ele nunca tivesse existido para mim. Buddy Kopelnick não passa de um rosto raspado em uma fotografia antiga.

Bess e Penny já pararam de pensar nele. Estão levemente bêbadas, cantando: "What shall we do with a drunken sailor?".

Estão fazendo exatamente o que pedi. O que nós, da família Sinclair, sempre fazemos.

Fingindo. Mentindo. Tentando se divertir.

QUANDO O SOL nasce, tomamos o café de três das quatro garrafas térmicas. Comemos as batatas fritas.

Conto sobre mim e Rosemary, da vez em que comemos batata frita no café da manhã, quando ela estava viva.

Bess quer beber mais uísque, mas digo que não. Temos que estar sóbrias e cheirando a água do mar quando voltarmos.

Em vez disso, colocamos um pouco do café da quarta garrafa térmica em nossos próprios copos. Na térmica "de Pfeff", maior, colocamos uma grande quantidade de uísque, deixando espaço para parecer que ele bebeu pelo menos metade. Não temos ideia de como funciona essa coisa de impressão digital; deveríamos ter colocado a garrafa térmica na boca e nas mãos de Pfeff, mas agora já era, então limpamos tudo com uma toalha de praia e combinamos de dizer que a garrafa caiu na água com a tampa. Isso explicaria a ausência de impressões digitais. Se alguém perguntar. Mas as impressões digitais dele nem devem estar no registro da polícia, digo às minhas irmãs. Então o que está na garrafa talvez nem importe.

Comemos as Pop-Tarts.

Jogamos a garrafa de uísque no mar.

Com uma toalha, limpamos o assento do barco em que o corpo de Pfeff ficou. Depois espirramos produto de limpeza na toalha, enxaguamos no mar, torcemos e a estendemos para secar. Pegamos a camiseta cinza manchada de sangue de Pfeff, meu casaco, e tudo o que qualquer uma de nós usou na noite anterior e enrolamos como uma bola bem apertada ao redor de uma pedra grande. Afundamos a bola. Ela desce bem devagar, mas acaba desaparecendo.

— Descanse em paz, blusinha cinza linda — Bess diz.

— Descanse em paz, meu melhor short jeans — Penny comenta.

— Adeus, moletom rosa — digo.

É mais do que dissemos para Pfeff quando ele afundou. Mas não adianta nada evidenciar isso.

Quando temos certeza de que o barco está impecável, descemos e vamos nadar, molhando os cabelos e os biquínis. Depois, quando voltarmos para Beechwood, nossas roupas estarão convincentemente úmidas, e as toalhas também.

Deixamos uma toalha, a toalha de Pfeff, dobrada. Amassamos a camisa que pegamos em seu quarto e a colocamos no chão do barco, ao lado dos sapatos e meias, como se ele a tivesse tirado para mergulhar.

Limpamos nossas impressões digitais do frasco de produto de limpeza e o jogamos no mar.

Estamos tão longe que nem conseguimos ver a terra, mas a bússola nos guia na volta para casa.

São seis e quarenta e oito da manhã quando chegamos à ilha.

62.

ATRACAMOS O BARCO e o deixamos todo bagunçado. Corremos cais acima.

Tipper, Luda e Harris estão na cozinha da Clairmont, que cheira a café e pãezinhos de canela. Eles se assustam com nossa entrada repentina.

Falamos todas ao mesmo tempo. Penny chora. Bess chora. Eu choro.

Fomos para uma Saída Matutina com Pfeff, explicamos. Foi uma dessas aventuras corriqueiras, para ver o nascer do sol.

Pfeff levou café e
nós levamos petiscos e
pensamos que Major e George iriam também, é verdade, mas eles não foram. Não sabemos o porquê. O passeio foi ideia de Pfeff e talvez ele tenha esquecido de contar aos outros. Ou talvez eles apenas não tenham acordado a tempo.

Enfim, nós saímos, como sempre, só que dessa vez Bess foi junto.

E Pfeff estava meio esquisito, como se talvez estivesse
bêbado.

Ele estava andando pelo barco em zigue-zague e fazendo umas coisas
  loucas,
  e é
  verdade,
  parece impossível alguém estar

bêbado às seis da manhã, mas temos quase certeza de que ele estava,

  porque estava, tipo, cantando e agindo de um jeito estranho.

Tentamos convencê-lo a comer alguma coisa, mas ele não quis,

e, quando paramos o barco, fomos todos nadar, como sempre fazemos.

Deveríamos ter tentado impedir Pfeff de nadar, porque é claro que ninguém deve nadar quando está
  bêbado,

e sempre tomamos muito cuidado, mas dessa vez nem pensamos nisso. Bem, Carrie disse "Não entre na água, Pfeff", mas ele riu e mergulhou mesmo assim.

Então estávamos nadando e ele foi para longe do barco, bem longe, mas estava rindo, estava tudo bem, e então Penny saiu da água.

Ela estava debruçada na beirada do barco, conversando com Bess, quando alguma coisa aconteceu com a âncora. Aquela coisa de náilon amarela, a corda que desce até a parte da corrente da âncora, estava toda puída, e Penny ouviu um flop e falou,

"Ai, meu Deus, acho que a corda arrebentou."

Carrie e Bess saíram da água para ver e nós içamos a âncora, e ela não estava mais lá. A corda tinha arrebentado.

Nós ficamos concentradas nisso, com medo de que você ficasse bravo com a gente por perder a âncora, pai, mesmo não sendo culpa nossa, mas

não verificamos se a corda estava forte, é verdade, e sabemos que temos que verificar se a corda está forte toda vez que baixamos a âncora, mas, de qualquer modo, ficamos, sim, totalmente distraídas, e, quando nos demos conta,

não dava para ver Pfeff.

Chamamos o nome dele várias vezes, olhamos ao redor, e ele simplesmente não estava lá.

Ele afundou.

Não conseguimos encontrá-lo.

Ligamos o barco e demos uma volta, procurando e chamando por ele, mas ele não estava lá.

Pode ter sido um

tubarão, porque, sabe, as pessoas falam sobre

tubarões no mar, mesmo que a gente nunca tenha visto nenhum,

ou pode ter sido só porque ele estava

bêbado
e engoliu água, ou perdeu o fôlego, e sei lá, afundou.
Chamamos muito e procuramos muito, e
por fim resolvemos voltar para casa, falar com vocês,
mamãe e papai.
Estamos tão assustadas.

63.

TIPPER QUER LIGAR para a polícia, mas Harris não tem certeza. Diz que não quer que eles se envolvam. Diz que é um problema familiar.

Tipper argumenta que, em caso de morte acidental, é preciso chamar a polícia. Que eles poderiam procurar por Pfeff. Talvez ainda estivesse vivo.

— Ele não está vivo — afirmo.

— Pode estar — Tipper diz. — Agarrado a uma boia de balizamento ou tentando nadar até a terra firme.

— Ele não estava em lugar nenhum — digo. — Nós procuramos.

— Não quero polícia na ilha — Harris afirma.

— Querido, por favor — Tipper responde. — Temos que fazer o que é correto pelo menino.

Por fim, meu pai concorda e Tipper liga para a polícia —, mas o barco deles demora três horas para chegar, e até Tipper é obrigada a admitir que Pfeff já teria nadado até a praia a essa altura, se fosse possível.

Ela está melancólica quando encontramos o barco da polícia no cais dos empregados. Dele, descem dois policiais de Martha's Vineyard uniformizados. Ambos são brancos e estão corados. Um é robusto e jovem, parece um touro. O outro é esguio, tem a pele meio castigada e é um pouco mais velho; está mais para uma cobra.

Eles nos garantem que uma esquipe está procurando Pfeff no mar. Fazem perguntas sobre onde estávamos ancorados quando ele morreu.

Mentimos.

Eles aceitam o café que minha mãe oferece. Dizem que não será necessário falar com Major e George, Luda ou Gerrard, mas conversam rapidamente com meus pais e interrogam Penny, Bess e eu separadamente.

Minhas irmãs e eu decoramos a história.

Sento com os policiais na sala de jantar. Sinto a pele dolorida pela fadiga, mas me obrigo a olhar nos olhos deles.

A que horas vocês saíram de barco?

— Cinco e meia da manhã. — Sei que o despertador da minha mãe toca às cinco e quarenta e cinco.

É bem cedo.

— Queríamos ver o sol nascer. — Verifiquei o horário no jornal pela manhã.

Mesmo assim, é cedo para adolescentes, não é?

— Já fizemos isso antes — digo. — Pode perguntar para George e Major. Mas a verdade, senhor policial, é que planejamos sair mais cedo esta manhã achando que minha irmã mais nova, Bess, estaria dormindo e não iria junto. Ela está sempre querendo andar com os mais velhos, sabe? Não sai do nosso pé.

Sair mais cedo seria um impedimento.

— Sim, senhor.

Mas ela foi mesmo assim.

— Foi.

Sua mãe me disse que você estava com o garoto, Lawrence. Que ele era seu namorado.

— Ela disse isso para o senhor? — Penny, Bess e eu havíamos concordado em seguir com essa história. — Eu nunca o chamaria de namorado. Mas, sim, havia algo entre a gente. Um caso de verão. Foi ideia dele sair de barco. — Isso faz parte de nossa história: dizer que Pfeff e eu não tínhamos nada sério. E que ele queria fazer as pazes comigo, por isso me convidou para sair de barco. Esperamos que seja suficiente para convencer George e Major.

Então vocês se encontraram às cinco da manhã?

— Cinco e meia. Minhas irmãs e eu levamos comida da casa maior e Pfeff... Quer dizer, Lor, Lawrence levou café, toalhas e mais umas coisas.

Me conte o que aconteceu depois.

Conto a história que contamos aos nossos pais. Que ele parecia estar bêbado. Eu não deveria ter deixado ele mergulhar. Que podia ter sido um tubarão.

— Acha que ele se afogou?

Pode ser. O afogamento é surpreendentemente silencioso e rápido. Temos vários afogamentos por ano nessa região.

— Foi como se ele tivesse desaparecido. Foi muito rápido.

As pessoas afundam em sessenta segundos ou menos. Muitos nem chegam a acenar ou gritar pedindo ajuda. Existe uma reação psicológica que impede isso.

— Nós não ouvimos nada. Mas estávamos ocupadas com a âncora. A corda da nossa âncora arrebentou.

Os policiais anotam alguma coisa a respeito da âncora.

— Ele estava bebendo — acrescento. — Tenho quase certeza. Talvez tivesse alguma coisa na garrafa térmica.

Ahã. Temos uma equipe procurando o corpo.

— Vocês vão mandar mergulhadores? — Dissemos aos policiais que Pfeff se afogou em uma área diferente de onde o deixamos, a quase uma hora de barco de distância, mas ainda assim... eu gostaria de saber.

Sim, senhorita. Uma equipe de mergulhadores.

— Ai, minha nossa. E quanto tempo demora?

Alguns dias.

— Vocês vão avisar se encontrarem?

Com certeza.

E eles me dispensam, por ora.

Vamos precisar falar com você de novo depois. Não fique com medo. Tudo isso é procedimento padrão.

Outros membros da equipe chegam à ilha. Estão usando roupas comuns. Parecem estar aqui para fazer uma busca no Guzzler. Fico no antigo quarto de Rosemary e os observo pela janela.

Eles fotografam tudo. Olham dentro de nossa bolsa e das caixas de petiscos abertas. A pilha de toalhas molhadas e embalagens de Pop-Tart. Vejo quando abrem todas as garrafas térmicas. Cheiram o conteúdo. Pegam a camiseta, os tênis e meias de Pfeff. Olham a corda da âncora perdida.

Harris desce para falar com eles, acompanhado dos cachorros. Ele fala por um tempo. E, enquanto volta na direção da casa, noto uma coisa:

A tábua não está lá.

A tábua em que espirrei água sanitária e depois lavei no mar.

Sei que a coloquei onde esteve o verão todo. Sei que fiz isso. Mas ela não está mais lá.

64.

QUERO PERGUNTAR ÀS minhas irmãs onde está a tábua, mas Penny, Bess e eu combinamos de não conversar naquele dia. Sabemos que será tentador falar sobre nossa situação, mas alguém poderia escutar. Não compensa o risco. Choramos e deixamos nossa mãe nos consolar. Contamos a história, individualmente, a Major e George.

No fim do dia, a polícia vai embora. Mais tarde, telefonam para minha mãe. Dizem que ainda não conseguiram encontrar o corpo, mas mergulhadores voltarão no dia seguinte.

Os pais de Pfeff foram notificados.

Major e George fizeram planos para ir embora de Beechwood no dia seguinte.

Em casa, jantamos, tristes. Tipper arruma os jogos americanos e as taças de vinho. Ela e Luda servem um linguine simples com molho à bolonhesa, seguido de salada e um prato de queijos.

Ficamos a maior parte do tempo em silêncio enquanto comemos. Bess chora um pouco. Penny diz:

— Ah, por favor, você é a que menos conhecia ele aqui.
— E isso faz Bess chorar ainda mais, até ter que sair da mesa.

George, usando um paletó e o cabelo penteado de lado, como um executivo, tenta puxar conversa com meu pai. Major usa uma camiseta preta e fica encarando o prato com tristeza, sem comer quase nada.

Mais tarde, Penny e eu vamos até o Goose. Nos oferecemos para ajudar os meninos a fazer as malas. Tipper nos pediu para fazer isso. É nossa responsabilidade fazer com que eles se sintam melhor.

George e Major não se importam com as malas. Pretendem deixar para o último minuto e arrumar de qualquer jeito. Em vez disso, perguntam se queremos ver um filme. Nós quatro nos amontoamos no sofá, debaixo de velhas cobertas de algodão, e assistimos a *Mary Poppins* mais uma vez.

Na metade do filme, Bess se junta a nós.

— Desculpe por ter te tratado mal no jantar — Penny diz, por incrível que pareça.

Bess faz que sim.

— Está sendo muito difícil.

— É muito difícil — Penny diz. — Temos que cuidar da nossa Bess. — Ela faz sinal para Bess se aproximar, e ela se espreme entre mim e Penny.

— É um sanduíche de irmãs — Bess brinca.

— É — digo. — Você está bem?

— Estou.

— Quer uma cerveja? — George pergunta, levantando para ir até a geladeira. — Pretzels?

— Só um refrigerante — Bess responde. — E os pretzels também.

George mistura pretzels pequenos com um saquinho de gotas de chocolate, cereais cobertos de açúcar e minimarshmallows.

— Aprendi mesmo a cozinhar nessa viagem — ele diz de maneira inexpressiva ao sentar e entregar o refrigerante a Bess.

Todos enfiamos as mãos na tigela de pretzels e comemos a mistura doce e salgada aos punhados. Major dá play no filme novamente.

É bom não ter que falar ou fingir, só assistir e esquecer.

Quando termina, os meninos fazem um brinde a Pfefferman.

— Um cara divertido, obcecado com o próprio pinto, jogador de tênis preguiçoso — George diz, erguendo o que devia ser sua terceira cerveja. — Amigo desde a sexta série, o "prefeito" da Germantown Friends School, interessado em todo mundo, péssimo em atividades ao ar livre, mas até que era um marinheiro decente. Não tinha medo de tubarões, embora devesse ter. Ele me fez rir um milhão de vezes e, por isso, sou eternamente grato. Pfeff, meu amigo, espero que esteja feliz lá em cima. Que a cerveja seja gelada e as mulheres, loiras.

Major levanta.

— Pfeff, você era um idiota, mas sabia disso, e fez com que te amássemos mesmo assim. Não existe muita gente com essa capacidade. Você usava meias incríveis. Para ser sincero, eu não estava muito convencido a vir passar o verão aqui quando George nos convidou. Eu não sabia muito sobre você além do que acabei de dizer. Mas tivemos boas conversas, Lor Pfefferman. Acho que teríamos seguido caminhos distintos na Amherst, mas aqui em Beechwood fizemos festas e nadamos de madrugada. E participamos de ótimas Saídas Matutinas, já acordando doidões, apreciando o mar e o sol nascendo. Fico feliz por você ter feito isso mais uma vez, e, se você teve que ir, foi por causa de alguma coisa muito impressionante, tipo um ataque de tubarão. Descanse em paz, Pfeff.

Eles olham para mim como se talvez eu quisesse dizer algumas palavras.

Levanto. Não ousei beber, por medo de ficar com a língua solta, nem tomei codeína, por medo de pegar no sono depois de ter passado a noite em claro. Levanto a lata de refrigerante.

— A Pfeff. Ele era paquerador, às vezes mal-educado, mas era também um sonhador. Um conquistador e um ótimo caçador de limões. Suas transgressões sempre eram perdoadas porque ele era incrível. Desejo que esteja bem no sono eterno.

As palavras parecem ácidas saindo de minha boca, embora algumas sejam verdadeiras. Há muitas coisas a seu respeito que não posso dizer.

Ele era capaz de estuprar.

Era cruel. Hipócrita. Nada confiável.

— Penny — George diz. — Quer dizer alguma coisa?

Penny parece engasgada. Faz que não.

Bess, que sempre faz o que é "certo", assume o lugar dela. Fico preocupada com o que ela vai dizer. Parece tensa e exausta. Seu cabelo está sujo e minguado, e ela está usando seu casaco mais quente e uma calça jeans velha. Estendo o braço e aperto a mão dela.

Não confesse.
Não ceda.
Seja forte.

— Fico feliz por ter conhecido você, Pfeff — Bess diz. — Obrigada pelas risadas durante o jantar, e pela vez que levou refrigerante gelado para todos na praia, e por caçar tatuí com Tomkin. Obrigada por ser tão legal com nossa mãe. Descanse em paz.

Ela senta.

George faz pipoca no micro-ondas, e, como ninguém sabe o que fazer em seguida, começamos a ver outro filme. *Assassinato por encomenda*.
Não demora muito para Penny e Bess pegarem no sono. Penny apoia a cabeça em meu ombro.
Um tempo depois, George pausa o filme para ir ao banheiro e eu viro para Major.
— Você não gostava muito de Pfeff, não é? — pergunto.
Major hesita por um instante, ficando corado. Depois faz que não.
— Já que você está perguntando, não. Eu fiquei chocado e sinto muito pela morte dele, mas não.
— Por que não?
— Todo esse vai e vem com você e Penny, para começar. Achei uma baixaria. Mas acho que você o perdoou.
Confirmo.
— As desculpas dele foram fora de série — minto. — Quando ele finalmente resolveu se desculpar.
— Mas ele tinha um jeito... — Major diz. — Como se tudo pertencesse a ele; como se ele pudesse pegar tudo. Fazia piadas com gays. Fazia piadas sobre a prática espiritual dos meus pais. Quem tira sarro da religião dos outros? Desde quando isso é aceitável? Bem, o cara tinha todas as qualidades que eu citei também. Mas, no fundo, bem lá no fundo, acho que ele não se importava com ninguém. Não considerava ninguém como ser humano. — Major dá de ombros. — Eram só brinquedos para ele.
George volta, mas não assistimos ao fim do filme. Acordo Bess e Penny e nós três os abraçamos, dizendo
que foi tudo um grande choque,

é terrível,
não dá para acreditar que ele realmente se foi,
sentimos muito que a viagem de vocês tenha terminado assim,
adoramos recebê-los,
voltem a Beechwood quando quiserem...
embora saibamos que eles nunca vão voltar.

QUANDO PENNY, BESS e eu caminhamos noite adentro até a Clairmont, conto baixinho às minhas irmãs sobre o sumiço da tábua. Elas arregalam os olhos.

Penny diz que não a tirou do lugar.

Bess diz que não a tirou do lugar.

— Foi muita estupidez tirar a tábua do lugar. Vocês entendem? — digo. — Se alguém encontrar essa tábua escondida, vai parecer suspeito. Ela ficou no mesmo lugar desde a Caça aos Limões. Se a polícia encontrá-la no porão ou debaixo da cama de alguma de vocês, vai ser muito, muito ruim.

— Dã — Penny diz. — Por isso eu nem toquei nela.

Ambas olhamos para Bess. Ela faz que não com sinceridade.

— Não está comigo — ela afirma.

— Mas estava com você? — pergunto. — Fez alguma coisa com ela?

— Eu já disse que não. Nem estive no cais.

Não nos resta nada a fazer além de ir para casa dormir.

Estou com medo de ver Rosemary de novo, depois de como a deixei, e depois de tudo o que minhas irmãs e eu fizemos na noite passada e hoje. Mas ela não me visita, e o Triazolam me derruba.

65.

OPERÁRIOS CHEGAM E destroem o cais. Empilham as tábuas velhas e desgastadas na areia e as levam embora.

Reconstroem tudo no mesmo formato, um pouco mais largo, com madeira nova. Fazem reparos nas passagens, cercas e degraus. Preenchem a ilha com o som de suas ferramentas.

Levam quatro dias.

Minha mãe e Luda limpam Pevensie de cima a baixo. Mandam todas as coisas de Tomkin e Yardley para o endereço da mãe deles e as coisas do tio Dean para sua casa.

Harris só me diz uma coisa a respeito da partida de Dean: "Ele e eu não estávamos mais nos entendendo."

Em particular, Tipper diz que a ruptura "era inevitável, e seu pai tem toda a razão".

Gerrard ficou chateado com a morte de Pfeff. Ele é uma pessoa sensível, e o segundo afogamento em dois anos fez com que preferisse trabalhar na cidade. Ele pede demissão de forma amigável, sem pretensão de voltar.

Não vi Rosemary. Não suporto a ideia de tê-la magoado. Eu a deixei sozinha quando ela mais precisava de mim. Abandoná-la provavelmente desfez tudo o que fiz durante o verão para que ela se sentisse amada e segura.

Não sei como consertar isso. Estou com medo de encontrá-la — e, ao mesmo tempo, ansiando por isso.

No dia seguinte à finalização do cais, o sr. e a sra. Larry Pfefferman chegam à ilha. Tipper se ofereceu para arrumar as coisas de Pfeff e mandá-las para a casa deles, mas a busca pelo corpo ainda está em andamento. Os pais de Pfeff querem falar com a polícia. Minha mãe sentiu que deveria recebê-los.

Harris busca os Pfefferman em Woods Hole. O restante de nossa família espera por eles no cais novo. Nos apresentamos e oferecemos nossos pêsames.

Sr. Pfefferman é gordo, o corpo largo e quadrado, como se tivesse assumido a forma de um terno reto. Tem o cabelo volumoso como o do filho e usa óculos com aro de metal. Sua esposa é italiana. Tem sotaque e usa um vestido justo e preto e sapatos de salto alto. O cabelo é de um castanho monocromático típico de quem usa tintura.

Os lábios de Bess tremem quando cumprimenta o casal.

Penny fica de cabeça baixa.

Olho nos olhos dos Pfefferman e penso: *Ele estava machucando minha irmã.* Depois, me corrijo: *Ele estava bêbado logo de manhã.*

Ele nadou para muito longe do barco. Não estávamos prestando atenção e ele se afogou. Procuramos durante muito tempo.

Tipper hospeda os Pfefferman na Pevensie. O Goose ainda está uma bagunça depois do furacão que foram os meninos.

Bess, Penny e eu concordamos em nunca ficarmos sozinhas com os pais de Pfeff. Falaremos o mínimo possível com eles. Luda está de folga, então nos oferecemos para ajudar Tipper com o jantar. Ela está fazendo miniquiches, algo que só faz para seus melhores convidados em Boston. Bess, que cozinha muito melhor que Penny e eu, abre e corta a massa de quiche e dispõe nas forminhas. Teremos costeleta de cordeiro, batatas e salada de alface com hortelã. De sobremesa, uma torta de amoras com chantili.

O jantar é calmo. Harris fala sobre sua editora. Tipper e a sra. Pfefferman conversam sobre culinária e exercícios cardiovasculares, e Tipper diz que "foi um grande prazer" poder conhecer Pfeff. "Ele era um menino tão educado."

Depois que comemos, e logo após Bess e Penny pedirem licença para ver televisão na saleta, a mãe de Pfeff tira um álbum de fotos da bolsa. É grande e está encapado com um tecido desbotado, estampado com cegonhas, como se tivesse ganhado em seu chá de bebê.

Levanto para sair do cômodo. Não quero ficar mais tempo que o necessário perto dos Pfefferman, nem ver fotos do garotinho que cresceu e passou a achar que o corpo das meninas pertencia a ele só porque pedia por favor. Mas, quando o sr. Pfefferman vai para a varanda fumar, Tipper segura a mão de meu pai:

— Harris, fique para ver as fotos. Eles perderam o filho. — Ela vira para a sra. Pfefferman. — Nós também perdemos nossa garotinha — diz. — Ano passado. Perdemos nossa Rosemary no mesmo mar.

Não consigo me mexer.

Perdemos nossa garotinha. Ninguém dizia isso desde o velório. Minha mãe não demonstra que sente aquela perda desde o velório. Mesmo quando toquei no assunto, ela apenas disse: *Rosemary não está aqui. Nós gostaríamos que estivesse.* Depois ela continuou falando sobre não ficar remoendo as coisas difíceis e viver uma vida alegre.

Mas aqui está ela, tocando no assunto.

— É mesmo? — sra. Pfefferman pergunta, levando a mão ao pescoço. — Ah, Tipper. Sinto muito.

— Não, não. Tem muito tempo. Pfeff... quer dizer, Lor... Ele estava aqui agora mesmo. Vocês sofreram um choque terrível. Não era minha intenção ficar falando de mim.

Meu pai coloca a mão no ombro de Tipper. Não sei se a intenção foi consolá-la ou silenciá-la.

— Perder um filho é a pior coisa do mundo — sra. Pfefferman afirma. — O natural é eles viverem mais do que nós.

— Ela era tão pequena — minha mãe diz, com a voz abafada. — Amava nadar. Nós a deixamos nadando sem ninguém para tomar conta. Acho que nunca vou me perdoar.

— Sentimos a falta dela todos os dias — Harris diz. — Esse sentimento nunca some.

— Você sente a falta dela? — pergunto.

— Sinto.

Olho para a cara dele, familiar e envelhecida como sempre, mas agora marcada por um sofrimento que ele quase nunca demonstra.

— Não acredito que Lor se foi — sra. Pfefferman diz, com uma lágrima escorrendo pelo rosto. — Fico esperando ele entrar pela porta. Era o bebê mais gordo de todos, olhem só.

Sei que eu deveria sair, mas a emoção na sala me puxa como um redemoinho. Fico atrás da minha mãe, vendo a sra. Pfefferman virar as páginas do álbum — fotos do bebê Lor, transformando-se na criança Lor, e virando Pfeff, o menino que conheci. Tomando leite na mamadeira. Abraçando um bicho de pelúcia. Sentado em um triciclo, todo orgulhoso. Lendo um livro de conto de fadas. Comendo uma rosquinha.

Minha mãe chora, baixo e sem parar, enquanto se inclina sobre o álbum da sra. Pfefferman e faz observações gentis. "Ah, ele parece tão feliz." "Dá para ver o quanto ele amava vocês." "Minha nossa, ele era lindo." "Ele ficou tão alto!" "Ele tinha um ótimo senso de humor, não tinha?" Ela faz perguntas. "Onde vocês tiraram essa foto?" "Isso deve ter sido na sétima ou oitava série, certo?"

O choro da sra. Pfefferman diminui aos poucos, mas ela parece estar ansiosa para que todas as fotografias sejam vistas e apreciadas.

— Você é muito gentil — ela diz à minha mãe.

Meu pai senta ao nosso lado com o rosto apoiado nas mãos. Sr. Pfefferman continua na varanda.

A última foto é de Pfeff sorrindo, de beca, na festa de formatura do colégio, com o braço ao redor do pescoço de George.

— Ele tinha fugido de casa — sra. Pfefferman diz em voz baixa.

— Como? — pergunta Tipper.

— Ele saiu de casa e não disse para onde ia — sra. Pfefferman explica. — Nós... Meu marido e eu estamos nos divorciando.

— Ah. Eu não sabia.

— Como iria saber? Mas foi um ano difícil. Em casa. E Lor estava... Bem, garotos ficam com raiva quando o mundo deles desaba, sabe? Meu marido não queria me deixar ficar com a casa. E eu me recusei a sair. — Ela torce o guardanapo no colo, ainda falando baixo. — Lor não queria passar o verão em casa, em meio a tanto conflito, mas o pai arrumou um emprego para ele em um escritório de advocacia. Muito formal, atendendo telefones e coisas do tipo enquanto vários secretários estavam de férias. Achamos que seria bom se ele aprendesse a ter responsabilidade antes de ir para a faculdade. Então, uma noite, nós... Eu nem deveria dizer isso, mas eu e meu marido tivemos uma briga feia. Na manhã seguinte, Lor tinha ido embora. Não deixou nem um bilhete.

— Ah, não.

— Ele passou uma semana inteira sem ligar e, quando ligou, disse que estava na casa de praia da namorada do George. E que não voltaria para casa. Disse que ia ficar aqui para sempre e não deixou nenhum número de telefone. Estava tão infeliz conosco que simplesmente... fugiu — ela diz. — Não tivemos notícias desde aquele telefonema.

— Tenho certeza de que ele teria voltado para casa — minha mãe diz. — Ele estava dando um tempo, só isso. Se encontrando. Um bom menino como ele não fugiria de verdade.

Sra. Pfefferman enxuga as lágrimas. Guarda o álbum de volta na bolsa.

— Vocês têm muita sorte, meninas — ela diz para mim. — Têm uma mãe maravilhosa.

Sorrio.

— Eu sei.

— Não a deixe triste, ouviu? — sra. Pfefferman diz. — Seja boa com ela, sempre. Quando ela ficar velha, de cabelos grisalhos, continue sendo boa com ela. Quando for para a faculdade, sempre ligue e escreva.

— Está bem.

Harris levanta devagar, como se acordasse de um sonho.

— Olha a hora! — sra. Pfefferman comenta. — Desculpe tomar tanto tempo da noite de vocês.

— Ah, adoramos ver as fotos — Tipper responde. — Sinto muito pelo que aconteceu.

— Deixe-me ajudar com a louça.

Tipper ri e leva a mão ao peito, fingindo estar horrorizada.

— Eu jamais permitiria uma coisa dessas — ela diz. — Depois de tudo o que você passou. — A voz dela de repente assume um tom animado, de anfitriã. — Podem ir descansar, vocês dois. Vão para a Pevensie. A cafeteira está cheia e tem algumas comidas na geladeira, mas se vierem por volta das sete terei acabado de fazer os bolinhos, vai ter suco e tudo o mais. Ou venham mais tarde, se quiserem dormir um pouco mais. A polícia ficou de passar antes do meio-dia.

Os Pfefferman saem. Tipper se recompõe e segue para a cozinha.

— Eu lavo — digo a ela, seguindo-a. — Deixe que eu faço. Pode ir deitar.

Ela faz uma pausa.

— Está fazendo isso porque ela disse para ser boa comigo?

— Talvez.

Tipper nunca deixou nenhuma de nós limpar a cozinha sem ela. Mas me abraça e assente.

— Estou com saudades da Rosemary — ela me diz com a voz abafada. — Nossa, como sinto saudades dela.

— Eu também. — Tanto, tanto.

— Todos os dias — ela afirma. — Minha garotinha. Todos os dias ouço o som de seus passos e me dou conta de que ela nunca mais vai descer as escadas. E passo no quarto dela quando estou subindo para ir dormir, dou uma espiada para verificar... e lembro que ela não vai estar lá. Teve uma noite que achei que vi Rosemary, sabia? Logo que cheguei à ilha, no início do verão, ela foi até o meu quarto. Parecia que tinha acabado de sair do mar, rastejando, como se estivesse dizendo que não cuidei dela. Não suportei olhar para sua carinha, com o cabelo todo molhado. Estava olhando para o meu pior erro, meu maior fracasso, e me senti tão triste e impotente que saí correndo. Era só um sonho, ou minha imaginação, é claro, mas disse a mim mesma que não poderia deixar minha mente me enganar daquele jeito. Não poderia pensar em Rosemary e em como falhei com ela, ou acabaria desmoronando. Às vezes, sinto que não consigo viver sem ela — afirma minha mãe. — Como eu posso continuar existindo se minha menina está morta? Como? — Lágrimas escorrem pelo seu rosto mais uma vez. — Mas eu preciso, Carrie. Preciso continuar. Tenho pessoas que dependem de mim. Sempre há mais uma torta para assar, ou alguém precisando de ajuda. Certo? É melhor assim. Seu pai precisa de mim, você e suas irmãs precisam de mim, a secadora deu pane ou alguma outra coisa quebrou. As pessoas precisam jantar, todos os dias da semana, faça chuva ou faça sol. É melhor eu me ocupar. Ser útil. É como eu sobrevivo.

Não sei o que dizer. Não sei se é mesmo melhor se ocupar e nunca conversar sobre as coisas.

— Desculpe. — Tipper seca o canto dos olhos. — Às vezes não consigo segurar. Acho que é melhor me deitar. Vou estar melhor de manhã, prometo. Cem por cento. De volta ao normal. — Ela sorri para mim.

Por impulso, eu a abraço de novo. Sou mais alta que Tipper, e ela parece frágil em meus braços. Minha mãe é corajosa e está em negação, limitada e impotente, sempre generosa.

— Vamos, Tipper — Harris diz, aparecendo na porta da cozinha. — Eu a acompanho.

— Está tudo bem. Eu estou bem — ela afirma.

— Tipper.

— Não preciso de ajuda, Harris. Só estou com um pouco de dor de cabeça. Foi uma semana e tanto.

— Ninguém aqui está bem — meu pai diz. — Vamos subir.

66.

LIMPO A COZINHA, guardando as sobras de comida em potes empilhados e colocando os pratos e utensílios de cozinha na lava-louça. A toalha de mesa e os guardanapos vão para a lavanderia. As taças de vinho devem ser lavadas à mão, assim como a panela de ferro.

Bess e Penny não se oferecem para ajudar, e eu também não peço. Quando estou na metade, elas desligam a TV, dão boa-noite e sobem para os quartos.

Quero ver Rosemary.

Nunca a chamei. Nem uma vez, o verão todo. Ela diz que não sabe por que vem, quando vem. "Eu acordo e venho visitar você, só isso."

Sussurro o nome dela enquanto limpo as bancadas.

— Rosemary.

Seco e guardo as taças de vinho.

— Rosemary, me desculpe.

Encho a cafeteira para o dia seguinte, do jeito que Tipper gosta.

— Rosemary, me desculpe por ter deixado você sozinha. Me desculpe.

Saio pela porta que leva à casa dos empregados, levando o lixo, e coloco o saco nas lixeiras que ficam ali.

— Rosemary, florzinha — digo, indo até o centro da sala de estar. — Estou com tanta vergonha. O que eu fiz foi egoísta e cruel. Às vezes não sei como ser uma boa pessoa. Se alguém fizesse o que eu fiz com você, deixasse você sozinha e assustada, eu ficaria com raiva. Eu odiaria qualquer um que tratasse você desse jeito, e me odeio por ter feito isso, por favor, acredite. Não sei se consegue me ouvir, mas eu te amo mil milhões. Sinto saudades de você. Penny sente saudades de você. E Bess também sente. E a mamãe e o papai. — Não sei se ela está me ouvindo. Provavelmente não. Mas as palavras saem. Digo tudo o que venho sentindo. — Estamos tentando prosseguir sem você, mas não estamos conseguindo. Não muito. Estamos fingindo, e tudo está horrível. Somos horríveis. Não é culpa sua, querida Rosemary. Não se sinta mal por isso. Só temos que... Temos que aprender a viver, reaprender, eu acho. E não é fácil.

Depois disso, fico em silêncio.

Ela não vem.

Espero, mas ainda assim... nada.

Então vou até a cozinha. Lavo uma xícara de chá que sobrou e limpo as impressões digitais da geladeira. Apago as luzes.

Quando volto para o corredor, pronta para subir para o quarto, noto uma luz na saleta onde fica a televisão.

Entro para apagá-la e Rosemary está lá, com a fantasia de guepardo. Está sentada no sofá, acariciando a cabeça ruiva de Wharton.

— Foi um baita discurso — ela diz.

— Eu sinto muito, de verdade.

— Ah, tá.

— É sério. — Ajoelho diante dela.

— Tudo bem, mas acho que cansei de falar sobre essas coisas difíceis — ela afirma. — Não vim para isso.

— Eu não acordei você?

— Você *não pode* me acordar. Já disse um milhão de vezes, Carrie. Eu acordo porque estou preocupada ou quando quero alguma coisa. Era para eu estar dormindo, mas não consigo.
— Por que está acordada agora?
— Dã. São onze e meia. Certo?
Olho para o relógio.
— Um pouco mais tarde.
— E é sábado. Certo? Bem, fantasmas não conseguem dormir se nunca viram *Saturday Night Live* — Rosemary diz. — É como ter uma questão pendente.
— Você *não* está me assombrando porque nunca viu *Saturday Night Live*. Não é um bom motivo.
— Não, não é. Mas todo mundo já está dormindo, não está? E eu quero muito assistir. Vamos. Vai alegrar você e te distrair de todos os seus problemas.
Ligo a TV, abaixo o volume e me acomodo no sofá. Wharton abana o rabo. Rosemary se aconchega em mim.
Na tela, os Pretenders cantam "Don't get me wrong". Alguns quadros de comédia. Um cara imitando Reagan.
— Não entendi — Rosemary comenta. — Mas é tão legal. Aposto que sou o único guepardo que já assistiu a esse programa.

67.

ANTES DE A POLÍCIA chegar, no domingo, Tipper, Luda, Bess e eu passamos a manhã limpando o Goose. Penny dorme até tarde e Harris trabalha em seu escritório.

Tipper tinha ido ao chalé para mostrar o quarto de Pfeff à polícia, mas ficou ocupada até agora fazendo as coisas que precisaram ser feitas na Pevensie. Ela coloca as mãos na cintura, olhando para o caos na cozinha.

— Isso é assustador. Como eles conseguiam viver desse jeito?

— Eu vinha dia sim, dia não, como a senhora pediu — Luda diz.

— Eu sei — Tipper afirma. — Nada disso é culpa sua. Eles que eram porcos.

Ligamos a máquina de lavar roupa e a lava-louça, limpamos as bancadas, despejamos latas de cerveja e de refrigerante pela metade na pia. Tipper tira as cortinas para lavar. Luda passa aspirador debaixo das almofadas dos sofás.

— A senhora vai ter que mandar trocar o tecido. Nossa, aqui tem uma macha seca de... Ai, não quero nem saber o que é. Posso cobrir com algumas colchas por enquanto.

No andar de cima, paro na porta do quarto de Pfeff. Suas roupas ainda estão no chão. A cama está desfeita.

Ele se foi.

Não me permiti sentir tristeza ou remorso. Não posso lidar com isso.

Não posso pensar em como os pais dele o amavam e em como estão arrasados e perdidos. Não posso pensar que ele foi meu primeiro beijo, meu primeiro tudo. Não posso pensar em seus adorados livros de ficção científica e em suas meias ridículas, em como ele se ajoelhou diante de minha mãe na Caça aos Limões, em como nadou até meu barco usando um casaco de moletom, como me beijou no balanço de pneu. Não devo pensar em como ele se esforçava para me fazer rir, inventava letras de música bobas e não queria desperdiçar a luz da lua. Um dia, ele poderia sair da Amherst e viajar para bem longe, para a Itália ou para o México, à procura de comidas gostosas e aventuras. Talvez conseguisse um emprego em um restaurante, fosse subindo de cargo até chegar à cozinha, fizesse amigos em todos os lugares. Talvez cozinhasse muito todas as noites, no turno do jantar. Talvez tornasse empolgantes e belas todas as pequenas coisas, como sabia fazer.

Não. Tenho que interromper esses pensamentos.

Ele estava machucando Penny. Ele não teria parado. Ele era uma pessoa horrível. E agora está morto.

A única alternativa que tínhamos era afundar o corpo dele. Era o único jeito. E agora temos que viver com isso.

Minha função é me fazer acreditar na história que contamos, deixar aquela história apagar o que realmente aconteceu, como as ondas do mar apagando marcas na areia. Ele não era um garoto ridiculamente lindo iluminado pela lua, mas também não era uma pessoa horrível. Era um cara bonitinho com quem me diverti um pouco. Um casinho. Um namorico de verão. Ele bebeu demais, resolveu nadar e foi devorado por um tubarão. Que história triste. Estou chocada com a morte dele, e abalada, mas não o conhecia tão bem. Essa é a minha história.

De repente, me ocorre que Pfeff pode voltar. Ele pode rastejar para fora do mar, sem camisa, pingando. Seu fantasma pode retornar a esta ilha assombrada para... quê?

Pedir desculpas?

Se vingar de mim e das minhas irmãs?

Machucar Penny mais uma vez?

Um arrepio percorre meu corpo.

Bato a porta do quarto de Pfeff e desço correndo para a segurança e agitação do mutirão de limpeza. Sem Tipper precisar pedir, ajoelho e esfrego as partes grudentas do chão da cozinha.

MAIS TARDE, QUANDO o Goose volta a ficar em ordem, minha mãe e Luda vão até a Pevensie procurar algumas colchas. Vou para a Clairmont sozinha. Estou passando pela escadaria da praia pequena quando ouço um som carregado pelo vento. É quase como uma voz, sussurrando.

Uma canção de *Mary Poppins*.

Mate o tempo, sem cansaço.
Faça as contas! Acerte o passo.

68.

TREMENDO, DESÇO OS degraus devagar.

A frase se repete, tão baixo que mal consigo escutar. Talvez eu esteja apenas imaginando coisas.

Mate o tempo, sem cansaço.
Faça as contas! Acerte o passo.

Quando chego à praia, vejo Pfeff na outra ponta da enseada. Ele está em pé na água, na parte rasa, olhando para o mar. Usa sua bermuda listrada azul e a camiseta do Live-Aid. Está com as mãos para trás.

Ele vira quando me aproximo.

— Estava esperando que fosse você.

— Não volte para cá, Pfeff — digo em voz alta. — Não queremos você aqui.

— Me desculpe, Carrie. Podemos conversar?

— Você precisa ir embora. Não pode assombrar essa ilha.

— Rosemary nunca mais visitou nossa mãe depois que ela a mandou embora. Nem uma única vez. Se eu expulsar Pfeff, acho que ele vai embora.

— Eu vim pedir desculpas — ele diz.

— Tarde demais.

— Vi minha mãe ontem à noite na Pevensie — Pfeff caminha para a frente, na direção da água. Parece vivo e sólido, com os olhos semicerrados devido aos raios de sol. — Precisava me despedir dela — ele continua. — Ter certeza de que ela está bem.

— Certo.

— E... ela me fez ver que tenho que me desculpar por muita coisa. Preparou ovos e torrada para mim na cozinha de lá.

— Você contou como morreu?

— Não. — Ele coça a nuca. — Eu estava tentando... Você sabe. Fazer ela se sentir melhor. Dizer que estou bem.

— Do que você lembra? Quer dizer... sobre como morreu. — Não quero que ele conte a verdade à mãe.

— Não lembro muita coisa, na verdade. Eu estava bêbado. Está tudo meio confuso por causa disso.

— E?

— Eu estava no cais com Penny. E senti uma dor muito forte na cabeça. Devo ter gritado. Tinha sangue nos meus olhos. Depois tudo ficou escuro e muito quieto. Como um sono profundo. Era reconfortante, até. Como um descanso.

Rosemary disse a mesma coisa. Que é reconfortante. Que a morte, em si, não dói.

— Então acordei ontem à noite — Pfeff continua. — E me vi na praia. Com os pés na areia e tudo. Estava até com fome. Exatamente como estar vivo. Foi muito estranho. Pensei: *Estou aqui por algum motivo, eu acho*. Caminhei até a Pevensie porque parecia que era para onde eu queria ir. E soube que estava certo quando vi minha mãe sentada na varanda. Ela estava observando a noite. Nós conversamos. Queria que ela soubesse que eu a amava e tal. Estava com medo de que ela não soubesse, porque meio que passamos o verão todo brigados. Então contei para ela. Em seguida, só ficamos lá juntos. Continuamos conversando, eu a atualizei sobre o verão, sobre George e Major e a estada no Goose. As coisas que fizemos. E também sobre mim e você.

— O que você contou para ela?

— Que as coisas terminaram mal quando eu fiquei com Penny.

Olho fixamente para ele. Tremendo.

— Ela fez muitas perguntas — Pfeff continua —, e... me fez pensar em como você deve ter se sentido. Com tudo o que aconteceu. E eu sinto muito, de verdade. Por ter magoado você.

Eu deveria expulsá-lo. Preciso fazer isso, para que Penny, Bess e eu possamos nos ater a nossas mentiras. Para que Penny e Bess possam ficar em segurança. Mas desejei que

Pfeff se desculpasse desde a primeira vez que o vi com Penny. Preciso escutar o que ele tem a dizer.

— Sei que você deve ter ficado muito chateada — Pfeff diz. — E que eu provavelmente iludi você. E que Penny não era a melhor pessoa para... Eu errei. — Ele estende a mão em minha direção. — Podemos nos desculpar e encerrar esse assunto?

Espere.

— Você quer que eu peça desculpas?

— Eu estou pedindo desculpas — ele diz. — Então, sim. Você me deve desculpas também. Não deve?

— Não.

— Acho que deve. Você ficou tão brava que até virou Yardley contra mim. Até George e Major. George e eu tivemos uma briga horrível por causa disso. E Penny. Penny confunde a gente, sabe? Um minuto ela está *Vem cá* e *Vamos ficar sozinhos* e *Sei como satisfazer um homem*, e logo depois já mudou de ideia. Ela não leva em conta que o cara pode estar bêbado e empolgado ou sei lá e começa a dizer "não", mas não como se fosse sério, e agora vocês duas resolveram que sou um cara horrível. Esse é o problema, não é? Penny disse que sou horrível.

Eu o encaro.

— Já parou para pensar que Penny fala merda pelas suas costas? — ele continua. — Já parou para pensar que eu não estaria com ela se ela não tivesse explicitamente ido atrás de mim, para começo de conversa? Que foi ela que me colocou naquela situação?

— Deixa a gente em paz! — grito. As palavras saem como uma explosão. — Não quero você aqui!

— Você não está arrependida? — ele grita. — Não está nem um pouco arrependida?

Começa a dizer não
Mas não como se fosse sério, ele disse.
Ela não leva em conta que o cara pode estar bêbado
e empolgado
ou sei lá.
Foi ela que me colocou naquela situação.

— Não, Pfeff — digo. — Não estou arrependida. Por nada. Nem um pouco.

Nesse momento, não me importa se sua mãe o ama. Não me importa se ele tem qualidades. Ele estava machucando Penny, e devo lealdade à minha irmã, independentemente do que ela fez.

— Carrie — ele insiste. — Eu voltei dos mortos para falar com você. Você não quer se desculpar?

— Já cansei de você, Lawrence Pfefferman — digo.

— Mas...

— Não. Você não tem o direito de pedir desculpas. Nem para mim, nem para Penny. Não vamos perdoá-lo.

— Você queria falar comigo — ele diz. — Estávamos parados bem aqui. Lembra? Você estava implorando.

— E você nem deu bola.

— Ah, vamos... — Ele dá um passo em minha direção.

Estendo a mão para impedi-lo.

— Nada do que você fizer importa agora. Você não é bem-vindo aqui. Fique longe da minha família.

Pfeff fica parado, olhando para mim.

— Estou falando sério — digo.

Ele dá de ombros.

— Você vai se sentir péssima por isso depois — ele afirma. — Vai desejar ter se desculpado. Vai desejar ter feito as pazes comigo.

— Não, não vou. Vá embora e não volte nunca mais.

Pfeff avança para dentro do mar. A água bate em seu corpo e ele começa a nadar. Nada para além das rochas pontiagudas, para além da enseada, rumo ao mar aberto.

Observo até não conseguir mais vê-lo.

QUANDO O BARCO da polícia chega, vemos os mesmos dois policiais que havíamos conhecido antes. Eles vieram falar com os Pfefferman, mas nos reunimos todos na sala de estar da Clairmont, quase como se fosse um chá da tarde. Tipper serve bebidas quentes e pilhas de pão torrado com manteiga.

O policial mais velho, que lembra uma cobra, toma a frente. Ele explica que mergulhadores e equipes de resgate em barcos fizeram buscas na região desde que Pfeff foi dado como desaparecido. Às vezes, eles encontram os corpos rapidamente, quando se afogam em águas rasas, diz. Ou se estão em uma área delimitada, como um lago. Mas em águas profundas ou muito frias, é comum os corpos não emergirem. Dependendo de uma série de fatores, um corpo pode ou não boiar.

Em uma situação como essa, um ataque de tubarão é com certeza uma possibilidade.

— Tubarões-brancos aparecem com frequência nas águas de Cape Cod. Eles têm um padrão migratório.

— Vocês vão continuar as buscas? — Harris pergunta.

O policial faz que não.

— Sinto muito, mas as buscas estão encerradas — ele afirma. — Se quiserem minha avaliação, eu diria que foi um tubarão.

Sra. Pfefferman começa a chorar. Sr. Pfefferman passa o braço ao redor do ombro dela.

Penny, Bess e eu nos ocupamos recolhendo xícaras de chá e jogando os pães que não foram comidos no lixo.

69.

MAIS TARDE, NAQUELE mesmo dia, depois que Harris levou os Pfefferman de volta para a cidade com os pertences de Lor, Tipper bate em minha porta.

Ela senta em minha cama desarrumada. Constrangida, começo a recolher as roupas sujas e colocá-las no cesto. Ajeito os objetos em cima da cômoda.

— Sei que deve estar arrasada — Tipper diz, após um instante de silêncio. — Está reagindo tão bem. Queria dizer que acho que você está se saindo muito bem.

— Obrigada. — Não sei ao certo o que ela está querendo dizer.

— Ele era um ótimo rapaz. Animado, esperto e engraçado. Tudo que uma menina poderia querer, de verdade. Seu pai gostou dele. E Amherst é uma ótima faculdade. Dava para ver que vocês estavam felizes juntos.

Parte de mim estava desesperada para contar tudo a ela. Eu poderia contar que encontrei Pfeff com Penny. Poderia dizer como ele era frio e cruel, poderia mostrar a ela como fiquei arrasada. Ela me consolaria. Eu poderia me aninhar em seus braços e ser seu bebê de novo, aquela que precisa de mais cuidados. Poderia me tornar a prioridade, como quando minha mandíbula infeccionou.

Mas será que a história se revelaria? Se eu contasse uma coisa, será que contaria o que aconteceu depois? As comportas se abririam? Eu não podia sobrecarregar minha mãe com a história de um assassinato e sua ocultação. Seu mundo desmoronaria por completo. Talvez nunca nos perdoasse.

Mesmo se eu conseguisse parar de contar a história na parte do nosso término, mesmo se conseguisse dizer apenas que Pfeff não me amava e explicar como ele me tratava, contar a ela seria tolice. A história de sua morte dependia de todos acreditarem que o pedido de desculpas de Pfeff foi incrível e que nós dois concordamos em sair de barco com minhas irmãs. Se as pessoas começassem a questionar isso, nossa história levantaria suspeitas.

E, de qualquer modo, Tipper não está me perguntando se estou bem. Está me dizendo como me saí bem fingindo que estava bem. Ela acha que perdi meu primeiro amor para o mar, e não sabe mais nada além disso, mas quer que eu continue mantendo as aparências.

— Estou triste, mas não estávamos tendo nada sério — digo. — Só um casinho de verão antes de ele ir para a faculdade. — É a mesma mentira que contei à polícia. — Ele não era meu namorado.

— Ah — ela diz. — Entendo.

— Você sabe que eu gosto do Andrew da North Forest. — Outra mentira. Não tem nenhum Andrew.

— Ah, sim, eu não sabia que o Andrew ainda estava na jogada — ela diz, franzindo a testa de leve.
— Espero que sim. É o jogador de futebol, lembra?
Ela faz que sim e toca minha colcha de retalhos.
— Isso precisa de reparos. Posso levar lá para baixo para costurar?
— É claro — respondo. — Obrigada.
— Fiz a torta de chocolate que você gosta — ela me diz enquanto dobra a colcha. — Aquela que sempre digo que dá trabalho demais.
Sei que ela está tentando cuidar de mim da única forma que sabe.

70.

PENNY CUTUCA AS unhas até os dedos virarem cotocos em carne viva. Bess leva garrafas de vinho para o quarto à noite. Eu aumento a dose dos remédios e passo horas dormindo durante as tardes.

Não jantamos mais à grande mesa de piquenique. Parece vazia demais.

Não estamos bem, mas nos acomodamos a uma vida calma.

Uma semana se passa. Depois duas.

Rosemary me visita de vez em quando, sem nenhum motivo específico que eu possa identificar além de tédio. Ou solidão.

Harris passa alguns dias em Boston, cuidando das coisas na empresa. Quando volta, recebemos uma visita de seu advogado, que é levado para velejar e passa a noite no Goose.

Certo dia, todos vamos a Edgartown para ouvir um famoso violoncelista tocar em um concerto noturno na Old Whaling Church. É chato e bonito ao mesmo tempo. Compramos retângulos grossos de fudge de chocolate e comemos na longa e fria viagem de barco para casa.

Yardley me liga no dia seguinte.

— George veio rastejando depois que Pfeff morreu, mas eu nem quis saber. Foram uns três dias de discussões e lágrimas para, basicamente, continuarmos separados.

— Meu Deus.

— Agora ele está fora, trabalhando como monitor de acampamento até o fim de agosto. — Ela suspira. — Eu amo aquele idiota, mas se ele não vai ficar do meu lado e acreditar em mim, não quero ficar com ele. Além disso, o que vamos fazer? Namorar à distância na faculdade? Cansei. Quero que tudo isso desapareça. — Ela faz uma pausa. — Enfim. Lor Pfefferman. Descanse em paz. Você não viu mesmo ele se afogando?

— Não vi.

— Nem a barbatana de um tubarão? Nada?

— Não.

— E por que saiu de manhã com ele? — Yardley questiona. — Pensei muito nisso, Carrie. Depois que ele e Penny...

Eu sabia que essa questão surgiria. Foi por isso que não liguei para Yardley. Ela estava comigo quando vi Pfeff com minha irmã.

Conto a ela a mesma mentira que contei à polícia. E a Tipper.

— Ele não era meu *namorado*. Foi um caso de verão e, bem, eu gosto de um cara da North Forest. Então, depois que ele pediu desculpas, eu deixei pra lá. Não valia a pena fazer drama.

— Não — Yardley diz com severidade.
— O quê?
— Vocês estavam juntos. Você e Pfeff. Ficavam vendo TV de mãos dadas, deitavam juntos na rede e davam várias escapadinhas para ficarem sozinhos. Durou várias semanas, Carrie, e sei que você nunca namorou ninguém. Pelo menos foi o que me contou, não foi?
— Foi.
— E depois de ficar agarrado em você por semanas, aquele otário, uma pena ele estar morto e tal, mas aquele otário beijou sua irmã nojenta sem nem se dar ao trabalho de procurar um lugar discreto. Foi uma das piores coisas que eu já vi alguém fazer com *qualquer pessoa*. E não acho que você deveria ter que fingir, não para mim, pelo menos, que Lor Pfefferman era um santo, ou uma pessoa decente, só porque ele morreu, Carrie. Ele era um galinha desprezível e eu nunca vou perdoá-lo, nunca, pelo que fez com você, uma pessoa de coração tão bom. Que jamais machucaria alguém daquele jeito.
— Eu sei — digo.
Amo Yardley.
Pergunto mais uma vez sobre George, sobre o funeral e sobre as compras que ela precisa fazer para a faculdade, e consigo encerrar nossa conversa sem explicar por que resolvi sair de barco com Pfeff e Penny.

Você, uma pessoa de coração tão bom (ela disse).
Que jamais machucaria alguém (ela disse).
Aquele otário beijou sua irmã nojenta
foi uma das piores coisas que eu já vi alguém fazer com qualquer pessoa
um galinha desprezível
eu nunca vou perdoá-lo

vocês estavam juntos
você nunca namorou ninguém
não acho que você deveria ter que fingir
que jamais machucaria alguém
não acho que você deveria ter que fingir
que jamais machucaria alguém.

As palavras de Yardley ressoam em meus ouvidos. Se confundem e se emaranham conforme conto a história a meu filho Johnny.

Johnny está na cozinha de minha casa em Beechwood, pedindo que eu lhe ajude a compreender nossa família, pedindo que eu lhe ajude a compreender como é minha relação com minhas irmãs, pedindo que eu lhe ajude a compreender sua própria vida e sua morte. *Já se meteram em alguma confusão?... Conte. Qual a pior coisa que vocês fizeram? Vamos, fala logo. A pior das piores coisas que vocês fizeram naquela época.*

Devo a verdade a ele. Devo tudo a ele.

Se eu não parar de mentir, temo que ele e seus amigos nunca consigam descansar.

As palavras de Yardley escorrem de mim quando conto a Johnny sobre a conversa que tive com ela ao telefone. Então me vejo repetindo-as várias vezes, misturando-as sem parar, falando coisas sem sentido a mim mesma, confundindo tudo, dando novas formas às palavras. Não consigo parar até encontrar o sentido necessário.

E quando encontro, elas se tornam
palavras pelas quais preciso viver.

71.

NÃO ACHO QUE você deveria
   fingir
   não finja
   não finja
   não finja
   Não finja que você jamais machucaria alguém.

NÃO FINJA QUE você jamais machucaria alguém.

PARTE SETE

A fogueira

72.

NÃO DISSE A verdade aqui.

Até agora, fiz o que sempre faço: contar uma história sobre nossa família em que eu, a mais velha, sou a salvadora de duas irmãs mais novas e carentes.

Mas, na verdade, foram elas que me salvaram.

Eu disse no início dessa história que sou mentirosa.

E expliquei que para mim é difícil, quase impossível, contar essa história com sinceridade.

Ela não quer sair, depois de ter ficado enterrada por tantos anos, mas repetir as palavras de Yardley para Johnny me mudou.

Yardley falou comigo com tanto amor e indignação.

Ela foi a única que enxergou como Pfeff e Penny me machucaram. A única pessoa que me disse o quanto aquilo importava, que eu não merecia ser tratada daquele jeito, que ele *estava comigo*. Ela foi testemunha de meus sentimentos.

Não finja que você jamais machucaria alguém.

Sinto que finalmente estou sendo punida.

Minha punição é a morte de Johnny. Outros estão mortos também.

Aquelas mortes não podem ser desfeitas. A perda é um cânion, enorme e aberto, cheio de pedras e coberto por camadas de argila e sedimentos. Eu fui jogada no cânion e nunca vou conseguir escalá-lo. Devo viver meus dias nessa perda.

É o que mereço.

* * *

CONTEI A HISTÓRIA da virtuosa Cinderela e de suas
irmãs não biológicas
indignas,
detestáveis,
irmãs postiças que cometem atos violentos por inveja, cortando os próprios calcanhares e dedos.
Também contei a história das moedas roubadas, na qual uma filha culpada
não consegue descansar e continua existindo após a morte, agonizando
porque seu crime manchou sua consciência.
E contei a história do sr. Fox, em que uma
pessoa parece adorável
tem uma enorme casa e
acaba se revelando um assassino.

EIS A VERDADE sobre o que aconteceu na noite em que Lor Pfefferman morreu.

73.

ACORDEI DO SONO induzido pelo Triazolam à uma da madrugada, como disse antes. Mas não porque Bess estava abrindo minha porta.

Ninguém precisava de mim.

Acordei com frio e levantei para beber água e desligar o ventilador que ficava na janela. Minha cabeça estava confusa porque tinha tomado mais comprimidos do que de costume.

Ouvi uma voz. Um som suave, em frente à minha janela aberta.

Dizia:

— Por favor, Penny. Por favor.

Pfeff.

Entendi na mesma hora. Penny tinha escolhido Pfeff em vez de mim, pela segunda vez. O "por favor" que ele já havia dito para mim, agora estava dizendo para ela.

Pensei, então, como já contei antes, que Penny

sabia que sua traição tinha me magoado da primeira vez,

sabia como aquilo tinha me deixado arrasada,

ela sabia, porque eu falei, e, mesmo assim,

nada disso importava diante de sua necessidade de sentir desejada, de ser a menina mais bonita do recinto, de deixar Erin com ciúmes, de ser a filha hétero que meus pais queriam, de beijar um menino que ela achou bonito...

tudo isso importava mais que eu.

Eu não era cem por cento sua irmã. Ela podia sentir. Eu tinha certeza disso. Hoje sei que isso não é verdade, que famílias são construídas e conquistadas e não precisam ser fundamentadas na biologia, mas no momento parecia inegável. Não era suficiente. Eu não valia nem um pouco de autocontrole.

Desci as escadas e saí pelo quartinho dos fundos.

Percorri as passagens de madeira até o cais. Lá, dava para ver a silhueta do veleiro e do Guzzler, pretos em contraste com o mar iluminado pela lua. E dava para ouvir Pfeff dizendo de novo:

— Por favor, Penny.

Fiquei com tanta raiva por ele desejá-la, e com tanta raiva *dela* por ter se aproximado de Pfeff novamente. Como ela pôde? Depois de Erin ter ido embora. Depois de ter me pedido *desculpas*, ainda que nada convincentes. Depois de ter visto a dor que havia causado.

74.

QUANDO EU PEGUEI a tábua,
   e golpeei,
   repetidas vezes,
   com toda a minha força de rebatedora,
   quando golpeei,
   com a cabeça girando de ciúmes e raiva,
   eu não sabia se estava acertando
   Pfeff, o menino
   que me trocou por minha irmã,
   que não queria se desculpar, nem sequer conversar, ou
   se estava acertando
   minha irmã, minha amada irmã,
   que havia tido tantos namorados,
   que era, de fato, a primogênita de nosso
   pai
   que sempre fora a beleza da família, e

que nunca, jamais, hesitou em tirar o que deveria ser meu.

Matei Pfeff. Mas poderia ter matado Penny com a mesma facilidade.

Sou a irmã terrível e invejosa da Cinderela.

Sou o fantasma que cometeu um crime e ficou impune.

Sou o sr. Fox.

75.

OLHEI PARA O que havia feito e vi Pfeff caído no cais. Ele estava sem camisa. Era uma camiseta lisa, cinza, e estava amarrotada no chão. A fivela do cinto estava aberta e a calça jeans estava desabotoada e abaixada até os quadris, junto com a cueca.

Ele estava de tênis. As meias tinham estampa de pequenas lagostas vermelhas.

Tomei seu pulso, sem saber o que fazer.

Não havia pulsação.

Penny tinha saído correndo do cais e estava na praia. Estava com água até os joelhos, esfregando as mãos e lavando o rosto, como se tentasse acordar de um pesadelo.

Quando virei para ir até Penny, Bess apareceu na ponta do cais.

— Eu vim ver — ela disse, baixinho, quando cheguei perto dela. — Eles disseram que iam dar um passeio.

Percebi que ainda estava segurando a tábua. Soltei-a e ela caiu fazendo barulho.

Penny saiu da água e veio em nossa direção.

— Carrie me salvou — ela disse — Não sei o que você viu, Bess, mas Pfeff... De repente ele estava sem camisa, puxando minha calça e abaixando a dele.

Ela nos contou tudo, desde o *Por favor, Penny* até o quanto ficou assustada, e depois explicou que vim salvá-la.

E o tempo todo eu pensava: *Tentei matar minha irmã.*

Será que tentei matar minha irmã? Será que eu sabia o que estava fazendo? Ou eu queria matar Pfeff?

Não sabia a resposta. E ainda não sei. Mas posso dizer uma coisa: eu não estava salvando Penny.

Enquanto ela falava, contando a história a Bess, me ocorreu que ela me via como a heroína. A protetora.

Ela me abraçou.

— Me desculpe, Carrie. Me desculpe. Eu não mereço você. Estou tão feliz por você ter vindo.

Por todos os meus pecados, recebi em troca minha irmã, carinhosa, arrependida e grata.

76.

DEPOIS, AS COISAS aconteceram como contei.

Pegamos suprimentos na Clairmont. Carregamos o barco e esfregamos o cais.

Voltei para pegar uísque e encontrei Rosemary no porão. Abandonei-a em um momento de necessidade para terminar de afundar Lor Pfefferman.

Tivemos que esperar no chalé Goose até Major e George irem dormir.

Penny segurou minha mão.

Bess cuidou do quarto de Pfeff. Eu fiz café.

Fiquei surpresa ao testemunhar a lealdade incondicional de minhas irmãs. Sabia que era apenas meia-irmã delas, metade Sinclair, mas elas ficaram ao meu lado nessa crise mesmo assim, como se nós três fôssemos apenas uma. Como se elas acreditassem que eu fosse heroica e boa.

Conduzimos o barco para longe, bem longe.

Amarramos a âncora no corpo dele e o entregamos ao mar.

Queimamos o papel-toalha e conversamos sobre acampar com Buddy Kopelnick. Dormimos, por pouco tempo, sob as estrelas.

Voltamos para casa e mentimos.

77.

DUAS SEMANAS APÓS a morte de Pfeff, quando estamos só nós cinco e os empregados na ilha, meus pais planejam a Noite da Fogueira.

É uma coisa que fazemos todo ano, em agosto. Sem nenhum motivo em particular. Depois do jantar, descemos para a praia maior e queimamos coisas. Jornais velhos e cópias da *New Yorker*, receitas recortadas de revistas que Tipper não quer mais, os cartões com nomes do jogo Quem Sou Eu. Coisas desse tipo.

Fazemos s'mores e cantamos músicas de acampamento de quando Tipper e Harris eram jovens. "Show me the way to go home", "Hot time in the old town tonight", "Be kind to your fine feathered friends".

Em meu quarto, no dia da fogueira, encontro um caderno antigo em que eu escrevia e desenhava quando ainda era a menina de antigamente. Agora, escrevo:

Eu, Caroline Lennox Taft Sinclair, matei Lawrence Pfefferman.

Eu matei Lawrence Pfefferman.

Eu matei Lawrence Pfefferman.

Escrevo muitas vezes até as palavras ocuparem várias páginas. Então levo o caderno para a Noite da Fogueira.

Enquanto queimamos as revistas de Harris e os retalhos de tecido de Tipper, enquanto cantamos as músicas bobas que sempre cantamos desde a infância, jogo o caderno nas chamas.

Esta é a única vez que vou contar isso, digo a mim mesma.

Queimei a confissão.

Acabou.

E realmente não contei a ninguém, até agora.

MUITOS JOVENS COMETEM crimes. Atos violentos, delitos graves. Em muitos estados, assim que se atinge a maioridade, é possível bloquear os antecedentes criminais. Em outros, os antecedentes podem ser anulados.

A ideia é nos dar uma oportunidade de ser perdoados pelas coisas terríveis que fazemos quando somos mais novos. A oportunidade de nos redimir e de recomeçar.

Não tenho certeza de que Pfeff poderia se redimir. Às vezes, penso nele como incorrigível — acredito que teria conseguido o que queria com Penny e com inúmeras outras garotas depois dela, caso não fosse impedido. *Ela começa a dizer "não", mas não como se fosse sério, ele disse. Não leva em conta que o cara pode estar bêbado e empolgado ou sei lá.*

Penso, então, que nada teria ensinado a ele a distinguir o certo do errado, nunca. Caras como ele vão para a prisão ou presidem o país, e em todos os casos não passam de estupradores que se consideram espertos.

Outras vezes, penso em seu profundo amor pela vida, em seus entusiasmos e suas generosidades, sua vergonha e suas pequenas gentilezas. E acho que ele poderia ter se tornado um bom homem.

De qualquer modo, não acho que ele merecia morrer.

Sei que era capaz de coisas terríveis.

Mas eu também era.

A POLÍCIA APARECE mais uma vez antes do fim do verão. Apertam a mão do meu pai como se fossem velhos amigos quando nós os recebemos no cais. Todos subimos para a Clairmont, onde Tipper oferece bebidas geladas e biscoitos amanteigados recém-assados. Bess e Penny descem para ouvir e embelezar o recinto.

Os policiais nos dizem que o status de Pfeff agora é Desaparecido, Dado como Morto. Considerando que ele foi visto pela última vez nadando em mar aberto, os homens explicam que podem acrescentar o "dado como morto" sem esperar mais.

Tipper informa que a família dele já fez o funeral.

A polícia diz que aquilo acontece com frequência. As famílias precisam de um encerramento. Comunidades precisam de um período de luto.

— Deveríamos ter ido — Penny diz, chateada. — Você nem avisou.

— Não podíamos ir — Harris diz com firmeza.

— Yardley foi — digo. — Ela me contou depois.

— Podíamos ter ido até a Filadélfia. — Penny é uma ótima atriz.

— Seria um trabalho enorme — Harris afirma. — E os Pfefferman não iam querer a gente lá. Eles não iam querer lembrar.

— Eu mandei flores — Tipper diz. — Não se preocupem.

Quando os policiais vão embora, Harris diz que quer falar comigo em seu escritório.

78.

O ESCRITÓRIO É um cômodo grande nos fundos do térreo, decorado com objetos masculinos que suponho que possam ser descritos como troféus: aqueles cartuns da New Yorker emoldurados, um peixe-espada empalhado, várias prateleiras de livros. Harris senta atrás da escrivaninha e eu sento de frente para ele.

— Agora que o garoto foi declarado morto — meu pai diz — quero te contar que fiquei sem meu remédio para dormir algumas semanas atrás.

Fico olhando para ele e tento não movimentar o rosto.

Será que ele sabe que peguei o remédio? Será que contou os comprimidos do frasco?

Ele continua.

— Fiquei sem remédio para dormir e, até sua mãe comprar mais, passei algumas noites em claro. Está entendendo aonde quero chegar?

Faço que não.

— Enfim. Uma noite eu acordei por volta de duas da madrugada. Não consegui voltar a dormir. Fiquei me revirando na cama por um bom tempo, li meu livro e tudo o mais, mas chegou uma hora que desisti. Pensei em esquentar um pouco de leite, talvez fazer um chocolate quente para me ajudar a dormir.

Ele para de falar e acende um cigarro, recostando-se na cadeira.

— Fui olhar vocês no quarto — ele continua. — Faço isso quando não consigo dormir. Sempre fiz, desde que eram bebês. Gosto de saber que estão sãs e salvas em suas camas. Bem, algumas vezes durante o verão vocês ficaram fora até tarde, lá no Goose com os meninos. Eu entendo. Não me preocupo com vocês. Mas, àquela altura, eram mais ou menos duas e meia da madrugada, e eu esperava que estivessem dormindo. Mas não estavam. Nem você, nem Bess, nem Penny. Hum. Comecei a ficar preocupado. Então desci, servi um copo de uísque para mim e fui para a varanda.

Sinto as mãos frias. Minha garganta fecha.

Ele dá uma tragada no cigarro e bate as cinzas com cuidado em um cinzeiro de marfim.

— Desisti do chocolate quente porque estava curioso, sabe? Saí do pátio e quando passei o desvio que dá para o cais, vi um movimento na água. O que acha que eu vi?

— Não sei.

— O Guzzler, indo em direção ao mar. Você e Penny remando. Bess debruçada na beirada, com os dedos na água. Observei até perder o barco de vista. E pensei: *Por que elas estão remando?* Não me surpreendi com essa bobagem de vocês saírem com o barco no meio da noite. Já fui jovem. Mas só vocês três? Sem Major, George ou Lor? E por que não usar o motor? Que segredo poderiam ter para remar até *tão* longe? Não é algo fácil.

Ele bate os dedos na madeira da escrivaninha, olha pela janela, depois olha para mim.

— Então voltei para casa — ele continua. — Peguei uma daquelas lanternas pesadas que guardamos no quartinho dos fundos e desci até o cais para ver o que vocês estavam fazendo. Os cachorros foram comigo. — Mais uma tragada no cigarro. — E, olha que engraçado, Carrie. Logo de cara, nós quatro notamos um cheiro forte na ponta do cais. Os cachorros ficaram farejando. E sabe que cheiro era esse?

— Não.

— Água sanitária. *Como pode?*, eu me perguntei. *O que minhas filhas estão fazendo com água sanitária no meio da noite?*

Minhas mãos não param de temer. Torço os dedos e respiro devagar.

— Percebi que o cais parecia molhado — Harris continua. — E quando olhei melhor, notei aquela tábua. A tábua empenada que eu arranquei, sabe?

Não respondo.

Ele fala bem devagar.

— Sabe de que tábua estou falando, Carrie?

— Sei.

— Certo, então. Aquela tábua estava com mais cheiro de água sanitária do que o restante do cais. Eu a peguei do chão, e estava encharcada. Apontei a lanterna para ela. E logo apontei a lanterna para os pregos. E sabe o que eu percebi?

— O quê?

— Os pregos estavam grudentos.

79.

SINTO QUE TODO o sangue se esvaiu de minha cabeça. É possível que eu desmaie.

— Você pegou a tábua — digo. — Por isso ela desapareceu.

— Eu peguei a tábua — ele diz. — Trouxe para casa e a esfreguei na pia. Depois fui até o sótão e a escondi atrás de uma pilha de caixas. Não sabia por que estava fazendo aquilo. Não sabia por que minhas filhas tinham saído de madrugada remando o barco a motor, deixando o cais fedendo a água sanitária e uma tábua pesada que tentaram, em vão, limpar jogada ali, coberta com uma substância bem grudenta. Mas com certeza eu tinha que protegê-las, independentemente do que estivesse acontecendo.

Ele me ama, eu percebo.

Ele me trata como se eu fosse sangue do seu sangue. Se preocupa com o que acontece comigo, não importa o que eu tenha feito.

Pela primeira vez desde que soube sobre meu pai biológico, me senti completamente parte da família do meu pai. Eu pertenço a essa família.

Harris continua:

— Pela manhã, fiquei sabendo que tudo indicava que o menino tinha sido vítima de um ataque de tubarão. Vocês três estavam gritando, histéricas, mas eu liguei os pontos. Só digo uma coisa: estou muito feliz por ter tido o bom senso de pegar aquela tábua antes que a polícia chegasse.

Ele para. Inclina o corpo para a frente na cadeira. Fica me encarando.

Eu o encaro também.

Não vou contar a ele o que aconteceu. Sobre não ser amada o suficiente, sobre Pfeff, sobre Penny, sobre o que eu fiz e o porquê. Mesmo que ele saiba que alguém fez alguma coisa e nós acobertamos, é impossível saber toda a horrível verdade.

— Você tem algo a dizer? — ele finalmente pergunta.

— Não.

— Está bem, então. — Ele se recosta. Sei que está curioso, mas o silêncio diante de questões difíceis sempre merece seu respeito. — Então passamos por tudo isso — ele continua — e quando as coisas se acalmaram, eu disse para sua mãe que era hora de fazer a Noite da Fogueira. — Ele aponta para a praia. — Agora aquela tábua não passa de cinzas e fumaça.

— Você mandou refazer o cais.

— Bem, temos que evitar que alguém se pergunte onde foi parar aquela tábua. Ou note resquícios do cheiro de água sanitária. — Ele sorri com os lábios apertados. — Tipper queria mesmo um cais novo, então ela ficou feliz.

— Por que está me contando isso?

Ele inclina a cabeça e olha para mim.

— Sua mãe me disse que te contou sobre Buddy Kopelnick. Confirmo.

— Então.

Aguardo.

Ele explica:

— Pelo que entendo, você, ao contrário de suas irmãs, pode precisar de um lembrete de que essa família é muito importante para mim.

— Sei que é.

— Vou fazer de tudo para protegê-la. Você, Penny e Bess. Entendeu?

— Entendi.

Ele apaga o cigarro e organiza alguns papéis na mesa.

— Eu disse para sua mãe que só desci para a cozinha aquela noite. Que peguei uma bebida e fiquei lendo por um tempo, depois voltei para a cama. Estou contando o que fiz para você parar de ficar remoendo ideias sobre Buddy Kopelnick, parar de mexer com meus remédios para dormir e ser a Sinclair que sempre considerei que fosse.

Ficamos nos olhando em silêncio por um instante.

— "A melhor saída é seguir em frente" — digo.

Harris sorri.

— Robert Frost. Isso. — Ele entrelaça as mãos. — Vamos continuar como sempre. Cabeça erguida, certo?

— Certo.

Percebo, então, e compreendo ainda mais, olhando para trás, que escapamos impunes de um assassinato não porque fomos espertas, e não porque tivemos sorte, mas porque meu pai nos ajudou. Porque ele tem recursos — um sótão, uma fogueira, dinheiro para um cais novo. Porque a polícia acredita que um homem como ele é um cidadão honesto. Assim, presume que meninas como nós — educadas, de "boa família" — estão dizendo a verdade. Ganhamos o benefício da dúvida, a presunção de inocência, conferidos pelo nosso sobrenome.

Harris levanta, como se estivesse me dispensando, então faço o mesmo.

— Acho que sua mãe está pensando em fazer a Festa do Sorvete hoje à noite — ele afirma, sorrindo mais uma vez.

— Os Hadley e os Baker chegam às quatro.

— Eu vou lá ajudar ela — digo.

— Essa é minha menina.

80.

ALGUMAS HORAS DEPOIS, os Hadley e os Baker descem do barco grande e vão para o chalé Goose.

Há crianças pequenas e seus pais. Todos querem nadar, depois passear no veleiro. Os adultos querem beber coquetéis e comer salada de lagosta fria ou pãezinhos de batata quentinhos, salada de pepino com endro e fatias grossas de melão. As crianças precisam que alguém as ensine a jogar croqué.

Depois do jantar, Tipper e Luda organizam a Festa do Sorvete na varanda — cinco tipos de sorvete caseiro, cremes preparados com antecedência durante a semana inteira e misturados na máquina grande. Elas fizeram sorvete de pé de moleque, menta, baunilha, chocolate e morango. Tipper serve calda quente, calda de caramelo, chantili e nozes em vasilhas de cerâmica. No aparelho de som tocam antigos quartetos vocais, e as toalhas de mesa têm listras vermelhas e brancas.

Cada um monta sua própria sobremesa, fazendo camadas de chantili e nozes com sorvete e calda, segurando as taças redondas e mergulhando longas colheres de prata nelas.

Depois que todos os convidados são servidos e meus pais estão levemente embriagados, vou até a extremidade da varanda e sento na rede com uma taça de sorvete de menta e calda quente.

Minha mãe ri da piada de alguém. Bess grita enquanto ajuda o filho dos Hadley com o taco de croqué. Todas as crianças saíram da varanda para o gramado. Algumas estão girando no balanço de pneu. As mulheres estão sentadas nos degraus, olhando as crianças; os homens foram para o fundo do pátio, onde podem olhar para o mar e fumar charutos.

Coloco uma colherada de sorvete na boca e fecho os olhos.

Eu quero

fugir da tirania das expectativas desta família e viver uma vida nova, uma vida na cidade.

Eu quero

parar de ter pensamentos obsessivos sobre histórias que ouço no noticiário e vivenciá-las, compreendê-las, vê-las com meus próprios olhos.

Mas, sobretudo,

eu quero

estar nesta família, por mais complicada que seja.

Eu quero

ser filha do meu pai,

resolver os problemas de minhas irmãs,

receber o colar de pérolas negras de minha mãe,

ser a preferida de Rosemary.

Ser uma Sinclair e ter a segurança e a boa reputação de que todo nosso

trabalho árduo e
dinheiro sujo e
privilégio não merecido e
inteligência nos proporcionou.
Agora entendo.

Talvez esta família seja a minha maior fraqueza. Mas não vou desistir dela.

Penny senta ao meu lado. Ela encheu a taça só com calda quente. Ficamos só nós duas nessa parte da varanda onde está a rede. Estamos praticamente sozinhas.

— Está se divertindo? — pergunto a ela.

Ela coloca calda na boca. Espero ela engolir.

— Você descobriu alguma coisa sobre aquela foto? — ela questiona, em vez de me responder.

— Que foto? — pergunto, embora saiba de que foto ela está falando.

— Aquela que achou que fosse o tio Chris ou sei lá quem. Com o rosto raspado. E que eu disse que era o papai.

Viro para olhar diretamente para ela. Não consigo decifrar sua expressão.

— Por quê?

— Estou só perguntando — Penny diz. — Eu não consegui parar de pensar nisso. Na foto secreta de Tipper. E pensei que talvez fosse Buddy Kopelnick. O cara que quis levar você para acampar e te deu todas aquelas jujubas. Não acha?

Olho para ela mais uma vez.

Ela se aproxima e me dá um beijo no rosto, ainda com os lábios quentes por causa da calda.

— Eu não contei para a Bess — ela afirma.

PARTE OITO
Depois

81.

UM VERÃO APÓS o outro, embora eu fique mais velha, Rosemary tem sempre dez anos.

Pergunto se ela se sente sozinha durante o inverno, quando a ilha está vazia.

— Eu só fico dormindo, ou algo do tipo, Carrie — ela me conta. — Não tem problema. Estou confortável. E então acordo.

Ela me visita no verão dos meus dezoito anos, quando me formo na North Forest e estou prestes a ir para a Vassar College. Escolho a Vassar porque fica a apenas uma hora e meia da cidade de Nova York, o mais perto que consegui. Naquele ano, estou tomando codeína e remédios para dormir durante o dia. Passo a maior parte do meu verão dormindo ou entorpecida.

Ela me visita quando tenho dezenove anos também, depois de meu primeiro ano de faculdade, quando tanto eu quanto Penny levamos nossos namorados para a ilha. Penny está se forçando a assumir a forma que meus pais desejam para ela. Uma garota hétero, uma Sinclair, alguém que não demonstra emoções, uma filha que dá orgulho. Ela está indo estudar na Bryn Mawr, no entanto. Uma faculdade só para mulheres.

Naquele verão, Penny e eu bebemos para esquecer, recorrendo a sexo, música alta e excursões aos bares de Oak Bluffs, em Martha's Vineyard, onde ninguém nunca pedia documento de identidade. Ignoramos Bess, que reage se mostrando para nossos pais, sendo a menina esforçada com um sorriso no rosto, a que não reclama, a atleta, a que conversa sobre suas muitas leituras à mesa de jantar. Rosemary me visita de vez em quando aquele ano, me subornando com batata frita roubada da despensa da Clairmont para eu ler para ela.

Ela me visita após meu segundo ano de faculdade, quando, aos vinte anos, eu troco a Vassar por um centro de reabilitação. O tempo que passo no centro envolve semanas de abstinência, terapia, esperança e apoio, mas, quando chego à ilha, volto aos velhos hábitos e tomo qualquer remédio em que consigo pôr as mãos.

Não acrescento nada à família.

Rosemary me visita no verão seguinte também, mas naquele ano, quando estou com vinte e um e passo pelo terceiro ano de faculdade praticamente sem assistir a nenhuma aula, volto para a reabilitação em junho e julho. Só chego a Beechwood em agosto.

Chego à ilha um pouco mais pesada, muito frágil, mas sóbria e otimista. Começo a fazer bijuterias no centro de reabilitação: anéis e pulseiras de finos fios de prata retorcidos. Gostaria de aprender a trabalhar com pedras. Ou talvez metais preciosos. Existem estúdios em Nova York onde posso fazer cursos.

Tenho uma colega da reabilitação, Deja. Vou largar a faculdade e dividir apartamento com ela em setembro.

Espero do fundo do coração ter me livrado dos remédios dessa vez.

E acaba sendo verdade.

Vejo Rosemary só uma vez em agosto. Acordo certa manhã e ela está sentada na beirada da minha cama, comendo um bolinho de amora. Ela o partiu em vários pedaços, dentro de uma tigela de porcelana amarela da cozinha.

— Oi, florzinha — digo. — Acordou cedo.

— É você que acorda tarde. Gosto de pegar um bolinho enquanto ainda está quente.

— Você pode esquentar no micro-ondas. Vinte segundos.

— Não é a mesma coisa.

Rosemary parece cansada. Sua pele está pálida por baixo do bronzeado. Está vestindo uma camiseta dos Muppets e short jeans desbotado.

— Você está bem? — pergunto. — Senti saudades. É bom ver esse seu rosto sardento. — Sento e apoio a cabeça em seu ombro pequeno e ossudo.

— Não estou tão bem — ela diz. — Gosto de vir ver você, mas estou muito cansada, de verdade.

— Como assim?

— Não posso continuar vindo para sempre — Rosemary diz. — Bem, eu quero, mas é que... demanda muita energia. — Ela espalha as migalhas de bolo com o dedo. — Meus ossos estão doloridos e é difícil manter os olhos abertos.

— Achei que eu pudesse estar imaginando coisas. Achei que talvez fossem os remédios que me fizessem ver você. Mas não estou mais tomando nada. E você ainda está aqui.

Ela ri.

— Eu estou aqui mesmo.

— Ótimo.

— Você toma remédios demais, Carrie. Quer dizer, tomava.

— É o que me dizem.

— Você precisa melhorar — Rosemary afirma. Ela é tão pequena e sincera. — Não posso fazer você melhorar, mas continuo vindo porque estou preocupada.

— É por isso que você vem? Porque está preocupada comigo?

— Ahã.

— Achei que era porque você precisava de mim.

Ela faz que não.

— Eu tinha medo de que você ficasse viciada e fizesse coisas terríveis, e fez mesmo. — Ela enruga o rosto e começa a chorar. — Você fez aquela coisa primeiro. Não era o que eu achava que você ia fazer. Não mesmo. Mas depois você encobriu tudo e eu não consegui impedir você de tomar as drogas e fiquei tão preocupada — ela diz, fungando. — Não posso impedir nada, sou só uma criança. Mas continuo vindo porque não consigo evitar quando você não está bem.

— Você pensou... Você pensou que eu ia me matar? — digo, compreendendo. — Depois que você morreu?

Rosemary confirma.

— Mas você não se matou. Você matou ele.

Eu não sabia que ela sabia. Sobre Pfeff. Como uma verdadeira Sinclair, ela nunca disse uma palavra.

Começo a chorar também. Porque Rosemary me amava, conhecendo o meu lado mais odioso.

Porque ela está morta, e não está aqui para me amar de verdade.

Porque Bess e Penny ficaram ao meu lado e nunca vão contar nada, mas nossos laços sempre estarão manchados pelo sangue em nossas mãos. Nossa irmandade nunca vai se recuperar. Sempre guardaremos os segredos umas das outras, e é minha culpa sermos assim.

Minha querida Rosemary está há quatro verões se obrigando a voltar, com medo de que eu cortasse meus pulsos ou me afogasse, depois com medo de que eu me matasse por overdose.

Ela está sobrecarregada por saber coisas que nenhuma criança deveria saber. Deveria estar andando de bicicleta pelas passagens de madeira. Deveria estar se desenvolvendo, ficando velha demais para seus leões de pelúcia, aprendendo a usar maquiagem e lendo livros de Judy Blume, marcando as páginas com trechos sexuais. Ela deveria estar se apaixonando por astros da música, atletas e pessoas normais. Estaria começando no colégio interno, e eu poderia lhe mandar cartas, colocando dinheiro nos envelopes.

Querida Rosemary (eu escreveria),

A reabilitação foi difícil dessa segunda vez. Não vou mentir. Fiquei com medo de não conseguir. Mas estou lidando bem com as coisas aqui em Nova York.
    Minha colega de apartamento, Deja, trabalha como garçonete e eu estou trabalhando no balcão de uma padaria francesa na Bleecker Street. A padaria tem um cheiro delicioso. Você ia adorar. Mas os padeiros são bem mal-humorados.
    A parte da frente da loja é bonitinha, pintada de azul. É como trabalhar no céu. No Natal, quando eu for para casa, vou levar um saco de croissants.

Faço curso de bijuterias às segundas-feiras à noite, e podemos usar o estúdio em qualquer noite durante a semana, então passo várias noites lá e faço coisas com ALICATES. (Gosto de alicates.) Outras noites, saio com amigos, vamos a cafeterias que ficam abertas vinte e quatro horas, ou a restaurantes chineses. Conheço algumas pessoas da North Forest que estão aqui, terminando a faculdade na cidade, e alguns amigos novos das aulas de bijuteria. Talvez eu faça aula de cerâmica também. Fiz uma oficina de um dia e foi uma bagunça. Acho que você ia gostar.

    Penso em você todos os dias, florzinha. Aqui está um dinheirinho para você comprar alguma coisa sem ter que pedir para a mamãe. Espero que os bestas da North Forest estejam sendo legais com você e que seu jogo de tênis seja animal. (Papai disse que é animal, foi a palavra que ele usou.) Bem, vamos jogar no próximo verão na ilha. E nadar. E ficar de bobeira. E você vai ser minha parte preferida do tempo que vamos passar em Beechwood e eu vou me esforçar (de verdade) para ser sua parte preferida também.

        Te amo dez, cem, mil milhões.
        De sua irmã mais velha,

            Caroline Lennox Taft Sinclair

É o que eu teria escrito a ela.

Consigo enxergar minhas cartas tão claramente, como se eu já estivesse vivendo aquela vida, como se Rosemary estivesse mesmo na North Forest, jogando tênis e fazendo amigos. Consigo vê-las agora, mesmo sentada ao lado do corpinho de fantasma exausto de Rosemary, chorando e acariciando seu cabelo. Abraço seu corpo frágil e digo que a amo.

Um alívio percorre meu corpo, mesmo enquanto choro, porque consigo enxergar minhas próprias cartas, e isso significa que sou capaz de enxergar um futuro além dessa ilha, além desse vício. Embora eu

  nunca, jamais, escape do que fiz, e embora eu talvez
  nunca me perdoe, e embora eu
  nunca me livre da família Sinclair, e
  sempre deseje o amor do meu pai e meu lugar na família aprovado por ele, e
  embora eu não ame Bess e Penny sem ressentimentos, obrigações, segredos compartilhados e culpa,
  eu vou,
  de uma forma pequena,
  de uma forma limitada,
  seguir em frente.

— Quero que você pare de se preocupar — digo a Rosemary.

Respiro devagar e paro de chorar.

— Você sempre diz isso. — Ela funga. — Você sempre diz coisas para me animar, como a mamãe fazia, e quer jogar comigo e ler histórias, e isso é legal. Mas ainda estou preocupada, sabe? Estou tão cansada, Carrie. Não sei o que fazer.

— Quero que você descanse.

— Eu preciso descansar. — Ela pega um lenço e assoa o nariz. — Não estou me sentindo bem aqui, mesmo sendo minha única visita. Dói ficar aqui, mas estou com medo de não vir.

— Eu não vou me matar — sussurro. — Eu não ia, e não vou.

— É sério?

— Sim. É isso que você precisa ouvir?

— Mais ou menos. Mas você... — Ela aponta para o quarto, como se houvesse um frasco de comprimidos em algum lugar. — Você pode morrer tomando essas coisas. Todo mundo sabe disso.

O que posso dizer para tranquilizá-la? O que posso dizer com sinceridade?

— Eu andei muito doente e triste — digo após um minuto. — Doente em vários sentidos. E me sentindo culpada. E envergonhada e com raiva. Me senti de todas essas formas durante muito tempo, e tentei me entorpecer para esquecer tudo, enterrando os sentimentos o mais profundamente possível. Entende o que estou querendo dizer?

Rosemary faz que sim.

— Mas agora estou contando tudo isso para *você*. Então esses sentimentos não estão mais enterrados.

— Tudo bem. E daí?

— Quer saber quais são esses sentimentos?

— Quero.

— Certo. Hum... Fiquei triste porque você morreu. E ainda fico, quase com a mesma intensidade de quando aconteceu. E fiquei tão zangada com Pfeff e Penny, e tão horrorizada e envergonhada com o que fiz, que mal podia me suportar.

Estou me punindo por isso e, ao mesmo tempo, fugindo de tudo. Os comprimidos me permitem fazer as duas coisas ao mesmo tempo, eu acho.

Rosemary funga.

— Que estranho — ela diz. — Porque você já tomava os remédios antes. Antes de ele morrer.

— Não existe só um motivo para eu tomar os remédios. É uma confusão de motivos — explico. — E não posso prometer que vou ser feliz, nem que vou ficar bem, mas estou contando como me sinto porque contar é mostrar que não estou mais tentando me entorpecer. Vou conviver com a tristeza e com a vergonha, realmente senti-las, seja como for, e dar um jeito de não me odiar e não me punir tanto. Vou continuar, um dia, depois outro.

— E depois outro e mais um — Rosemary diz.

— Isso mesmo, você entendeu.

Vou para Nova York em setembro.

Vou arrumar um emprego e morar com Deja.

Vou continuar sóbria.

Vou conhecer pessoas. Aprender a fazer bijuterias.

Essa nova vida vai me resgatar. Isso não vai resolver as crises mundiais que ainda causam agitação lá no fundo da minha mente acelerada e triste. Não vai mudar o fato de que matei um homem, um homem podre em muitos sentidos, mas ainda assim um ser humano cuja vida não deveria ter terminado. Não vai mudar o fato de que encobri o assassinato. De que *nós* o encobrimos.

Mas pelo menos consigo enxergar que tenho um futuro. E talvez isso baste.

Não amo a forma de pensar de meu pai, mas incorporei

grande parte dela. Talvez ele e Robert Frost estejam certos quando dizem: "A melhor saída é seguir em frente".

— Está bem — Rosemary diz. — Ela assoa o nariz com força. — Isso foi muito meloso.

— É.

— Mas está bem. Não vou mais me preocupar tanto.

— Você pode descansar?

— Acho que sim.

Ela sobe no meu colo, cheirando a protetor solar e bolinho.

— Abraço, abraço — ela diz.

Ficamos ali sentadas um pouco, sem dizer nada.

— Isso é um adeus, florzinha? — finalmente pergunto.

— Ahã.

Ficamos ali mais um tempo, e então Rosemary desce do meu colo, pega minha mão e eu levanto da cama.

Minha irmã me leva para fora do quarto, pelo corredor, e subimos a escadaria que dá no andar do quarto dos meus pais. A porta está fechada.

Subimos as escadas para a pequena torre.

82.

O SÓTÃO REDONDO ainda está cheio de caixas com os livros e brinquedos de Rosemary. Os tapetes enrolados e os baús ainda estão lá.

— Você sabia que meus leões de pelúcia moravam aqui? — ela pergunta. — E minha Bola Mágica?

— Sabia.
Ela abre uma caixa de papelão cheia de leões e a revira.
— Amo todos eles — ela diz. — Mas o Xampu é o melhor para fazer companhia na hora de dormir. — Ela levanta seu leão preferido, lavado tantas vezes que está molenga. — Certo, agora vou conseguir dormir superbem.
— Você pode levar o Xampu?
— Não tenho certeza, mas acho que sim.
— E para onde você vai agora?
Rosemary se aproxima da janela da torre e abre a vidraça. A abertura tem uns trinta centímetros. Ela empurra a tela.
— Ah, não, florzinha — digo.
— Eu poderia ir nadando, mas não gosto mais de nadar. Assim é melhor. Xampu está comigo.
Ela empurra uma caixa para perto da janela e sobe no parapeito.
— Não vá — digo, sem pensar.
Rosemary balança a cabeça e lágrimas começam a escorrer.
— Eu preciso ir.
Corro na direção dela, querendo abraçá-la uma última vez, mas ela passa pela abertura da janela em um piscar de olhos. Fica na beirada, com Xampu em uma das mãos.
— Eu te amo, Carrie — ela diz. — Adeus, boa sorte e se comporte.
Ela pula.
Vou até a janela e coloco a cabeça para fora, procurando seu corpinho magro nas rochas — mas ele não está lá. Olho para o céu e ela também não está lá.
A ilha está tranquila sob os raios de sol da manhã.
Rosemary se foi, e tudo o que posso fazer é cumprir as promessas que fiz a ela.

83.

AGORA.

Meu filho Johnny e eu estamos na cozinha da Red Gate. Entre nós há xícaras de chocolate quente e sobras de uma torta de amora que Bess preparou.

Um dos cachorros de Penny, Grendel, se apegou a mim este verão e está deitado aos meus pés. Minhas irmãs estão aqui na ilha conosco, mas estão deitadas em suas camas, em outras casas, dormindo seus sonos atormentados. Elas não veem fantasmas.

Johnny não pode me ajudar, só me ouvir. E eu não posso ajudá-lo, só contar a história. Mas temos alguns bons últimos momentos juntos.

Ele está muito cansado, dá para ver. Não vai conseguir visitar a ilha Beechwood por muito mais tempo. Suas mãos tremem, os olhos estão vermelhos. Ele se movimenta devagar, como se estivesse sentindo dor. Está quase na hora de ir embora, e talvez minha história tenha lhe dado o que precisa para se despedir e descansar.

Deito a cabeça na mesa. Uma onda de exaustão percorre meu corpo. O relógio marca uma e quarenta e cinco da madrugada.

Johnny levanta e passa os dedos pelo cabelo.

— Obrigado por me contar tudo isso — ele diz com delicadeza.

— De nada — respondo.

— Foi um pouco demais.

— Eu sei. — Endireito o corpo e olho para ele.

— Não deve ter sido nada fácil. — Ele pega uma colher e come um pedaço grande de torta direto da bandeja. — Vou ter que pensar sobre isso, acho.

— Está bem — digo. Ele devolve a colher para a bandeja de torta. — Você já terminou? — pergunto.

— Sim. Estou comendo só por diversão. Não estou com fome. — Cubro a torta com papel-alumínio.

Johnny balança a cabeça.

— Nossa, não sei nem o que pensar. É tudo verdade?

Olho nos olhos dele.

— É tudo verdade.

— Não faço ideia de como lidar com isso. — Ele se aproxima e me dá um beijo no rosto. — Vou cair fora agora. Mas volto amanhã. Pode ser?

— Ahã.

— Você está bem?

— Acho que sim.

— Vou encontrar os outros em Cuddledown, então.

— Está muito tarde — digo.

— Ficamos acordados o tempo todo.

— Está bem.

— É melhor você ir dormir. Eu vou aproveitar a vida noturna enquanto posso — ele diz.

Faço que sim e o vejo sair. Então o sigo e o observo um pouco mais enquanto atravessa o pátio e fecha o portão vermelho.

SOU A IRMÃ postiça da Cinderela.

Sou o fantasma que cometeu um crime e ficou impune.

Sou o sr. Fox.

Sou como algodão branco e pés cheios de areia, família rica e lilases, sim — e ainda assim meu interior é feito de água do mar, madeira empenada e pregos enferrujados.

Meu nome é Caroline Lennox Taft Sinclair e sou a filha bastarda de Tipper Sinclair e Buddy Kopelnick, que se amavam profunda e estupidamente.

Sou ex-atleta. Tinha outro rosto.

Sim, é verdade que matei um homem e joguei seu corpo no mar, e esta pode ser a principal coisa que você escolherá lembrar sobre mim. Mas agora que contei essa história acho que posso ser capaz de contar uma nova história sobre mim.

Era uma vez uma menina que tinha irmãs leais.

Era uma vez uma menina cujo pai a reivindicou como filha e a protegeu, mesmo sem ser de seu sangue.

Essa menina se recuperou de um vício em narcóticos e ficou mais forte.

Era uma vez uma mulher que tinha filhos — embora fosse injusta com eles de algumas formas, era boa de muitas outras. E eles a amavam.

Era uma vez uma mulher que, após o divórcio, se apaixonou por um homem que faria sacrifícios por ela. Ele a fazia rir, e a vida com ele era sempre interessante. Em troca, ela lutava por ele. Embora não soubesse tudo sobre ela, o homem a amava de todo o coração. Dizia o que precisava dela. E por mais que fosse difícil dar o que ele necessitava, e por mais que ela tivesse que enfurecer seu pai e discutir com as irmãs, ela acabou encontrando um jeito.

Era uma vez uma mulher que perdeu o filho mais velho e achou que poderia ficar na escuridão para sempre. Mas então seu filho voltou como um fantasma. Ele a recebeu de braços abertos e perdoou suas piores transgressões, e depois teve que ir embora.

Então ela começou a melhorar.

Era uma vez uma mulher que escolheu permanecer leal à sua família. Ela podia ter se afastado deles. Não eram fáceis. Mas ela os escolheu e aceitou as consequências.

Seguindo em frente, fez o melhor para viver uma
vida
alegre,
mas consciente.

Isso também não foi fácil. Mas ela tentou.

TALVEZ EU SEJA Lady Mary. Afinal, ela tira a mão decepada do bolso do vestido de noiva, onde a havia escondido. Lembra? Ela pega a mão decepada e levanta para todos verem. Expõe os horrores que descobriu, o cadáver que havia escondido sob o linho branco. Obriga seus irmãos a serem testemunhas. *Isso*, diz Lady Mary aos irmãos, *é a pior coisa que já vi. Exponho tudo porque não quero que tais horrores sejam meu futuro.*

Isso, eu disse ao meu filho, é a pior coisa que já vi e a pior coisa que já fiz.

Por favor, testemunhe.

Não quero que tais horrores determinem meu futuro.

O que Lady Mary faz depois disso? Bem, o que uma pessoa faria depois de tirar um pedaço de cadáver ensanguentado do bolso?

Tenho certeza de que ela lava as mãos. E queima o vestido de casamento.

Imagino que diga algumas palavras de lamento sobre a mão ensanguentada daquela pobre mulher morta e a coloque em um túmulo.

E ao sr. Fox, morto por seus irmãos, ela diz: "Já vai tarde".

Talvez em outro momento, naquele mesmo dia, Lady Mary desça para a cozinha, onde o que sobrou do desjejum do casamento foi guardado na geladeira. Talvez encontre alguns bolinhos de cenoura deliciosos e algumas linguiças com especiarias. Faça um bule de chá forte, esquente as linguiças em uma frigideira até o aroma preencher a cozinha.

Ela chama os irmãos.

O sol nasce e chamo minhas irmãs. O filho que me restou. Minhas sobrinhas e sobrinho. Meu pai. Meu amor.

Eles vão até minha casa, ou descem as escadas com cara de sono. Alguém prepara ovos e alguém coloca o ketchup e os talheres na mesa. Os cachorros ficam em nossos pés e Grendel rouba uma linguiça. Meu filho mais novo pergunta se pode comer a torta de amoras do dia anterior. Respondo:

— Tudo bem, pode comer, mas não sobrou muito.

O café da manhã é silencioso. Alguns leem. Os pequenos comem rápido e saem correndo para o pátio. Os adolescentes fazem café e colocam açúcar e leite.

Minhas irmãs e eu saímos na varanda da Red Gate e terminamos de tomar nossas segundas xícaras de chá por lá. Somos muito pequenas perto do mar, debaixo do céu.

Não acho que vá ser sempre assim.

AGRADECIMENTOS

Muitas pessoas me ajudaram com este livro, na criação dele e em como encontrou seu caminho para o mundo. Colleen Fellingham, Dominique Cimina, Rebecca Gudelis, Mary McCue, John Adamo, Christine Labov, Barbara Marcus, Adrienne Waintraub e todos em minha equipe na Penguin Random House, sou muito grata pelo apoio e dedicação. Minha editora, Beverly Horowitz, para você isso vale multiplicado por cem. Elizabeth Kaplan, Jonathan Ehrlich e Kassie Evashevski, obrigada pela defesa criativa e vigorosa. Agradeço também ao pessoal da Allen & Unwin e Hot Key pelo entusiasmo e apoio.

Len Jenkin fez exercícios de romances de mistério comigo nos estágios iniciais do livro. Ivy Aukin, Gayle Forman e Sarah Mlynowski fizeram primeiras leituras perspicazes e Gayle me deu o empurrão necessário para iniciar este projeto. Bob foi incrível. Hazel Aukin me deixou pegar e reescrever algumas de nossas melhores conversas. A família Minkinnen/Bourne fez piadas espalhafatosas com linguiça e me deixou anotá-las. Daniel foi excelente e esteve ao meu lado o tempo todo. Os gatos foram inúteis, mas sou grata a eles assim mesmo.

ESTA OBRA FOI COMPOSTA POR OSMANE GARCIA FILHO E
VANESSA LIMA EM JOANNA E IMPRESSA PELA LIS GRÁFICA
EM OFSETE SOBRE PAPEL PÓLEN SOFT DA SUZANO S.A.
PARA A EDITORA SCHWARCZ EM JUNHO DE 2022

A marca FSC® é a garantia de que a madeira utilizada na fabricação do papel deste livro provém de florestas que foram gerenciadas de maneira ambientalmente correta, socialmente justa e economicamente viável, além de outras fontes de origem controlada.